MARGARET WEIS &
TRACY HICKMAN

Das Buch der Unsterblichen

Die Rose des Propheten

Fantasy-Roman

Ins Deutsche übertragen
von Ralph Tegtmeier

BASTEI
LÜBBE

BASTEI-LÜBBE-TASCHENBUCH
Band 20212

Erste Auflage:
August 1993

Deutsche Lizenzausgabe 1993
Bastei-Verlag
Gustav H. Lübbe GmbH & Co.,
Bergisch Gladbach
Originaltitel:
The Paladin of the Night (Teil 1)
Lektorat: Reinhard Rohn
Titelillustration:
Hans Hauptmann
Umschlaggestaltung:
Quadro Grafik, Bensberg
Satz: Fotosatz Schell, Bad Iburg
Druck und Verarbeitung:
Brodard & Taupin,
La Flèche, Frankreich
Printed in France

ISBN 3-404-20212-0

Der Preis dieses Bandes
versteht sich einschließlich der
gesetzlichen Mehrwertsteuer.

SULARIN
N
Hurn Meer
Sardish Jardan
Khandar
Tara-kan
Idrith
Ganzi Gebirge
Bastine
Kich
Der Tel
Ganza Gebirge
Pagrah Wüste
Bas

Das Buch der Unsterblichen

1

Die Theorien über die Erschaffung der Welt von Sularin waren ebenso zahlreich wie die Götter, die sie in Bewegung hielten. Die Anhänger des Diebsgotts, Benario, glaubten fest daran, daß ihr Gott die Welt dem Sul gestohlen habe, der sie ursprünglich als weiteres Kleinod in die Fassung des Firmaments hatte einsetzen wollen. Uevins Anhänger stellten Sul als Handwerker dar, der einen Zirkel und ein T-Quadrat in der Hand hielt und seine Zeit mit einer Betrachtung des Dodekaeders verbrachte. Quar lehrte, daß Sul die Welt aus einem Lehmklumpen erschaffen habe, um sie mit der Sonne zu backen und sie schließlich in seinen Tränen zu baden. Akhran wiederum erzählte seinen Anhängern überhaupt nichts. Der Wandernde Gott hatte nicht das geringste Interesse an der Erschaffung der Welt. Daß sie hier und jetzt da war, genügte ihm vollauf. So hatte jeder Scheich seine eigene Sicht der Dinge, die vom Ururgroßvater an den Urgroßvater an den Großvater an den Vater an den Sohn überliefert wurde. Und jeder Scheich hatte die allein wahre Sicht, alle anderen waren im Irrtum, und das war eine Angelegenheit, deretwegen schon zu zahllosen Gelegenheiten Blut vergossen worden war.

Am Hof des Kaisers zu Khandar, der für sein fortschrittliches Denken gerühmt wurde, verbrachten gelehrte Männer und Frauen lange Stunden mit Streitgesprächen über die verschiedenen Theorien und noch längere Stunden mit den schlußendlichen Nachweisen, daß Quars Lehren zweifellos die wissenschaftlichsten seien. Mit Sicherheit war es die einzige Theorie, die das Phänomen der Kurdinischen See erklären konnte – eines Ozeans aus Salzwasser, der mit Meeresfischen bevölkert und an allen Seiten von Wüste umgeben war.

In diesem Binnenmeer lebten auch noch andere Wesen; dunkle und schattenhafte Wesen, welche die gelehrten Männer und Frauen, die in der Sicherheit und Bequemlichkeit des Hofs von Khandar lebten, allenfalls im Schlaf oder im fiebrigen Delirium zu sehen bekamen. Eines dieser dunklen Wesen war Quars Diener Kaug.

Drei Gestalten standen am Ufer des Meers. Sie waren nicht von menschlicher Form; kein Mensch hatte jemals den Sonnenamboß überquert, dessen kahle Dünen das Meer umgaben. Die drei waren Unsterbliche – keine Götter, aber Diener sowohl der Götter als auch der Menschen.

»Du willst mir weismachen, daß er dort unten lebt, *dort* drin?« fragte ein Dschinn und redete über eben jenen Kaug, wobei er sowohl das Wasser als auch seinen Mit-Dschinn mit tiefem Ekel musterte.

Das Wasser der Kurdinischen See war von tiefem Kobaltblau, das durch das kahle und gleißende Weiß der Wüste noch stärker betont wurde. In der Ferne war ein weißer Fleck vor dem fahlblauen Himmel auszumachen, offenbar eine Rauchwolke.

»Ja«, erwiderte der jüngere Dschinn. »Und schau nicht so erstaunt, Sond. Ich hab' es dir doch schon gesagt, bevor wir loszogen ...«

»Du hast gesagt, *auf* der Kurdinischen See, Pukah! Du hast nie von *in der* Kurdinischen See gesprochen!«

»Wie sollte Kaug *auf* der Kurdinischen See leben, wenn er nicht anfängt, Schiff zu fahren?«

»In der Mitte gibt es eine Insel, weißt du.«

»Galos!« Pukahs Augen weiteten sich. »Nach allem, was ich über Galos gehört habe, würde es nicht einmal Kaug wagen, auf diesem vermaledeiten Felsen zu leben.«

»Bah!« höhnte Sond. »Du hast wohl die Geschichten des *Meddah* gehört, die Ohren in *Qumiz* getränkt.«

»Weder noch! Ich bin weit gereist. Mein früherer Herr ...«

»... war ein Dieb und ein Lügner!«

»Hör nicht auf ihn, Asrial, meine bezaubernde Schönheit«, sagte Pukah, wobei er Sond den Rücken kehrte und sich einer silberhaarigen Frau in weißen Gewändern zuwandte, die mit immer größerem Staunen von einem zum anderen blickte. »Mein früherer Herr war zwar tatsächlich ein Anhänger Benarios, aber nur, weil er in dieser Religion aufgewachsen war. Was hätte er sonst tun sollen? Er wollte seine Eltern nicht kränken ...«

»... indem er einem ehrlichen Lebensunterhalt nachging«, warf Sond ein.

»Er war in seinem Herzen ein Unterhalter, konnte so wunderbar mit Tieren umgehen ...«

»Ein Schlangenbeschwörer. Das war seine List, um in anderer Leute Häuser zu gelangen.«

»Er war kein Strenggläubiger! Jedenfalls hat Benario ihn nie gesegnet!«

»Das stimmt. Er wurde mit den Fingern in einer Geldbörse erwischt ...«

»Man hat ihn falsch verstanden!« rief Pukah.

»Als man mit ihm fertig war, fehlte ihm noch mehr als Verständnis«, konterte Sond trocken und verschränkte die mit goldenen Reifen geschmückten Arme vor der nackten Brust.

Pukah zog seinen Säbel aus der grünen Schärpe an seiner Hüfte und trat drohend auf den älteren Dschinn zu. »Du und ich sind seit Jahrhunderten befreundet, Sond, aber ich lasse es nicht zu, daß du mich vor dem Engel, den ich liebe, beleidigst!«

»Daß wir jemals Freunde gewesen wären, ist mir neu«, knurrte Sond und zog seinerseits den Säbel. Stahl glitzerte im hellen Sonnenlicht, als die beiden einander zu umkreisen begannen. »Und wenn es dich beleidigt, die Wahrheit zu hören ...«

»Was tut ihr zwei da?« wollte der Engel wissen. »Habt ihr vergessen, weshalb wir hier sind? Was ist mit deiner Nedjma?« Sie musterte Sond wütend. »Letzte Nacht hast du noch Tränen über ihr grausames Schicksal vergossen ... daß sie von diesem bösen Ihfritz gefangengehalten wird ...«

»... Ifrit«, berichtigte Sond sie.

»Wie immer es in eurer grobschlächtigen Sprache heißen

mag«, versetzte Asrial herablassend. »Du hast gesagt, du würdest dein Leben für sie geben – was mir nicht als sonderlich großes Opfer erscheint, wenn man bedenkt, daß du unsterblich bist. Wir haben mühsame Wochen darauf verwendet, die Himmel nach ihr abzusuchen, und jetzt fangt ihr an, euch zu zanken, weil es ins Wasser geht!«

»Ich stamme aus der Wüste«, protestierte Sond mißmutig. »Ich mag Wasser nicht. Es ist kalt und feucht und schleimig.«

»Du kannst doch in Wirklichkeit überhaupt nichts fühlen! Wir sind unsterblich.« Asrial warf Pukah einen kühlen Blick zu. »Wir stehen über solchen Dingen wie Liebe und anderen menschlichen Schwächen!«

»Über der Liebe?« rief Pukah eifersüchtig. »Woher kamen denn die Tränen, die ich dich über deinen verrückten Herrn habe vergießen sehen, wenn du gar keine Augen hast? Wenn du keine Hand hast, weshalb streichelst du dann seine Stirn und wahrscheinlich auch noch andere Teile seines Körpers!«

»Was meine Tränen betrifft«, versetzte Asrial zornig, »so kennt ja wohl jeder das Sprichwort: Die Regentropfen sind die Tränen, die die Götter über die Torheiten des Menschen vergießen ...«

»*Hazrat* Akhran geht dann also wohl mit trockenen Augen umher«, unterbrach Pukah lachend.

Asrial ignorierte ihn. »Und was deine Andeutung betrifft, daß ich meinen ›Schützling‹ – Mathew ist *nicht* mein Herr und er ist auch *nicht* verrückt – körperlich kennen könnte, so ist deine Behauptung absurd und entspricht genau dem, was ich von jemandem erwarte, der schon so lange unter Menschen lebt, daß er sich selbst glauben gemacht hat, er könnte fühlen, was sie fühlen ...«

»Pst!« machte Sond plötzlich und legte seinen mit einem Turban besetzten Kopf schräg.

»Was ist?«

»Leise!« zischte der Dschinn drängend. Er starrte weit ins Nichts hinaus, sein Blick wirkte geistesabwesend. »Mein Herr«, murmelte er. »Er ruft nach mir.«

»Ist das alles?« Pukah hob die Augenbrauen gen Himmel. »Der hat doch schon öfter nach dir gerufen. Soll Majiid heute morgen sein Kopftuch doch selber binden.«

»Nein, es ist etwas Drängenderes! Ich denke, ich sollte ihm aufwarten!«

»Komm schon, Sond. Majiid hat dir doch erlaubt zu gehen. Ich weiß zwar, daß du nicht schwimmen gehen willst, aber das ist wirklich lächerlich ...«

»Das ist es nicht! Irgend etwas stimmt nicht! Irgend etwas stimmt schon nicht, seit wir fortgegangen sind.«

»Bah! Wenn irgend etwas nicht stimmte, würde Khardan nach mir rufen. Der kann ja nicht einmal die kleinste Kleinigkeit ohne mich erledigen.« Der junge Dschinn gab einen gewaltigen Seufzer von sich. »Kaum einen Augenblick Frieden habe ich. Tatsächlich hat er mich angefleht, zu bleiben, aber ich habe ihm gesagt, daß die Wünsche von *Hazrat* Akhran wichtiger seien als die eines Menschen, selbst wenn er mein Herr ist ...«

»Und ruft dein Herr etwa nach dir?« unterbrach Sond ihn ungeduldig.

»Nein! Du siehst also ...«

»Ich sehe nur einen Aufschneider und Tölpel ...« Sond verstummte. »Das ist merkwürdig«, sagte er nach kurzer Pause. »Soeben sind Majiids Rufe verstummt.«

»Na bitte, was habe ich dir gesagt. Der alte Mann hat seine Hose endlich mal allein angezogen ...«

»Mir gefällt das nicht«, murrte Sond, während er die Hand auf die Brust legte. »Ich fühle mich seltsam – leer und hohl.«

»Was meint er damit?« Asrial stellte sich neben Pukah. Sie ließ ihre Hand in die Hand des Dschinns gleiten, dann hielt sie ihn kräftig fest. »Er sieht schrecklich aus, Pukah!«

»Ich weiß, meine Liebe. Ich habe noch nie verstanden, was Frauen an ihm finden!« antwortete Pukah. Der Dschinn blickte auf die kleine weiße Hand, die er da hielt, um sie nekkend zu drücken. »Wirklich schade, daß du das nicht spüren kannst ...«

Zornig entriß Asrial ihm die Hand. Sie spreizte die weißen Schwingen, glättete ihre Gewänder und watete ins Wasser des kobaltblauen Meers hinaus. Pukah folgte ihr sofort, stürzte sich kopfüber ins Meerwasser; eine überschüttete den Engel und ließ einen Schwarm kleiner Fische in panischem Entsetzen davonjagen. »Kommst du?« schrie er.

»Ich komme«, antwortete Sond leise.

Das Gesicht nach Westen gerichtet, ließ der Dschinn den Blick über den Horizont schweifen. Er konnte nichts erkennen als vom Wind verwehten Sand, hörte nichts als den gespenstischen Gesang der Dünen, wie sie sich in ihrem ewigen Tanz mit dem Wind verschoben und bewegten.

Kopfschüttelnd wandte der Dschinn sich ab und begab sich langsam in die Kurdinische See.

2

Als sie immer tiefer und tiefer in der Kurdinischen See versank, versuchte Asrial, ebenso verblüfft und lässig auszusehen, als würde sie an den Firmamenten von Promenthas durch einen klaren blauen Himmel segeln. Innerlich jedoch wurde sie das Opfer wachsenden Entsetzens. Noch nie war der Schutzengel einem solch furchterregenden Ort begegnet.

Es war nicht die Kälte und die Feuchtigkeit, die ihr einen Schauer durch den ätherischen Leib jagten – Asrial hatte sich nicht annähernd so lange wie Pukah oder Sond in der Gesellschaft von Menschen aufgehalten, so daß sie diese Empfindungen nicht spürte. Es war vielmehr die Dunkelheit.

Auf der Oberfläche der Welt stahl sich die Nacht wie der Schatten eines Engelflügels dahin. Die Nacht verbarg die Gegenstände, und das war es auch, was Sterbliche entsetzte – nicht etwa die Dunkelheit selbst, sondern das Unbekannte, das darunter lauerte. Doch hatten die Sterblichen gelernt sich dagegen zu wehren. Man brauchte nur eine Kerze zu entzünden, und schon war die Dunkelheit vertrieben. Die schwebende Nacht beeinträchtigte nicht das Gehör – das Knurren von Tieren, das Rascheln von Bäumen, das schläfrige Murmeln der Vögel waren leicht auszumachen, möglicherweise sogar leichter als bei Tageslicht, denn die Nacht schien die anderen Sinne zu schärfen.

Die Nacht des Wassers aber war anders. Die Dunkelheit der See war kein Schatten, der sich über das Sehvermögen der Sterblichen legte. Die Nacht der See war eine Wesenheit. Sie besaß Gewicht und Form und Substanz. Sie erstickte den Atem in den Lungen. Die Nacht der See war ewig. Die Strahlen der Sonne konnten sie nicht durchdringen. Keine Kerze vermochte sie zu erhellen. Die Nacht der See war lebendig. Die Dunkelheit war von Kreaturen bevölkert, in deren Reich die Sterblichen Eindringlinge waren.

Die Nacht der See war stumm.

Die Stille, das Gewicht, die Lebendigkeit der Dunkelheit bedrückten Asrial. Obwohl sie nicht des Atems bedurfte, spürte sie, wie sie nach Luft rang. Sie konnte zwar sehen, dennoch wünschte sie sich verzweifelt etwas Licht. Mehr als einmal ertappte sie sich bei etwas, das einem Schwimmen gleichkam, als wäre sie wie Sond und Pukah. Asrial brauchte das Wasser nicht mit glatten, kräftigen Zügen zu durchstoßen wie Sond oder hindurchzuschlüpfen wie Pukah. Ihr war mehr, als würde sie das Wasser mit den Händen beiseite pressen, als wollte sie sich einen Weg bahnen.

»Du wirst immer menschlicher«, bemerkte Pukah nekkend, als er neben ihr auftauchte.

»Wenn du damit meinen solltest, daß mir dieser schreckliche Ort Angst macht und ich mich danach sehne, ihn verlassen zu können, dann hast du recht«, erwiderte Asrial kläglich. Sie schob das silbrige Haar beiseite, das ihr ins Gesicht trieb, um sich entsetzt umzublicken. »Das muß doch wohl der Ort sein, wo sich Astafas aufhält!«

»Asta-wer?«

»Astafas, der Gott, der im Großen Juwel dem Promenthas gegenübersitzt. Er ist grausam und böse, freut sich über Leid und Qual. Er herrscht über eine Welt, die dunkel und gräßlich ist. Dämonen dienen ihm, bringen ihm Menschenseelen, von denen er sich ernährt.«

»Klingt ziemlich wie Kaug, nur daß der festere Dinge frißt als Seelen. He, du zitterst ja am ganzen Leib! Pukah, du bist ein Schwein, ein Ziegenbock«, murmelte er halblaut. »Du hättest sie gar nicht erst mitbringen dürfen.« Er wollte dem Engel tröstend den Arm um die Schulter legen, doch die Flügel waren ihm im Weg. Aber wenn er den Arm über die Flügel an ihrem Rücken schöbe, sähe es so aus, als wollte er sie erwürgen. Schob er ihn unter die Flügel, verhakte er sich im Gefieder. Schließlich gab er es wütend auf und begnügte sich damit, ihre Hand beruhigend zu tätscheln. »Ich bringe dich an die Oberfläche zurück«, erbot er sich. »Sond wird schon mit Kaug zurechtkommen.«

»Nein!« rief Asrial mit beruhigtem Ausdruck. »Mir geht es schon gut. Wirklich. Es war falsch von mir, mich zu bedauern.« Sie glättete ihr silbriges Haar und die weißen Roben und versuchte, ruhig und gelassen auszusehen, als plötzlich ein Tentakel aus der Dunkelheit hervorschoß und sich um ihr Handgelenk schlang. Mit unterdrücktem Kreischen riß Asrial die Hand zurück. Pukah stürzte vor.

»Ein Tintenfisch. He, hau ab! Sehen wir etwa wie etwas zu essen aus? Blöder Fisch. So, ist ja schon gut, meine Liebste! Ist alles in Ordnung. Das Vieh ist verschwunden ...«

Asrial schluchzte, völlig aus der Fassung, die Flügel hatte sie zu einem schützenden, gefiederten Kokon eng um sich geschlungen.

»Sond!« rief Pukah in die dichte Finsternis hinaus. »Ich bringe Asrial an die Oberfläche – Sond! Sond? Verdammt! Wo, beim Sul, steckt er bloß? Asrial, mein Engel, komm mit mir ...«

»Nein!« Plötzlich teilten sich Asrials Schwingen. Entschlossen trieb sie weiter durchs Wasser. »Ich muß bleiben! Ich muß es für Mathew tun! Fische, hast du gesagt. Der Fisch hat mir mitgeteilt ... Mathew würde einen schrecklichen Tod sterben ... es sei denn, ich käme ...«

»Der Fisch? Was für ein Fisch?«

»Ach, Pukah!« Asrial machte Halt, starrte den Dschinn voller Entsetzen an. »Das darf ich doch gar nicht erzählen!«

»Nun, das hast du aber getan. ›Jetzt ist die Sau tot‹, wie man so sagt. Da kannst du sie ebensogut aufessen, wie darüber zu weinen. Du hast mit einem Fisch gesprochen? Wie denn? Wo denn?«

»Mein Schützling hat zwei Fische bei sich ...«

»Mitten in der Wüste? Und da behauptest du, er wäre nicht verrückt!«

»Nein! Nein! So ist das doch gar nicht! Es ist etwas ... Seltsames«, Asrial erschauerte, »an diesen Fischen. Etwas Magisches. Sie wurden Mathew von einem Mann gegeben – einem schrecklichen Mann. Von dem Sklavenhändler, der meinen Schützling gefangennahm. Der die Tötung der hilflosen Priester und Zauberer des Promenthas befahl. Als wir in die Stadt Kich kamen, wurde der Sklavenhändler draußen vor den Stadttoren von Wachen aufgehalten, die ihm mitteilen, daß er alle seine magischen Gegenstände preisgeben und Quar opfern müsse. Also gab der Sklavenhändler jeden magischen Gegenstand ab, den er besaß – bis auf einen.«

»Ich habe schon von Fischen gehört, die magische Ringe verschlucken, aber magische Fische?« Pukah wirkte ziemlich mißtrauisch. »Was machen die denn? Den Köder verzaubern?«

»Das ist eine ernste Sache, Pukah!« sagte Asrial leise. »Ihretwegen hat es bereits ein Todesopfer gegeben. Und mein armer Mathew ...« Sie legte die Hände vors Gesicht.

»Pukah, du bist wirklich eine niederträchtige Lebensform. Jeder Wurm, jede Schlange steht höher als du.« Der Dschinn musterte den Engel reumütig. »Es tut mir leid. Mach weiter, Asrial.«

»Er ... der Sklavenhändler ... rief Mathew zu der weißen Sänfte hinüber, in der der Händler zu reisen pflegte. Er überreichte meinem Schützling eine Kristallkugel, die oben und unten mit kostbarer Goldarbeit verziert ist. Die Kugel war mit Wasser gefüllt, und darin schwammen zwei Fische – der eine golden, der andere schwarz. Der Händler befahl Mathew, sie vor den Wachen zu verstecken. Ein armes Mädchen stand daneben und sah zu – ein Sklavenmädchen. Der Händler sagte zu Mathew, er solle mal mitansehen, was geschehen würde, wenn er ihn verraten sollte. Und dann hat er ... das Mädchen ermordet, direkt vor Mathews Augen!«

»Weshalb hat er Mathew dazu bestimmt, diese Fische mit sich zu tragen?«

Asrial errötete leicht. »Der Händler hat meinen Schützling für eine Frau gehalten ...«

»Ach so«, murmelte Pukah. »Das hatte ich vergessen.«

»Die Wächter wollten die Frauen der Karawane nicht durchsuchen, und so gelang es Mathew die Fische zu verstecken. Der Sklavenhändler sagte, daß er sie wieder an sich nehmen würde, sobald sie in der Stadt seien. Aber dann hat dein Herr Mathew gerettet und fortgebracht. Und mit ihm zusammen die magischen Fische ...«

»Woher weißt du denn, daß sie magisch sind? Was machen sie denn?« fragte Pukah zweifelnd.

»Natürlich sind sie magisch!« entgegnete Asrial gereizt. »Sie leben in einer Kristallkugel, die keine Kraft dieser Welt zertrümmern kann. Sie essen nicht. Hitze und Kälte können ihnen nichts anhaben.« Sie senkte die Stimme. »Und einer von ihnen hat zu mir gesprochen.«

»Das ist doch gar nichts!« höhnte Pukah. »Ich habe auch schon mit Tieren gesprochen. Ich habe einmal meinen Korb mit einer Schlange teilen müssen, die für meinen früheren Herrn arbeitete. Ziemlich amüsanter Bursche. Genaugenommen war es der Korb der Schlange, aber er hatte gar nichts gegen einen Stubengenossen, nachdem ich ihn davon überzeugt hatte ...«

»Pukah! Ich meine es ernst! Der goldene Fisch hat mir gesagt, ich solle mit dir gehen, um die Verschollenen aufzusuchen. Der Fisch hat Mathew den Träger genannt ... und gesagt, er schwebe in schrecklicher Gefahr, nicht nur sein Leben, sondern auch seine Seele zu verlieren!«

»Na, meine Liebe. Reg dich nicht so auf. Wenn wir zurück sind, mußt du mir diese wunderbaren Fische einmal zeigen. Was tun sie denn sonst noch – oh, Sond! Wo bist du denn gewesen?«

Der ältere Dschinn schwamm durch das trübe Wasser, teilte es mit schnellen, sauberen Zügen. »Ich bin ein Stück vorangeschwommen, zu Kaugs Heim, um mich umzusehen. Der Ifrit ist anscheinend fort. Der Ort ist verlassen.«

»Gut!« Pukah rieb sich zufrieden die Hände. »Bist du sicher, daß du weitermachen willst, Asrial? Ja? Tatsächlich ist es ganz gut, wenn du mit uns kommst, schöner Engel, denn weder Sond noch ich dürfen die Behausung des Ifrit ohne seine Erlaubnis betreten. Du dagegen ...«

»Pukah, ich muß mit dir sprechen.« Sond zerrte den jungen Dschinn zur abgelegenen Seite eines großen Felsvorsprungs, der mit hohlen, trichterförmigen Pflanzen bedeckt war, die sich in der Strömung des Wassers öffneten und schlossen, so daß sie aussahen wie Hunderte von geifernden Mäulern.

»Nun, was ist?«

»Pukah, als ich mich Kaugs Heim näherte, überfiel mich ein seltsames Gefühl ...«

»Das ist nur das Zeug, das er sich zum Abendessen kocht. Ich weiß, ich habe es auch gespürt. Als wollte dein Magen die Flucht durch die Kehle ergreifen, nicht?«

»Es war nichts, was ich gerochen habe!« entgegnete Sond wütend. »Hör doch einmal im Leben damit auf, den Narren zu spielen. Es ist ein Gefühl wie ... als ob ... als ob ich Kaugs Heim *ohne* seine Erlaubnis betreten könnte. Tatsächlich fühlte es sich so an, als würde ich hineingerissen!«

»Ins Haus eines Ifrit gerissen! Wer ist denn jetzt hier der Narr? Ich bestimmt nicht!« Pukah wirkte belustigt.

»Bah! Da kann ich mich ebensogut mit dem Seetang unterhalten!« Sond schob Pukah beiseite, schwamm an ihm vorbei, tauchte zu der Höhle am Meerersboden, wo der Ifrit sein Heim eingerichtet hatte.

Pukah warf dem Dschinn einen dunklen Blick zu. »Der Seetang würde dir wenigstens eine Audienz auf deinem geistigen Niveau bescheren! Komm schon, Asrial.« Er nahm die Hand des Engels und führte sie direkt zum Meeresboden hinunter.

Kaugs Höhle lag in einer schwarzen Felsenklippe. Im Eingang glomm ein Licht, das gespenstische Leuchten stammte von den Köpfen verzauberter Seeigel, die mißmutig auf die Heimkehr ihres Herrn warteten. Das lange grünbraune Moos, das von der Klippe herabhing, erinnerte Asrial an die Tentakel des Tintenfischs.

»Ich gehe allein hinein«, flüsterte der Engel. Sie erinnerte sich an Mathews Not und strengte sich sehr an, tapfer zu sein. »Ich gehe hinein.« Doch sie rührte sich nicht vom Fleck.

Sond biß sich auf die Unterlippe, starrte Kaugs Heim dabei an, als wäre er davon wie gebannt.

»Wenn ich es mir genau überlege, Asrial«, sagte Pukah mit tonloser, unschuldiger Stimme, »denke ich, daß es vielleicht doch besser wäre, wenn wir dich begleiteten ...«

»Gib es zu, Pukah! Du fühlst es, nicht wahr?« knurrte Sond.

»Das tue ich nicht!« protestierte Pukah lauthals. »Es ist nur, daß ich es nicht für richtig halte, sie dort allein hineinzulassen!«

»Dann komm«, entschied Sond. »Wenn wir an der Schwelle nicht aufgehalten werden, wissen wir, daß etwas faul ist!«

Die beiden Dschinns schwebten voran zum Höhleneingang, ihre Haut schimmerte im Grün des gespenstischen Lichts, das von den Seeigeln abstrahlte, die sie mit großen, traurigen Augen musterten. Asrial folgte ihnen langsam.

Ihre Flügel durchfächerten das Wasser, sie hielt inne, blieb über den Dschinns schweben, die nun rechts und links vor dem Eingang standen.

»Nun, geh schon!« winkte Sond.

»Damit mich der Blitzschlag trifft, weil ich die Regel verletze! Nein, danke!« Pukah schnaubte verächtlich.

»Es war deine Idee!«

»Ich habe es mir anders überlegt.«

»Nichts wird dich aufhalten, und das weißt du auch. Ich sage es dir, wir sind geradezu eingeladen, uns dort hineinzubegeben!«

»Dann nimm *du* doch die Einladung an!«

Sond warf Pukah einen finsteren Blick zu, dann setzte er vorsichtig den Fuß auf die Schwelle zum Heim des Ifrit. Geduckt erwartete Pukah den blauen Blitz, das Knistern und das schmerzliche Aufjaulen Sonds, das Anzeichen dafür, daß das geltende Gesetz unter den Unsterblichen verletzt worden war.

Nichts geschah.

Sond trat mühelos über die Schwelle. Pukah seufzte innerlich. Trotz allem, was er Sond geantwortet hatte, hatte Pukah das beunruhigende Gefühl, daß er in die gespenstisch erhellte Höhle regelrecht *gehörte*.

»Was für ein Unsinn, Pukah!« ermahnte Pukah sich selbst voller Verachtung. »Als ob du jemals an einen Ort gehört hättest, wo Fischköpfe zur Innendekoration gehören!«

Sond starrte ihn vom Eingang aus in grimmigem Triumph an. Pukah ignorierte ihn, drehte sich um, um Asrial die Hand zu reichen. Gemeinsam betraten sie die Höhle. Der Engel hielt sich dicht an den Dschinn. Das Gefieder ihrer Schwingen streifte seinen nackten Rücken, und trotz seines Gefühls wachsenden Unbehagens merkte Pukah, wie seine Haut prickelte und eine angenehme Wärme seinen Körper durchströmte.

Ob Asrial recht hatte? fragte er sich einen Augenblick, wie er so in der grüngetönten Dunkelheit stand, die Hand des

Engels fest umklammernd. Ist dieses Gefühl vielleicht etwas, was ich mir selbst einrede, um mehr wie ein Mensch zu werden? Oder genieße ich ihre Berührung tatsächlich?

Dicht neben ihm flüsterte Asrial, während sie sich umschaute, aber seine Hand nicht losließ: »Wonach suchen wir?«

»Nach einem goldenen Ei«, flüsterte Pukah zur Antwort.

»Ich bezweifle, daß wir das Ei finden werden«, murmelte Sond unglücklich. »Und selbst wenn, wäre meine wunderschöne Dschinnia nicht darin. Erinnerst du dich noch? Kaug hat gesagt, daß er Nedjma an einen Ort verbracht habe, wo ich sie nie wiedersehen würde, bis ich mich schließlich zu ihr gesellte.«

»Was tun wir dann hier?« fragte Pukah.

»Woher soll ich das wissen? Es war schließlich deine Idee!«

»Meine? Du warst es doch, der gesagt hat, daß Kaug Nedjma gefangen hält! Und plötzlich wechselst du die Tonart ...«

Der Dschinn schnaubte heftig. »Dir werde ich die Tonart ändern!« Sond legte die Hand auf den Knauf seines Schwerts. »Du wirst durch einen Schnitt in deiner Kehle singen, du ...«

»Hört auf! Hört gefälligst auf!« Asrials angespannte Stimme zischte in der Dunkelheit. »Jetzt, da wir hier sind, kann es nicht schaden nachzusehen! Selbst wenn wir Nedjma nicht finden, können wir vielleicht immer noch etwas aufspüren, das uns einen Hinweis darauf gibt, wohin dieser Ihfritz sie gebracht hat!«

»Sie hat recht«, antwortete Pukah hastig, während er zurückwich und über einen Schwamm stolperte. »Wir sollten diesen Ort durchsuchen.«

»Dann sollten wir uns besser beeilen«, knurrte Sond. »Kaug kann jeden Augenblick zurückkommen. Trennen wir uns.«

Asrial wiederholte immer wieder Mathews Name, um sich Mut einzureden, als sie tiefer in die Höhle hineinschwebte. Pukah schlug sich nach rechts, während Sond sich dem linken Teil zuwandte.

»Bäh! Ich habe soeben eins von Kaugs Haustieren gefunden!« Pukah hatte gerade einen Felsbrocken beiseite gerollt, den der Ifrit als Stuhl oder Tisch zu verwenden schien, als etwas Schwarzes und Häßliches darunter hervorschlüpfte. »Vielleicht ist es auch eine Freundin von ihm.« Hastig rollte er den Stein zurück und ging weiter, stach mit der langen Nase in ein Flechtenbeet. »Asrial hat recht, weißt du, Sond. *Hazrat* Akhran glaubt, daß Quar für das Verschwinden der Unsterblichen verantwortlich ist, einschließlich seiner eigenen. Wenn das stimmen sollte, müßte Kaug auch wissen, wo sie sind.«

»Das ist hoffnungslos!« Hilflos wedelte Asrial mit den Händen. »Hier gibt es nichts als Steine und Algen.« Als sie sich umdrehte, wich sie plötzlich zurück. »Was ist das?« Sie deutete auf einen riesigen Eisenkessel, der in einer Nische der Höhle stand.

»Kaugs Eintopfkessel!« Pukah rümpfte die Nase. »Riechst du das nicht!« Der Dschinn schwebte zu seinem Engel. »Der Ort hat sich verändert«, gab er zu. »Als ich letztesmal hier war, hockten überall alle möglichen Gegenstände. Jetzt ist da nichts. Es sieht so aus, als wäre der Hundesohn ausgezogen. Ich glaube, wir haben genug gesucht. Sond! Sond? Wo bist du?«

»Aber es muß doch irgend etwas da sein!« Asrial wickelte eine Haarlocke um ihren Finger. »Der Fisch hat gesagt, daß ich mit dir gehen soll! Vielleicht könnten wir mit deinem Gott sprechen. Vielleicht weiß er ja etwas?«

»Nein, nein!« Pukah erbleichte schon beim bloßen Gedanken daran. »Das wäre nicht klug. Ich bin sicher, wenn Akhran irgend etwas wüßte, hätte er es uns schon gesagt. Sond! Sond! Ich ...«

Aus dem Inneren der Höhle ertönte ein heiserer, abgehackter Schrei.

»Bei Suls Augäpfeln! Was war das?« Pukah spürte, wie sich ihm unter dem Turban die Haare aufstellten.

»Promenthas sei mit uns!« hauchte Asrial.

Wieder erscholl der scheckliche Schrei, schwoll zu einem Kreischen an, um plötzlich in einem erstickten Seufzen zu verstummen.

»Das ist Sond!« Pukah sprang vor, schleuderte dabei Steine beiseite, schob sich durch Vorhänge aus schwebenden Algen. »Sond! Wo bist du? Bist du auf einen Fisch getreten? Ist es Kaug? Sond ...«

Pukahs Stimme verstummte. Als er um eine Ecke kam, erblickte er den älteren Dschinn, der allein in einer kleinen Grotte stand. Kränkliches grünes Licht, das von den schleimigen, an den Wänden klebenden Pflanzen ausging, spiegelte sich in einem Gegenstand, den Sond in den Händen hielt. Der Dschinn starrte ihn entsetzt an. »Was ist los, mein Freund? Was hast du da gefunden? Es sieht aus wie ...« Pukah japste. »Akhran sei uns gnädig!«

»Weshalb denn? Was ist los?« Asrial kam auf Zehenspitzen hinter Pukah in die Grotte und lugte über seine Schulter. »Was fällt dir ein, uns so zu Tode zu erschrecken? Das ist doch nur eine alte Lampe!«

Sonds Gesicht im Licht der Pflanzen war fahlgrün. »Nur eine alte Lampe!« wiederholte er mit gequälter Stimme. »Es ist meine Lampe! Mein *Chirak*!«

»Sein was?« Asrial blickte Pukah an, der fast so grün im Gesicht war wie Sond.

»Es ist mehr als eine Lampe«, erwiderte dieser mit versteiften Lippen. »Es ist sein Heim.«

»Und schau mal, Pukah«, sagte Sond in gedämpften Flüstern. »Schau mal hinter mich, auf meine Füße.«

»Meine auch?« Obwohl Pukahs Lippen die Worte bildeten, konnte niemand sie hören.

Sond nickte stumm.

Pukah sank langsam auf den Höhlenboden. Er streckte die Hand aus und ergriff einen hinter Sond stehenden Korb. Der Korb bestand aus dicht geflochtenem Rattanwerk, war am Boden verjüngt, um nach oben auszuschweifen wie die

Knolle einer Zwiebel, und krümmte sich oben wieder der Mitte entgegen. Darauf lag ein geflochtener Deckel mit wackligem Knopf. Liebevoll zog Pukah den Korb zu sich heran und streichelte seine verflochtenen Kringel.

»Das verstehe ich nicht!« rief Asrial mit wachsender Furcht, ließ den Blick von einem verzweifelten Dschinn zum anderen huschen. »Alles, was ich hier sehe, ist nur ein Korb und eine Lampe! Weshalb regt ihr euch so auf? Was hat das zu bedeuten?«

»Es bedeutet«, ertönte eine tiefe, dröhnende Stimme aus dem vorderen Teil der Höhle, »daß *ich* jetzt ihr Herr bin!«

3

Der Schatten des Ifrit legte sich über sie, gefolgt von dem wuchtigen Körper des riesigen Unsterblichen. Wasser strömte von der haarigen Brust; das kampflustige Antlitz des Ifrit war von einem breiten Grinsen durchbrochen. »Ich habe mir eure Heime schon vor einigen Wochen angeeignet, während der Schlacht am Tel. Eine Schlacht, die eure Herren übrigens verloren haben. Falls dieser alte Ziegenbock Majiid noch am Leben sein sollte, verfügt er über keinen Dschinn mehr!«

»Noch am Leben? Wenn du meinen Herrn ermordet haben solltest, dann schwöre ich bei Akhran, daß ...«

»Sond! Nicht! Sei kein ...« Mit einem Seufzen unterbrach Pukah sich selbst. Zu spät.

Geschwollen vor Zorn, bäumte Sond sich auf, bis er zehn Fuß hoch war. Sein Kopf krachte gegen die Höhlendecke und ließ einen Hagel von Steinen auf den Boden niederprasseln. Mit einem erbitterten Knurren stürzte sich der Dschinn auf Kaug. Sonds Attacke traf den Ifrit unvorbereitet. Das Gewicht des Dschinn riß den riesigen Kaug von den Beinen;

zusammen prallten sie mit einem dumpfen Knall auf den Boden.

Pukah klammerte sich an einem Felsen fest, um auf dem wabernden Boden sein Gleichgewicht zu halten, während er sich umdrehte, um Asrial so gut es ging zu trösten. Doch er mußte feststellen, daß der Engel verschwunden war.

Ein riesiger Fuß schoß in Pukahs Richtung hervor. Er kletterte auf den Felsen, um den um sich schlagenden Kämpfenden nicht in die Quere zu kommen. Pukah dachte über die Lage nach, diskutierte sie mit sich selbst, den er für die intelligenteste der anwesenden Parteien hielt.

»Wo ist dein Engel hin, Pukah?«

»Zurück zu Promenthas.«

»Nein, das würde sie nicht tun.«

»Du hast recht, Pukah«, sagte Pukah. »Sie hat dich viel zu gern, um dich zu verlassen.«

»Glaubst du das wirklich?« fragte Pukah entzückt.

»Aber ja!« erwiderte sein anderes Selbst, wenngleich es seiner Behauptung etwas an Überzeugungskraft fehlte.

Beinahe hätte Pukah sich deswegen schon Vorwürfe gemacht, doch dann beschloß er, angesichts des Ernstes der gegenwärtigen Situation darüber hinwegzusehen.

»Das bedeutet, daß Asrial hier ist und in erheblicher Gefahr schwebt. Ich weiß nicht, was Kaug täte, wenn er einen Engel von Promenthas dabei erwischte, wie er gerade seine Unterwäsche durchwühlt.«

Gereizt blickte Pukah auf die Kämpfenden. Das Heulen und Zähneknirschen und Knurren erschwerte es ihm, eine normale Konversation zu führen. »Na ja!« sagte er plötzlich hoffnungsfroh. »Vielleicht hat er sie auch gar nicht gesehen!«

»Er hat ihre Stimme gehört. Er hat auf ihre Frage geantwortet.«

»Das stimmt. Na ja, wenigstens ist sie weg«, sagte Pukah in nüchternem Ton. »Vielleicht hat sie sich einfach nur unsichtbar gemacht, wie damals, als ich sie zum ersten Mal im Lager erblickte. Meinst du, sie ist mächtig genug, um sich vor den Augen eines Ifrit verbergen zu können?«

Keine Antwort. Pukah versuchte es mit einer anderen Frage. »Verschlimmert oder verbessert ihr Verschwinden die Lage für uns, mein Freund?«

»Ich wüßte nicht«, lautete die düstere Erwiderung, »welchen Unterschied das machen sollte.«

Da er die Situation genauso einschätzte, schlug Pukah die Beine übereinander und erwartete das Unausweichliche.

Das blieb nicht lange aus.

Sonds Zorn hatte ihn tiefer in die Schlacht gegen den Ifrit hineingetrieben, als man hätte erwarten können. Doch nachdem Kaug sich erst einmal von seiner Überraschung über den plötzlichen Angriff erholt hatte, war es dem kräftigen Ifrit ein leichtes, die Oberhand zu gewinnen.

Jetzt war es der Ifrit, der den Dschinn anging, und schon bald darauf hing ein zerschundener und blutender Sond kopfunter von der rissigen Höhlendecke herab. Mit wakkelndem Kopf und Armen und Beinen, die mit Schnüren aus dornigen grünen Schlingpflanzen gefesselt waren, gab der Dschinn immer noch nicht auf und kämpfte gegen seine Fesseln an – wild zappelnd, bis er sich schließlich am Ende seines Seils zu drehen begann.

»Das würde ich nicht tun, Sond«, riet ihm Pukah von dem Felsen aus. »Wenn du dich auf diese Weise tatsächlich befreien solltest, wirst du nur auf den Kopf stürzen, und dabei solltest du doch wirklich auf das bißchen Verstand achtgeben, das du besitzt.«

»Du hättest mir wenigstens helfen können, du Bastard Suls!« Sond wand und krümmte sich. Blut und Speichel troffen ihm aus dem Mund.

Pukah war entsetzt. »Ich würde doch nicht im Traum daran denken, unseren neuen Herrn anzugreifen!« sagte er vorwurfsvoll.

Kaug hielt mit der Bewunderung seines eigenen Werks inne, um den jungen Dschinn mißtrauisch zu beäugen. »Welch eine Treue, kleiner Pukah. Ich bin gerührt.«

Der junge Dschinn glitt von seinem Felsen, warf sich vor dem Ifrit zu Boden und berührte diesen mit dem Kopf.

»Dies ist das Gesetz der Unsterblichen, die auf der sterblichen Ebene dienen«, rezitierte Pukah in nasalem Tonfall, die Nase flach gegen den Boden gepreßt. »Wer immer den stofflichen Gegenstand erwirbt, an den der Unsterbliche gebunden ist, soll fortan der Herr des besagten Unsterblichen sein, und ihm gebührt all seine Treue.«

Sond kreischte etwas Bösartiges, das mit Pukahs Mutter und einem Ziegenbock zu tun hatte.

Pukah wirkte gequält. »Ich fürchte, diese Unterbrechungen verärgern dich, mein Meister. Wenn es mir gestattet sei ...«

»Gewiß!« Kaug wedelte achtlos mit der Hand. Der Ifrit schien gedankenverloren, als sein Blick hin und her durch die Grotte huschte.

Pukah, der glaubte zu wissen, auf welche Beute es der Ifrit abgesehen hatte, hielt es für das Beste, ihn abzulenken. Er nahm eine Handvoll Seetang auf, packte Sond am Turban und stopfte dem jammernden Dschinn die fahlgrüne Pflanze in den Mund.

»Seine beleidigenden Ausbrüche werden dich nicht länger stören, mein Herr!« Pukah kniete vor dem Ifrit nieder.

»Alle Treue, wie, kleiner Pukah?« sagte Kaug. Er fuhr sich mit der Hand übers Kinn, während er den Dschinn nachdenklich musterte. »Dann lautet mein erster Befehl an dich, mir mitzuteilen, weshalb ihr hier seid.«

»Wir wurden hierhergezogen, Herr, von den stofflichen Gegenständen, an die wir dem Gesetz zufolge gebunden sind, das da besagt ...«

»Ja, ja«, antwortete Kaug gereizt und warf einmal mehr einen forschenden Blick durch die Höhle. »Du bist also gekommen, weil du nicht anders konntest. Du belügst deinen Herrn, kleiner Pukah, und das ist völlig gegen die Regeln. Du mußt bestraft werden.« Der Ifrit ließ einen Fuß hervorschnellen und trat Pukah ans Knie. Schmerzvoll ruckte der Kopf des Dschinns zurück, wobei seine Lippe aufplatzte.

»Die Wahrheit. Du bist gekommen, um Nedjma zu suchen. Und das dritte Mitglied eurer Partie – aus welchem Grund ist die denn hierhergekommen?«

»Ich versichere dir, Herr«, sagte Pukah und wischte sich das Blut vom Mund, »daß wir nur zu zweit waren ...«

Wieder traf Kaug ihn ins Gesicht.

»Ach, komm schon, treuer kleiner Pukah! Wo kann ich den hübschen Körper finden, der zu jener bezaubernden Stimme gehört, die ich vernahm, als ich heute nacht in meine Behausung trat?«

»Ach, mein Herr, du siehst vor dir die einzigen Körper, die zu den einzigen Stimmen gehören, die du in einer Behausung vernommen hast. Nun hängt es sicherlich von deinem Geschmack ab, aber ich erachte *meinen* Körper als den lieblicheren der beiden ...«

Wie beiläufig trieb Kaug einen Fuß in die Niere des jungen Dschinns. Ob wirklich oder eingebildet, der Schmerz war jedenfalls heftig. Mit einem Stöhnen knickte Pukah ein.

»Ich habe eine Stimme gehört – eine weibliche Stimme, kleiner Pukah!«

»Man hat mir gesagt, daß ich einen zuhöchst melodischen Klang in meiner ... uff!«

Kaug trat dem Dschinn in die andere Niere. Die Heftigkeit des Stoßes rollte Pukah auf den Rücken. Der Ifrit zog sein Schwert, stellte sich über dem jungen Dschinn auf, die Waffe auf einen höchst lebenswichtigen und verletzlichen Teil von Pukahs Leib gerichtet.

»So, kleiner Pukah, du behauptest also, daß die weibliche Stimme deine gewesen ist. Das *wird* sie auch noch werden, mein Freund, wenn du mir nicht die Wahrheit sagst und mir enthüllst, wo sich dieser Eindringling befindet!«

Pukah bedeckte sich mit den Händen und blickte mit flehenden Augen zu dem Ifrit empor. »O mein Gebieter! Laß Gnade walten, ich flehe dich an! Du bist erzürnt über den grundlosen Angriff auf deine Person von jemandem, der von Rechts wegen dein Sklave sein sollte« – ein unterdrücktes Kreischen von Sond – »und das hat etwas Sand in ... in das Getriebe deines sonst so hervorragenden Denkens geworfen! Schau dich um, großer Kaug! Könnte irgend jemand oder irgend etwas vor deinem allessehenden Blick verborgen bleiben, o Mächtiger Diener des Allerheiligsten Quar?« Die Frage lähmte den Ifrit. Wenn er ja sagte, gäbe er damit zu, nicht allsehend zu sein; sagte er nein, würde das bedeuten, dem Pukah recht zu geben und einzugestehen, daß er – Kaug – die merkwürdige Stimme doch nicht gehört hatte. Der Ifrit ließ seinen Blick in der Höhle umherschweifen, untersuchte jeden Schatten, benutzte alle Sinne, um eine verborgene Gegenwart in der Behausung aufzuspüren.

Kaug verspürte ein Prickeln seiner Nervenenden, als hätte jemand seine Haut mit einer Feder berührt. Es gab *doch* ein weiteres Wesen in seiner Höhle, irgend jemanden, der die Fähigkeit besaß, ohne seine Erlaubnis in seine Unterkunft einzudringen. Ein weißer Nebelschleier versperrte ihm die Sicht. Kaug rieb sich die Augen, konnte damit aber die merkwürdige Empfindung nicht vertreiben.

Was sollte er tun? Pukah kastrieren? Der Ifrit überlegte. Damit würde er lediglich ein wenig Belustigung erreichen, nicht mehr. Tatsächlich könnte ein solch gewalttätiger Akt die Kreatur verschrecken, so daß sie für immer verschwand. Nein, man mußte sie einlullen, bis sie sich wohl fühlte.

Ich werde Pukah den Hanf geben und zusehen, wie er sich den Strick dreht, der sich um seinen eigenen Hals legen wird, sagte sich Kaug. Laut dagegen verkündete er: »Du hast recht, kleiner Pukah. Ich muß es mir eingebildet haben.« Der Ifrit schob das Schwert zurück in die Scheide und half dem Dschinn freundlich auf die Beine. Kaug wischte Schleim von Pukahs Schulter und zupfte ihm fürsorglich Algenfetzen von seinen *Pantalonen*. »Verzeih mir. Ich bin leicht reizbar. Ein Fehler, wie ich zugeben will. Sonds

Anschlag auf mein Leben hat mich aufgeregt.« Der Ifrit preßte die Hand auf seine riesige Brust. »Tatsächlich hat es mich zutiefst verletzt, vor allem nach all der Mühe, die ich nicht gescheut habe, um euch beide zu retten.«

»Sond ist ein Tier!« rief Pukah, warf Sond dabei einen erzürnten Blick zu und gratulierte sich selbst zu seiner Schläue. Dann spitzte der junge Dschinn die Ohren. »Äh, was meinst du damit ... uns zu retten? Wenn es nicht zuviel verlangt sein sollte, dich in diesem geschwächten Zustand so etwas zu fragen, Höchst Gütiger Leiderprobter Gebieter.«

»Nein, nein. Ich bin nur erschöpft, das ist alles. Und der Kopf wirbelt mir. Wenn ich mich nur setzen könnte ...«

»Gewiß, Herr. Du siehst tatsächlich bleich aus, etwas nach Chartreuse. Stütz dich auf mich.«

Kaug legte den massigen Arm über Pukahs schlanke Schulter. Mit einem Stöhnen begann der junge Dschinn unter dem Gewicht zu wanken.

»Wohin, Herr?« keuchte er.

»Zu meinem Lieblingssessel«, sagte Kaug mit schwacher Geste. »Dort drüben, neben meinem Kochtopf.«

»Jawohl, Gebieter«, erwiderte Pukah mit mehr Bereitwilligkeit, als er noch Puste besaß. Als die beiden endlich den Riesenschwamm erreichten, auf den der Ifrit gezeigt hatte, ging der junge Dschinn schon fast auf dem Zahnfleisch. Kaug ließ sich in seinen Sessel sinken.

Pukah unterdrückte ein Stöhnen und sackte zu seinen Füßen zu Boden. Sond war verstummt; vielleicht wollte er mehr hören oder hatte das Bewußtsein verloren. Der junge Dschinn wußte es nicht, und im Augenblick war es ihm auch gleichgültig.

»Bei der Schlacht am Tel hast du nicht teilgenommen, oder, kleiner Pukah?« fragte Kaug und rückte seinen massigen Körper im Sessel zurecht. Er lehnte sich zurück und musterte den jungen Dschinn mit mildem Blick.

»Meinst du die Schlacht zwischen den Scheichs Majiid und Jaafar und Zeid?« frage Pukah beunruhigt.

»Nein«, antwortete Kaug kopfschüttelnd. »Es gab keine Schlacht zwischen den Wüstenstämmen.«

»Gab es nicht?« Pukah wirkte erst sehr erstaunt, dann riß er sich zusammen. »Ach so, natürlich, es gab gar keine! Weshalb hätte es auch eine geben sollen? Schließlich sind wir ja alle Brüder im Geist Akhrans ...«

»Ich meine die Schlacht zwischen den Wüstenstämmen und den Heeren des Emirs von Kich«, fuhr Kaug kühl fort. Dann hielt der Ifrit einen Augenblick inne, um schließlich hinzuzufügen: »Dein Mundwerk arbeitet zwar, kleiner Pukah, aber ich kann nichts hören. Ich habe doch wohl nicht zufällig etwas Wichtiges angesprochen, oder?«

Kopfschüttelnd fand Pukah seine Stimme wieder, irgendwo unten an seinen Fußknöcheln. »Mein ... mein Herr und ... die Heere des ...«

»Ehemaliger Herr«, berichtigte Kaug.

»Gewiß doch. Ehemaliger He-Herr«, stammelte Pukah. »Verzeih mir, edler König.« Er warf sich zu Boden und verbarg sein glühendes Gesicht.

Der Ifrit lächelte. »Es stand nie in Frage, wie die Schlacht enden würde. Auf ihren magischen Reittieren haben die Truppen des Emirs mühelos eure ärmlichen Wüstenkämpfer besiegt.«

»Wurden ... wurden alle ... getötet?« Pukah konnte sich nur mit Mühe durchringen, das Wort auszusprechen.

»Getötet? Nein. Es war das Ziel des Imams, Quar so viele lebende Seelen zu überbringen wie möglich. Deshalb bekam der Emir auch den Befehl, Gefangene zu machen und keine Gefallenen. Die jungen Frauen und Kinder brachten wir nach Kich, um dort den Weg des Einen Wahren Gottes zu lernen. Die alten Leute ließen wir in der Wüste zurück, denn sie können uns nichts dabei nützen, die neue Welt zu erbauen, die Quar zu beherrschen bestimmt ist. Auch deinen Herrn und seine *Spahis* ließen wir dort zurück. Ihrer Familien beraubt und gebrochenen Geistes, dazu schwach an Körper, werden sie zu uns kommen und sich vor Quar verneigen.«

Ein erwürgtes Geräusch Sonds war Ausdruck des Widerstands.

Kaug musterte den älteren Dschinn traurig. »Ach, der wird wohl nie Dankbarkeit lernen. Du bist intelligent, Pukah. Die Winde des Himmels haben die Richtung gewechselt. Jetzt blasen sie nicht aus der Wüste, sondern aus der Stadt. Die Zeit Akhrans ist abgelaufen. Lange hat Majiid nach seinem Dschinn gerufen, ihm zu Hilfe zu eilen, doch er bekam keine Antwort.«

Durch die Finger auf Sond spähend, stellte Pukah fest, daß der ältere Dschinn seinen Kampf gegen die Fesseln aufgegeben hatte. Tränen strömten aus Sonds Augen, troffen in die Lachen aus Meerwasser am Boden unter ihm. Pukah wandte den Kopf von diesem traurigen Anblick ab.

»Der Glaube des Scheichs an seinen Gott beginnt zu wanken. Sein Dschinn kommt nicht mehr auf seinen Befehl. Seine Frau und Kinder wurden gefangengenommen. Sein ältester Sohn – das Licht seiner Augen – ist verschollen, und alle glauben, daß er tot sei ...«

Pukah hob sein gequältes Gesicht. »Khardan? Tot?«

»Ist er es etwa nicht?« Kaugs Blicke durchbohrten ihn.

»Weißt du es nicht?« parierte Pukah den Stoß.

Sie starrten einander an, hieben im Geist mit ihren Schwertern aufeinander ein, dann wich Kaug achselzuckend zurück. »Der Leichnam wurde zwar nie gefunden, doch hat das nicht viel zu bedeuten. Vermutlich befindet er sich im Bauch einer Hyäne – ein passendes Ende für einen tollen Hund.«

Pukah senkte wieder den Kopf. »Es *muß* wahr sein! Khardan *muß* tot sein! Sonst hätte er mich um Hilfe gerufen!«

»Was murmelst du da, kleiner Pukah?« Kaug stieß den Dschinn mit dem Fuß an.

»Ich war ... ich habe mir gerade gesagt, welches Glück ich doch habe, dein Sklave zu sein ...«

»Das hast du wirklich, kleiner Pukah. Die Männer des

Emirs wollten schon deinen Korb verbrennen und diese Lampe verkaufen, aber ich erkannte, daß es die Heime von Mit-Unsterblichen waren und habe mich beeilt, euch beide zu retten. Nur, um in meinem eigenen Heim überfallen zu werden ...« Der Ifrit warf Sond einen wütenden Blick zu.

»Verzeih ihm, Gebieter. Der denkt nur mit dem Darm.« Wo ist Asrial? fragte sich Pukah. Ganz ähnlich wie Kaug ließ auch er den Blick hin- und herhuschen, um ihren Aufenthaltsort zu bestimmen. Hat sie es gehört? Ein plötzlicher Gedanke überkam ihn. Wenn sie es getan hat, muß sie wahnsinnig vor Sorge sein.

»Ich ... ich denke nicht, Gütiger Kaug, daß du mir auch mitteilen würdest, welches Schicksal die Frauen meines ... meines ehemaligen Herrn ereilte?« fragte Pukah vorsichtig.

»Warum willst du das denn wissen, kleiner Pukah?« Kaug gähnte.

»Weil ich Mitleid für jene empfinde, die den Tod eines solchen Ehegatten zu betrauern haben«, erwiderte Pukah, hockte sich wieder auf die Hacken und musterte den Ifrit mit einer Miene, die so ausdruckslos war wie eine Pfanne voll Ziegenmilch. »Der Kalif hat seine Frauen zutiefst geliebt, und sie ihn auch. Ihre Trauer über seinen Verlust muß ein schrecklicher Anblick gewesen sein.«

»Nun, tatsächlich ist es ein seltsamer Zufall, aber Khardans beide Frauen sind ebenfalls verschwunden«, berichtete Kaug. Der Ifrit lehnte sich in seinem Sessel zurück und musterte Pukah mit verengten Augen.

Vielleicht lag es auch an seiner überlasteten Einbildungskraft, aber Pukah glaubte, bei dieser Bemerkung ein unterdrücktes Schreien zu vernehmen. Der Ifrit riß plötzlich die Augen auf. »Was war das?« Kaug ließ den Blick durch die Höhle schweifen.

»Sond! Stöhn gefälligst leiser! Du störst den Gebieter!« befahl Pukah und sprang auf die Beine. »Erlaube es mir, mich um ihn zu kümmern, o Mächtiger Ifrit. Ruhe du dich aus.«

Kaug lehnte sich gehorsam zurück und schloß die Augen. Er spürte, wie Pukah sich vor ihm aufbaute und ihn eindringlich musterte. Dann hörte er den Dschinn auf nackten Füßen davontapsen und auf Sond zueilen. Der Ifrit hörte auch noch etwas anderes – ein weiteres qualvolles Schluchzen. Er öffnete die Augen und sah, daß Pukah die Hände in die Achselhöhlen geschoben hatte und heftig die Ellenbogen flattern ließ.

Sond starrte ihn verblüfft an, bis er die Andeutung begriff – offensichtlich genug war sie ja schließlich –, dann begann er laut zu stöhnen.

»Was denkst du dir eigentlich bei diesem Gewimmer?« schrie Pukah. »Mein Gebieter ist auch so schon schmerzgeplagt genug. Halt sofort den Mund!« Pukah wirbelte zum Ifrit herum und griff dabei nach einem großen Stein. »Gestatte mir, ihn bewußtlos zu schlagen, mein Herr!«

»Nein, das wird nicht nötig sein«, murmelte Kaug und setzte sich etwas im Sessel zurecht. »Ich werde mich selbst um ihn kümmern.«

Pukah mit flatternden Armen. Pukah mit Flügeln? Die Fährte hatte eine ungewöhnliche Wendung genommen, und der Ifrit, der ihr zu folgen versuchte, hatte den unausweichlichen Eindruck, sich verlaufen zu haben. Er wußte zwar, daß er irgend etwas auf der Spur war, brauchte aber Zeit, um sich zurechtzufinden.

»Sond, ich befehle dir, dich in deinem *Chirak* aufzuhalten!« Der Ifrit schnippte die Finger, und der Leib des Dschinns begann sich langsam aufzulösen und in Rauch zu verwandeln. Der Rauch waberte in der Luft, zwei Augen waren noch zu erkennen, die sich in bösartigem Zorn auf Kaug richteten. Eine einfache Geste des Ifrit brachte die Lampe dazu, den Rauch aus der Luft zu saugen, und schon war Sond verschwunden.

»Und was wünschst du von mir, mein Gebieter?« fragte Pukah demütig und verneigte sich dabei tief, die Hände an die Stirn gepreßt.

»Kehre in deine Behausung zurück. Bleibe dort, bis ich nach dir rufe«, befahl Kaug gedankenverloren. »Ich werde Quar meine Aufwartung machen.«

»Eine sichere und angenehme Reise wünsche ich dir, Gebieter«, sagte Pukah. Unter unentwegten Verneigungen begab sich der Dschinn umständlich zu seinem Korb.

»Nun ja«, grunzte Kaug und stemmte seine Massen aus dem Sessel.

»Nun ja«, äffte Pukah ihn nach, die Ohren gespitzt, um sich des Verschwindens des Ifrit zu versichern. »Eines seiner intelligenteren Geräusche. Dieser Riesentölpel! Pukah, mein Freund, du hast ihn ganz schön hinters Licht geführt. Er hat es versäumt, dich in deiner Behausung einzusperren, und solange er fort ist, kannst du sie verlassen, um nach deinem verschollenen Engel zu suchen.«

Als er im Inneren seines Korbs materialisierte, fand Pukah ihn in einem Zustand allgemeiner Unordnung vor – das Mobiliar war umgestürzt, Geschirr zerschlagen, Nahrungsmittel überall verteilt. Nachdem er seine Unterkunft einst mit einer Schlange geteilt hatte, die nicht besonders ordentlich gewesen war, war der Dschinn an ein gewisses Maß an Schlampigkeit gewöhnt. Pukah ignorierte das Durcheinander, stellte das Bett wieder so hin, wie es sich gehörte, dann legte er sich darauf und wartete, lauschte angespannt, um sicherzugehen, daß der Ifrit tatsächlich verschwunden war und er es jetzt nicht gerade mit einer hirnrissigen List zu tun hatte, die ihn in die Falle locken sollte.

Als er kein Geräusch mehr hörte, wollte Pukah gerade seinen Korb wieder verlassen, um die Höhle zu durchsuchen, als ihn ein Federrauschen fast erstickte. Silbriges Haar versperrte ihm die Sicht, und ein warmer, weicher Körper warf sich ihm in die Arme.

»Ach, Pukah!« rief Asrial und umklammerte ihn heftig. »Mein armer Mathew! Ich muß ihn finden! Du mußt mir helfen zu fliehen!«

4

»Das würde darauf hinweisen, daß ihr Kalif, dieser Khardan, nicht tot ist«, überlegte Quar.

Kaug fand den Gott beim Spaziergang in seinem Lustgarten vor, wo Quar gerade über den Marsch des Amir-Heeres nach Süden grübelte. Dieser *Dschihad* war eine wichtige Angelegenheit, es gab so viel zu tun: dafür sorgen, daß das Wetter perfekt war, Regen zu verhindern, damit die Karawanen nicht im Schlamm versanken; die tödliche Hand der Krankheit von seinen Truppen fernzuhalten; die Magie Suls unentwegt in die Pferde einströmen zu lassen, und Hunderte von anderen Sorgen. Quar hatte zwar die Stirn gerunzelt, als Kaug ihn unterbrach, doch da der Ifrit darauf bestanden hatte, daß es wichtig sei, hatte er großherzig eingewilligt, ihm zuzuhören.

»Das denke ich auch, Heiligster«, sagte der Ifrit und verneigte sich, um zu zeigen, wie sehr ihm doch die Ehre bewußt war, dasselbe zu glauben wie sein Gott. »Der Dschinn, Pukah, hat zwar nur den Verstand eines Straßenköters, doch selbst ein Hund weiß es, wenn sein Herr tot ist, und die Nachricht traf Khardans Lakaien als völlige Überraschung.«

»Das erzählst du mir auch von den Frauen. Es ist auf jeden Fall rätselhaft«, meinte Quar beiläufig und versenkte seine weißen, vollkommen geformten Zähne in die goldene Haut einer Kumquat. »Was hältst du davon?« Ein Tropfen Saft fiel auf die kostbaren Seidengewänder. Gereizt tupfte der Gott ihn mit einem Linnentuch ab.

»Pukah hat die Angelegenheit zur Sprache gebracht, o Erhabener. Als ich ihn fragte, weshalb er sich dafür interessiere, log er, erzählte, daß Khardan tiefe Liebe für seine Frauen empfand. Wir wissen von der Frau Meryem, daß der Kalif seine Hauptfrau verabscheute und daß seine zweite Frau verrückt war.«

»Vielleicht.« Quar schien ganz und gar damit beschäftigt zu sein, den Fleck aus seiner Kleidung zu entfernen.

»Als ich die Frauen erwähnte, die verschwunden waren, hörte ich auch das merkwürdige Geräusch – als sei jemand von Trauer überwältigt, Heiligster. Ich bin davon überzeugt, daß noch jemand in meiner Behausung ist.« Kaug schnitt eine Grimasse, runzelte nachdenklich die Stirn. »Irgend jemand mit Flügeln ...«

Quar hatte eben im Begriff gestanden, einen weiteren Bissen aus der Frucht zu nehmen. Auf halber Strecke zum Mund erstarrte seine Hand. »Flügel?« wiederholte er leise.

»Ja, Heiligster.« Kaug beschrieb Pukahs merkwürdiges Verhalten und Sonds Reaktion.

»Promenthas!« murmelte Quar sanft. »Engel in Gesellschaft mit Dschinnen von Akhran! Also bekämpfen die Götter mich auch auf der Ebene der Unsterblichen!«

»Was sagst Ihr da, Heiligster?« Kaug trat näher.

»Ich sagte, daß dieser merkwürdige, geflügelte Eindringling dein Verschwinden wahrscheinlich zur Flucht genutzt hat«, antwortete Quar kalt.

»Unmöglich, mein Gebieter. Ich habe meine Behausung versiegelt, bevor ich sie verließ. Ich dachte, ich sollte keine Zeit verlieren, um Euch diese Nachricht zu überbringen«, fügte der Ifrit unterwürfig hinzu.

»Ich verstehe nicht, weshalb du dir wegen dieses Khardan soviel Sorgen machst!« sagte Quar, während er eine weitere Kumquat pflückte. »Mein ganzes Volk ist regelrecht besessen von ihm! Der Imam will seine Seele haben. Der Amir will seinen Kopf. Meryem will seinen Körper. Dieser Kalif ist ein Mensch, nicht mehr – der blinde Gefolgsmann eines sterbenden Gottes.«

»Er könnte eine Bedrohung darstellen ...«

»Nur, wenn ich ihn zu einer mache!« verwies Quar ihn streng.

Kaug verneigte sich. »Und welche Anweisungen gebt Ihr hinsichtlich der Dschinnen, mein Gebieter?«

Quar wedelte mit einer Hand. »Tu, was du willst. Behalte

sie als Sklaven. Schicke sie dorthin, wo wir die anderen hinschicken. Das kümmert mich nur wenig.«

»Und die mysteriöse dritte Partei ...«

»Im Augenblick hast du Wichtigeres, was deine Zeit in Anspruch nimmt, Kaug, so etwa die bevorstehenden Schlachten im Süden. Aber wenn du willst, gewähre ich dir die Freiheit, dein kleines Rätsel zu lösen.«

»Und wird sich mein Gebieter für die Lösung interessieren?«

»Vielleicht kannst du mir eines Tages, wenn mich andere Narreteien langweilen, davon berichten«, erwiderte Quar und bedeutete dem Ifrit mit kühlem Nicken, daß seine Anwesenheit nicht länger erwünscht war.

Der Ifrit verneigte sich aufs neue, dann löste er sich in der nach Blüten duftenden Luft auf.

Sobald Kaug verschwunden war, legte Quar die Maske der Gleichgültigkeit ab, die er in der Gegenwart des Mächtigen Ifrit getragen hatte. Hastig eilte er zu seiner üppigen Behausung zurück, betrat einen Tempel, dessen genaues Doppel sich in der Unterwelt, in der Stadt Kich, finden ließ. Der Gott hob einen Hammer und schlug dreimal einen kleinen Gong.

Ein verzehrtes Antlitz erschien in Quars Geist, die Augen brannten von heiliger Ekstase. »Ihr habt mich gerufen, *Hazrat* Quar?«

»Imam, unter den Wüstenleuten, die wir gefangennahmen, muß es auch welche geben, die mit diesem Khardan, ihrem Kalifen, verwandt sind.«

»Ich glaube, die gibt es, Heiligster. Seine Mutter und einen Halbbruder ... jedenfalls berichtete man mir das.«

»Ich will etwas über diesen Kalifen erfahren. Beschaffe sie mir auf jede erdenkliche Weise. Natürlich wäre es am wünschenswertesten, wenn du einen oder beide zum wahren Glauben bekehren könntest.«

»Ich hoffe, sämtliche Wüstennomaden zu bekehren, Heiligster.«

»Hervorragend, Imam.«

Feisals Gesicht schwand aus Quars Sicht.

Als Quar sich auf einem Seidenbrokatsofa zurücklehnte, merkte er, daß er noch immer die Kumquat in der Hand hielt. Er musterte sie gelassen, dann schloß er die Faust darum und begann zuzudrücken. Die Haut platzte, der Saft troff ihm über die Finger. Als die Frucht zu einem Brei geworden war, schleuderte der Gott sie achtlos beiseite.

5

»Wir müssen fliehen! Wir müssen von hier verschwinden, Pukah!« rief Asrial außer sich. »Dieses schreckliche Ungeheuer hat recht. Mathew ist verschwunden! Ich habe sein Wesen in meinem Geist gesucht und konnte ihn nicht erkennen! Eine Dunkelheit umhüllt ihn, verbirgt ihn vor meinem Auge. Irgend etwas Furchtbares ist ihm geschehen!«

»Na, na, na«, murmelte Pukah, zu benommen und verwirrt, um zu wissen, was er gerade sagte. Die schöne Kreatur, die aus dem Nichts erschienen war, ihre sanften Hände, die sich an ihm festhielten, ihr Duft, ihre Wärme. Der Dschinn war noch geistesgegenwärtig genug, um die sanfte Hand zu nehmen und den Engel mit sich aufs Bett zu ziehen.

»Entspannen wir uns und denken wir in aller Ruhe darüber nach.« Pukah führte die Lippen an die glatte Wange. Wie schaffte man das mit den Flügeln? Sie mußten einem ja im Weg sein.

»Ach, Pukah!« Asrial schluchzte erbärmlich, neigte den Kopf. Plötzlich küßte Pukah eine Masse feuchten, silbrigen Haars. »Es ist alles meine Schuld! Ich hätte ihn nie verlassen dürfen!«

Er legte einen Arm um ihre Hüfte (schob ihn dabei unter

die Flügel), dann drückte Pukah Asrial enger an sich. »Du hattest keine andere Wahl, mein Zauberwesen!« flüsterte er, wobei er das Haar beiseite strich. »Die Fische haben dir gesagt, du solltest kommen.« Seine Lippen strichen über ihre fiebernde Haut.

»Was aber, wenn es nur eine List war!« Asrial sprang mit solcher Heftigkeit auf die Beine, daß ihre Flügel Pukah vom Bett wischten. »Es könnte eine Intrige des Astafas sein. Ein Versuch dieses Herrn der Finsternis, Mathews Seele zu rauben! Ach, warum habe ich nicht schon früher daran gedacht! Und dein Herr, Khardan – der muß bei Mathew sein. Der schwebt zweifellos auch in Gefahr. Verschwinden wir, Pukah, und zwar schnell!«

»Das können wir nicht«, erwiderte der Dschinn und stand vom Korbboden auf.

»Weshalb nicht?« Asrial sah ihn erschrocken an.

»Weil«, Pukah seufzte, setzte sich aufs Bett, »Kaug die Höhle versiegelt hat, bevor er ging.«

»Woher weißt du das?«

Pukah zuckte mit den Schultern. »Überzeuge dich selbst. Versuch doch mal, wieder in den Ozean zurückzukehren.«

Asrial schloß die Augen, ihre Lippen bewegten sich, die Schwingen wogten sanft. Dann riß sie die Augen wieder auf, blickte begierig um sich und zog vor Enttäuschung eine Grimasse. »Ich bin immer noch hier!«

»Ich habe es dir doch gesagt«, versetzte Pukah und lehnte sich auf dem Bett zurück. Er streckte die Hand aus. »Komm, Geliebte. Ruh dich aus. Wer weiß, wie lange Kaug verschwunden sein wird. Wir sind beide hier gefangen. Da können wir ebensogut das Beste daraus machen.«

»Ich … ich denke, ich würde einen Sessel vorziehen«, meinte Asrial. Sie ließ den Blick durch das Heim des Dschinns schweifen, auf der Suche nach einem Möbelstück, das noch nicht zertrümmert war.

»Hier gibt es kein einziges intaktes Möbelstück, bis auf das Bett, fürchte ich«, sagte Pukah fröhlich. Er war Kaug noch etwas schuldig. »Komm, Asrial. Laß mich dich trösten, dich von trübsinnigen Gedanken ablenken, von deinen Sorgen.«

»Und wie willst du das tun, Pukah?« fragte Asrial kühl. »Wenn ich mich nicht täusche, versuchst du gerade mich zu verführen, um ... mit mir Liebe zu machen. Das ist völlig lächerlich! Wir besitzen keine Körper. Wir können keine leiblichen Freuden empfinden!«

»Dann erzähl mir mal, daß ich das hier nicht fühle!« konterte Pukah grimmig und zeigte auf seine geschwollene Lippe. »Erzähl Sond, daß er nicht spürt, wie er durchgeprügelt wurde!« Der Dschinn stieg aus dem Bett und ging mit ausgestreckten Armen auf den Engel zu. »Erzähl mir, daß ich nicht empfinde, was ich gerade fühle – das Rasen meines Herzens, das Wallen meines Bluts ...«

»Sond hat das nicht getan!« Asrial stockte, trat einen Schritt zurück. »Du tust es auch nicht! Du hast dir lediglich eingeredet ...«

»Erzähl mir, daß du das hier nicht fühlst!« Pukah packte den Engel um die Hüfte, preßte ihren Leib an sich und küßte sie.

»Ich ... ich ... habe überhaupt nichts gefühlt!« keuchte Asrial zornig, als sie wieder frei atmen konnte. Heftig versuchte sie Pukah von sich zu stoßen. »Ich ...«

»Still!« Der Dschinn legte ihr die Hand auf den Mund. Wütend ballte Asrial die Fäuste und begann, auf den Brustkorb des Dschinns einzutrommeln. Da hörte auch sie das Geräusch. Ihre Augen weiteten sich furchtsam, und sie schlaffte in Pukahs Armen ab.

»Kaug ist zurück!« flüsterte der Dschinn. »Ich muß gehen!«

Pukah verschwand so schnell, daß Asrial beinahe zu Boden gefallen wäre. Matt ließ sie sich aufs Bett sinken und kauerte sich dort zusammen, zitterte, während sie horchte, was draußen vor dem Korb vor sich ging.

Langsam, unbewußt, fuhr ihre Zunge über ihre Lippen, als könnte sie noch immer eine nachhallende Süße darauf verspüren.

»Gebieter!« rief Pukah mit einem Anflug von Freude. »Du bist zurückgekehrt!« Er warf sich auf den Höhlenboden.

»Allerdings«, knurrte Kaug und musterte den unterwürfigen Dschinn finster. »Mich kann er nicht hinters Licht führen!«

»Ja, Herr, dazu würde es in der Tat vieler Kerzen bedürfen«, sagte Pukah und erhob sich vorsichtig, um dem Ifrit nachzutapsen, der zornig in der Höhle auf und ab stampfte.

»Er fürchtet Khardan!«

»Tut er das, Gebieter?«

»Nicht weil dein früherer Herr mächtig oder stark wäre, sondern weil Quar ihn nicht beherrschen und anscheinend auch nicht töten kann.«

»Also ist mein Herr – ehemaliger Herr – nicht tot?«

»Überrascht dich das sehr, kleiner Pukah? Nein, ich dachte es mir doch. Und deine geflügelte Freundin auch nicht, wie?«

»Ich habe keine Vorstellung, worauf mein Gebieter anspielt, es sei denn, Sond sind Federn gewachsen.« Pukah warf sich mit ausgestreckten Armen vor ihm auf den Boden. »Ich versichere meinen Gebieter meiner völligen Treue. Ich würde alles für meinen Herrn tun, ja sogar ausziehen, um den Kalifen zu suchen, wenn mein Gebieter das befiehlt.«

»Das würdest du tun, Pukah?« Kaug drehte sich um und musterte den Dschinn eindringlich.

»Nichts würde mir mehr Vergnügen bereiten, mein Gebieter.«

»Ich glaube, daß du ausnahmsweise einmal die Wahrheit sagst, kleiner Pukah.« Der Ifrit grinste. »Ja, ich denke, ich werde auf dein Angebot eingehen, Sklave des Korbs. Du begreifst doch, wem du nunmehr dienst, nicht wahr,

Pukah? Nach den Gesetzen der Dschinnen bin ich dein Herr, bist du mein Sklave. Wenn ich dir befehle, Khardan säuberlich in vier gleich große Teile zerstückelt herzubringen, würdest du das doch tun, nicht wahr, Sklave?«

»Natürlich, mein Gebieter«, antwortete Pukah aalglatt.

»Ach, ich sehe schon, wie dein Geist sich windet und einen Ausweg sucht. Soll er sich winden, soviel er will, kleiner Pukah. Er ist wie ein Esel, der an ein Wasserrad gebunden ist. Er dreht und dreht sich nur im Kreis. Ich habe deinen Korb. Ich bin dein Gebieter. Vergiß das nicht und auch nicht die Strafe, die dir droht, solltest du mir nicht gehorchen.«

»Ja, mein Herr«, sagte Pukah mit eingeschüchterter Stimme.

»Und um mir deine Treue zu beweisen, kleiner Pukah, werde ich dich jetzt mit einem Auftrag ausschicken, bevor du dich auf die Suche nach dem verschwundenen Khardan machst. Ich befehle dir, den *Chirak* von Sond an einen bestimmten Ort zu bringen. Dort wirst du ihn zurücklassen und zu mir zurückkehren, um meine Anweisungen hinsichtlich des Kalifen entgegenzunehmen.«

»Wo ist dieser ›bestimmte Ort‹, mein Gebieter?«

»Du machst doch wohl nicht schon einen Rückzieher, kleiner Pukah, oder?«

»Ganz gewiß nicht, Herr! Es ist nur so, daß ich auch wissen muß, wohin ich gehen soll, um dorthin zu gelangen, du dämliches Spatzenhirn.« Die letzten Worte murmelte Pukah nur halblaut vor sich hin.

»Trotzdem er mich so hart angegangen ist, will ich Sond seinen Herzenswunsch erfüllen. Ich werde ihn mit seiner Geliebten Nedjma wiedervereinen. Du wolltest doch wissen, wo die Verschollenen Unsterblichen sind, nicht wahr, kleiner Pukah?«

»Ich versichere meinem Gebieter, daß ich nicht das geringste Interesse daran habe ...«

»Nimm Sonds Lampe und begib dich damit zur Stadt

Serinda, dort wirst du feststellen, was aus den Verschollenen geworden ist.«

»Serinda?« Pukahs Augen weiteten sich. Er hob den Kopf vom Boden. »Diese Stadt ist nicht mehr, mein Gebieter. Sie ist vor Hunderten von Jahren im Wüstensand verschwunden, es ist so lange her, daß ich mich nicht einmal mehr daran erinnere.«

Kaug zuckte die Schultern. »Dann verlange ich eben von dir, Sonds *Chirak* in eine tote Stadt zu bringen, kleiner Pukah. Stellst du meine Anweisungen schon jetzt in Frage?« Die Stirn des Ifrit legte sich in Falten.

»Nein, Gebieter!« Pukah legte sich flach hin. »Die Flügel, von denen du sprichst, sind mir bereits an den Füßen gewachsen. Ich werde in meine Behausung zurückkehren ...«

»Keine Eile, kleiner Pukah. Ich möchte, daß du dir etwas Zeit nimmst, um dich in dieser interessanten Stadt umzusehen. Denn solltest du mich enttäuschen, Dschinn, wird sich dein eigener Korb auf dem Marktplatz von Serinda wiederfinden.«

»Jawohl, mein Gebieter. Dann will ich jetzt kurz in meine Behausung zurück ...«

»Nicht so eilig. Du mußt das hier tragen.« In der Hand des Ifrit erschien ein schwarzer, dreiseitiger Stein an einem Lederband. »Setz dich auf.« Pukah tat wie ihm geheißen, und Kaug legte dem Dschinn das Band um den Hals. Der Stein, der oben wie eine kleine Pyramide spitz zulief, klopfte gegen Pukahs nackte Brust. Pukah musterte ihn zweifelnd.

»Es ist gütig von dir, mir dieses Geschenk zu machen, Gebieter. Was ist das für ein interessanter Stein, wenn ich fragen darf?«

»Schwarzer Turmalin.«

»Aha, schwarzer Turmalin«, sagte Pukah weise. »Was immer das sein mag«, murmelte er.

»Was hast du gesagt?«

»Ich werde ihn stets behalten, Gebieter, damit er mich an dich erinnert. Häßlich genug ist er ja.«

»Du mußt dir angewöhnen, lauter zu sprechen, kleiner Pukah.«

»Ich sagte gerade, wenn du mich nicht mehr benötigst, werde ich in meine Behausung zurückkehren und diesen herrlichen Gegenstand irgendwo in Sicherheit ...«

»Nein, nein! Du wirst ihn zu allen Zeiten tragen, kleiner Pukah. So wünsche ich es. Und nun mach dich auf den Weg!«

»Jawohl, Gebieter.« Pukah stand auf und ging auf seinen Korb zu.

»Was tust du da?« knurrte Kaug.

Pukah blieb stehen, blickte über die Schulter. »Ich kehre in meine Behausung zurück, o Mächtiger Herr.«

»Weshalb? Ich habe dir doch aufgetragen, Sonds Lampe zu nehmen und zu gehen.«

»Und das werde ich auch tun, Gebieter«, antwortete Pukah bestimmt, »sobald ich mich zurechtgemacht habe. Diese« – er zeigte auf seine Pluderhosen – »sind blut- und schleimbefleckt. Du möchtest doch nicht, daß ich in einem solchen Zustand vor deinen Freunden erscheine, Gebieter. Bedenke doch einmal, welch ein Licht das auf dich werfen würde!«

»Dort, wo du hingehst, kleiner Pukah, habe ich keine Freunde«, antwortete Kaug mit grimmigem Lächeln. »Und du kannst mir glauben, in Serinda wird niemand an ein paar Blutflecken etwas auszusetzen haben.«

»Das klingt nach einem fröhlichen Ort«, überlegte Pukah düster. »Dann kehre ich eben *nicht* in meine Behausung zurück. Ich gehe nur dort hin, um Sonds Lampe aufzunehmen, Gebieter«, sagte der Dschinn laut und schlich sich dabei immer näher an seinen Korb heran. »Der Boden dieser Höhle ist schrecklich naß. Ich hoffe, ich rutsche nicht aus und stürze – hoppla!«

Der Dschinn schlug zu Boden und stieß dabei den Korb um. Der Deckel sprang auf, und Pukah unternahm einen verzweifelten Versuch hineinzuschlüpfen, doch da hatte

Kaug ihn bereits erreicht. Der Ifrit packte den Deckel, rammte ihn wieder auf den Korb und hielt ihn mit seiner riesigen Hand fest.

»Ich hoffe, du hast dir nicht weh getan, kleiner Pukah?« fragte der Ifrit besorgt.

»Nein, danke, Gebieter.« Pukah schluckte. »Es ist erstaunlich, wie schnell sich doch jemand von deiner Größe bewegen kann, nicht wahr, Gebieter?«

»Nicht wahr, kleiner Pukah? Wirst du jetzt endlich gehen?«

»Jawohl, Herr.« Seufzend beugte sich Pukah vor und nahm Sonds Lampe auf. Langsam und zögernd begann sich der junge Dschinn in Luft aufzulösen, bis nur noch seine Augen übrigblieben, die niedergeschlagen auf den Korb blickten. »Gebieter!« rief seine körperlose Stimme. »Wenn du mir noch einen Gefallen gewähren ...«

»Verschwinde!« brüllte Kaug.

Die Augen rollten nach oben und verschwanden.

Sofort riß der Ifrit den Deckel vom Korb und schob die riesige Hand hinein.

Das erste Buch
Zhakrin

1

Die Prozession bahnte sich schleppend ihren Weg über das Flachland auf die Stadt Idrith zu. Es war ein prachtvoller Anblick, und als die Kunde von ihrem Nahen sich in den *Suks* verbreitete, stiegen zahlreiche Idrither die schmalen Stufen empor und reihten sich auf den Stadtmauern auf, um zuzusehen, Rufe auszustoßen und sich wilden Spekulationen hinzugeben.

Am Kopf der Prozession marschierten zwei *Mamelucken*. Riesige Männer, beide sieben Fuß groß, Sklaven, die gefiederte Kopfbedeckungen trugen, die sie noch einmal um drei Fuß größer machten. Kurze schwarze Lederröcke mit goldenen Rändern umringten ihre Hüften. Gold blitzte in ihren Halsbändern, Edelsteine glitzerten im Kopfschmuck. Brust und Beine waren nackt, die Haut eingeölt, so daß sie in der Mittagssonne schimmerte. In den Händen trug jeder *Mamelucke* ein Banner mit einem seltsamen Bild, wie man es in Idrith noch nie gesehen hatte. Vor blutrotem Hintergrund schimmerte eine schwarze Schlange mit orange flackernden Augen.

Nun waren Schlangenbeschwörer nichts Seltenes – jede Stadt besaß mindestens einen kleineren oder größeren Potentaten, der sich für gerissen genug hielt, um ein solches Symbol verdient zu haben. Doch diese Insignien hatten etwas Ungewöhnliches – und Finsteres – an sich.

Der Körper der Schlange war an drei Stellen durchtrennt worden, und doch schien es durch die Darstellung der gespaltenen Zunge, die aus dem seidenen Mund hervorflakkerte, als sei die Schlange am Leben.

Hinter den *Mamelucken* marschierten sechs muskulöse Sklaven in schwarzen Lederröcken mit goldenen Borten, aber ohne den zusätzlichen Schmuck der Standartenträger. Diese Sklaven trugen gemeinsam eine Sänfte, deren weiße Vorhänge dicht geschlossen blieben, so daß niemand die darin getragene Person zu Gesicht bekam. Ein Trupp von

Gumen auf schwarzen Pferden folgte dicht hinter der Sänfte. Die Uniformen der Soldaten waren von düsterem Schwarz, mit schwarzen Kurzröcken und dazu passenden schwarzen Pluderhosen, die in kniehohen roten Lederstiefeln steckten. Jedermann trug einen kegelförmigen roten Hut mit einem schwarzen Quast auf dem Kopf. Lange Krummsäbel schlugen beim Reiten links gegen ihre Beine.

Doch es war das, was diesen *Gumen* in der feierlichen Prozession folgte, was die Aufmerksamkeit der Menge auf den Mauern von Idrith erregte. Zahlreiche Sklaven trugen drei Bahren, die jede mit weißem Tuch bedeckt war. Seitlich der Bahren wiederum ritten einige *Gume*. Die Häupter dieser Soldaten waren gesenkt, ihre schwarzen Uniformen zerrissen, sie trugen keine Mützen.

Auf die Bahren folgte eine weitere Schwadron *Gume*, die drei mit Lasten beladene Kamele begleiteten, welche prunkvoll verziert waren – orange- und rotfarbene Kopfbedeckungen, lange Quaste aus schwarzem Faden, die zwischen ihren dünnen Beinen baumelten.

Die langsamen Bewegungen der Marschierenden ließen die Bewohner von Idrith bald begreifen, daß sie von ihren Stadtmauern auf eine Trauerprozession hinabblickten. Das Wort machte die Runde, und schon drängten noch mehr Leute auf die Mauern, um zuzuschauen. Nichts vermochte so viel Aufmerksamkeit auf sich zu ziehen wie eine Beerdigung, und wenn es nur dazu diente, dem Zuschauer zu bestätigen, daß er selbst noch am Leben war.

Ungefähr eine Meile vor den Stadttoren hielt die gesamte Prozession an. Die Standartenträger senkten ihre Banner – ein Zeichen, daß man sich in Frieden näherte. Die Sklaven setzten die Sänfte auf den Boden. Die *Gume* saßen ab, die Kamele sanken auf die Knie, die rattanbedeckten Bahren wurden mit großer Ehrfurcht und Umsicht auf den Boden gestellt.

Der Hauptmann der Leibwache des Sultans führte einen Trupp seiner Männer hinaus, sah dabei äußerst wichtig aus und fühlte sich auch so, als Hunderte von neidischen Augen sich auf ihn richteten; so ritt er den Fremden entgegen, um sie zu begutachten, bevor er ihnen Erlaubnis erteilte, die Stadt zu betreten. Er bellte einen scharfen Befehl, damit seine Männer in Reihe blieben, dann warf er einen Blick auf den Palast des Sultans, der auf einem Hügel über Idrith stand. Der Sultan war nicht zu sehen, doch der Hauptmann wußte, daß er das Vorgehen beobachtete. Leuchtende Farbflecken auf den Balkonen zeigten an, daß die Frauen und Konkubinen des Sultans sich dort zusammenscharten, um die Prozession mitzuverfolgen.

In gemächlichem Schritt und mit großer Würde führte der Hauptmann sein Pferd an den Standartenträgern vorbei, der Sänfte entgegen. Ein Mann war hinter den weißen Vorhängen hervorgetreten und wartete nun mit allen Anzeichen des Respekts darauf, den Hauptmann zu empfangen. Neben dem Mann stand der Anführer der *Gume*, ebenfalls zu Fuß und in respektvoller Haltung. In einiger Entfernung hielt ein Sklave sein Pferd.

Der Hauptmann saß selbst ab und reichte die Zügel seines Pferds einem seiner Männer, dann trat er vor, um den Führer der fremden Prozession zu begrüßen.

Der Mann aus der Sänfte war fast völlig schwarz gekleidet. Schwarze Lederstiefel, schwarze, wallende Hosen, ein langärmliges, zurückwallendes Hemd, den Kopf mit einem schwarzen Turban geschmückt. Eine rote Schärpe und ein rotes Juwel in der Mitte des Turbans änderten nichts an dem Trauerkleidungsaussehen des Manns. Ja, die eigenartige Tönung des Rots, das von der Farbe frischen Bluts war, betonte es sogar noch.

Gesicht und Hände des Manns waren so weiß wie Alabaster, weshalb er sich wahrscheinlich auch solche Mühe gab, aus dem sengenden Sonnenlicht zu bleiben. Idrith lag unmittelbar nördlich der Pagrah-Wüste. Seine Augenbrauen dagegen waren so schwarz wie Kohle. Die Lippen waren dünn und blutleer. Ein gestutzter Schnurrbart bedeckte die Oberlippe, der dann in einen schmalen schwarzen Bart mündete.

Der Mann in Schwarz verneigte sich. Er legte eine weiße, schlanke Hand über sein Herz, vollzog das *Salaam* mit Anmut. Der Hauptmann erwiderte die Verneigung, doch weitaus klobiger – er war eben ein großer, tolpatschiger Mann. Als er den Kopf hob, trafen seine Augen auf die des Manns in Schwarz, und er zuckte unwillkürlich zusammen, als sei der bohrende Blick dieser beiden dunklen, kalten Augen aus scharfem Stahl.

Sofort wachsam geworden, räusperte sich der Hauptmann und begann mit den Formalitäten. »Am Senken Eurer Standarten sehe ich, daß Ihr in Frieden kommt, *Effendi*. Willkommen in der Stadt Idrith. Der Sultan wünscht Euren Namen und Eure Geschäfte zu wissen, auf daß wir Euch die Ehre erweisen und keine Zeit vergeuden, Euch Unterkunft zu verschaffen.«

Die Miene des Manns in Schwarz blieb ernst, als er mit gleicher Feierlichkeit und Höflichkeit antwortete. »Mein Name ist Auda ibn Jad. Früher war ich Sklavenhändler, doch jetzt reise ich gen Osten in mein Heimatland Simdari. Ich wünsche nur für einen Tag und für eine Nacht in Eurer Stadt haltzumachen, um meine Vorräte aufzufrischen und meinen Männern etwas Ruhe zu gönnen. Wir haben eine lange und traurige Reise hinter uns, und es liegen viele Hunderte von Meilen vor uns, bis wir am Ziel sind. Ich bin sicher, daß du schon darauf gekommen bist, Hauptmann«, sagte der Mann in Schwarz mit einem Seufzer, »daß wir eine Trauerprozession sind.«

Unsicher, wie er antworten sollte, räusperte sich der Hauptmann nichtssagend und musterte mit zusammengezogenen Augenbrauen die Zahl bewaffneter Männer, die er in die Stadt einlassen sollte. Auda ibn Jad schien ihn zu verstehen, denn er fügte mit einem traurigen Lächeln hinzu: »Meine *Gume* wären mehr als bereit, Euch ihre Schwerter zu überreichen, Hauptmann, und ich werde für ihr gutes Betragen geradestehen.« Auda nahm den Hauptmann mit einer schlanken Hand am Arm und führte ihn beiseite, wo er leise weitersprach. »Du wirst jedoch Geduld mit meinen Männern haben müssen, *Sidi*. Sie haben das Gold von Kich in ihren Börsen, Gold, das sie trauriger Umstände wegen nicht ausgeben konnten. Es sind hervorragende Kämpfer und disziplinierte Männer. Aber sie haben einen großen Verlust erlitten und wollen ihren Kummer in Wein ertränken oder Trost bei den anderen Freuden finden, für die diese Stadt so wohlbekannt ist. Ich selbst habe Geschäfte«, ibn Jads Augen huschten kurz zu den zahlreichen eisenbeschlagenen Holztruhen, die auf die Kamele geschnallt waren, »mit den Juwelenhändlern von Idrith zu erledigen.«

Der Hauptmann der Wache des Sultans spürte, wie sich das kalte Gefühl aus den Augen des Mannes bis in die Finger ausbreitete, die auf seinem Arm ruhten, und er wich vor dieser eisigen Berührung zurück. Alle Instinkte, die ihn vierzig Jahre lang zu einem guten Soldaten gemacht hatten, ermahnten ihn, diesem Mann den Zutritt zu seiner Stadt zu verwehren. Doch sah er auch die schweren Börsen, die von der Schärpe eines jeden *Gums* herabhingen. Die Händler von Idrith konnten von der Stadtmauer aus zwar die Geldbeutel nicht erkennen, wohl aber die schweren Truhen auf den Rücken der Kamele und das Gold, das am Hals der Sklaven dieses Manns glitzerte.

Auf seinem Weg aus dem Stadttor hatte der Hauptmann gesehen, wie die Anhänger von Kharmani, des Gottes des Reichtums, nach ihren Zählstöcken gegriffen hatten, und er wußte sehr genau, daß die Besitzer der Schenken, der Teeläden und der *Arwats* sich bereits vor Vorfreude die Hände rieben. Ein Aufschrei der Entrüstung würde ertönen, wenn dieses wollige Schaf, das nur zu bereit zum Scheren war, wieder von den Toren der Stadt vertrieben würde – und alles nur, weil dem Hauptmann der Blick des Schafs nicht behagte.

Doch verfügte der Hauptmann noch über einen weiteren Trumpf, den er nun ausspielen konnte. »Jeder, der die Stadt Idrith zu betreten wünscht, muß mir nicht nur seine Waffen sondern auch sämtliche magischen Gegenstände und Dschinnen aushändigen, *Effendi*. Diese werden Quar geopfert«, sagte der Hauptmann in der Hoffnung, daß dieses Edikt – das von dem Gott stammte und daher nicht einmal vom Sultan aufgehoben werden durfte – die Besucher abschrecken würde. Doch seine Hoffnung war vergeblich.

Auda ibn Jad nickte ernst. »Ja, Hauptmann, ein solcher Befehl wurde uns auch in Kich auferlegt. Dort ließen wir alle unsere magischen Gegenstände und unsere Dschinnen zurück. Es war uns eine Ehre, dies im Namen eines so großen Gotts wie Quar zu tun, und wie du siehst, hat er uns seinerseits auf unserer Reise mit seinem Segen bedacht.«

»Dann wirst du also nicht erzürnt sein, wenn ich dich durchsuche, *Effendi*?« fragte der Hauptmann.

»Wir haben nichts zu verbergen, *Sidi*«, sagte ibn Jad demütig und verneigte sich ein weiteres Mal voller Anmut.

Natürlich haben sie das nicht, dachte der Hauptmann säuerlich. Sie haben davon gewußt und sich entsprechend vorbereitet. Dennoch mußte er das Erforderliche tun. Er drehte sich zu seinen Männern um und gab den Befehl, die Karawane zu durchsuchen, während Auda ibn Jad dem Anführer der *Gume* die Anweisung erteilte, die Kamele abzuladen.

»Was ist dort drin?« Der Hauptmann zeigte auf die Bahren.

»Die Leichname, *Sidi*«, erwiderte ibn Jad in leisem, ehrfürchtigem Ton. »Ich erwähnte doch, daß dies eine Trauerprozession ist, nicht wahr?«

Der Hauptmann zuckte zusammen. Ja, der Mann hatte zwar erwähnt, daß es sich um eine Trauerprozession handelte, doch hatte der Hauptmann angenommen, daß es eine reine Ehrenprozession war, die vielleicht die Ikone irgendeines verblichenen Imams zurück an seinen Geburtsort geleitete. Nie war es dem Soldaten in den Sinn gekommen, daß dieser Auda ibn Jad Leichen mit sich herumschleppte. Der Hauptmann musterte die Bahren und furchte die Stirn.

»Leichen! Es tut mir leid, *Effendi*, aber die kann ich nicht in die Stadt einlassen. Die Gefahr von Krankheiten ...«

» ... gibt es nicht, das kann ich dir versichern. Komm, Hauptmann, sieh selbst.«

Dem Hauptmann blieb nichts anderes übrig, als dem Mann in Schwarz zu den Bahren zu folgen, wo sie auf dem Sandboden der Ebene ruhten. Der Hauptmann war zwar kein zimperlicher Mann; im Laufe seines Lebens hatte er mehr als genug Leichen zu Gesicht bekommen, dennoch näherte er sich den Bahren nur mit größtem Zögern. Ein Leichnam, der auf dem Schlachtfeld in Stücke gehauen wurde, war eine Sache. Eine Leiche dagegen, die in der Hitze des Frühsommers befördert worden war, eine völlig andere. Als er sich den ersten Bahren näherte, stählte sich der Hauptmann innerlich für das, was da kommen würde. Allerdings war es seltsam, daß nirgendwo Fliegen umhersummten. Der Hauptmann schnüffelte, konnte aber keine Verwesung riechen, und so sah er den Mann in Schwarz verwundert an.

Auda ibn Jad las die Gedanken des Soldaten und lächelte, als würde er nichts davon sich selbst zugute halten. Als er an die Bahre trat, verschwand sein Lächeln und wich einem Ausdruck trauriger Feierlichkeit. Mit einer Geste wies er den Hauptmann an, hinzuschauen.

Nicht einmal auf diese kurze Entfernung war der leiseste Hauch von Verwesung wahrzunehmen, noch konnte der Hauptmann irgendwelche Duftstoffe bemerken, die ihn überdeckt hätten. Sein Ekel wich der Neugier, und so beugte er sich vor, um in die erste Bahre hineinzuspähen.

Seine Augen weiteten sich.

In einer Haltung friedlichster Ruhe, die Hände über dem juwelenbesetzten Knauf eines prunkvollen Schwerts gefaltet, lag ein junger Mann von etwa fünfundzwanzig Jahren. Er war gutaussehend, hatte schwarzes Haar und einen säuberlich gestutzten schwarzen Bart. Zu seinen Füßen lag ein Helm, der mit einem Schnitzwerk verziert war, das der zerteilten Schlange glich, neben ihm ein zerbrochenes Schwert, das vermutlich dem Feind gehört hatte, der ihn erschlug. In seiner schimmernden schwarzen Rüstung, deren Brustharnisch mit demselben Zeichen geschmückt war, das auch die Banner von Auda ibn Jad zierte, schien der junge Mann allem äußeren Anschein nach soeben erst in den Schlaf gefallen zu sein: So glatt und makellos war das Fleisch, so schimmernd-schwarz und glänzend das Haar, daß der Hauptmann sich nicht beherrschen konnte und die Hand ausstrekken mußte, um die weiße Stirn zu berühren.

Das Fleisch war kalt. Der Pulsschlag am Hals war stumm, die Brust hob und senkte sich nicht vom Atem des Lebens.

Der Hauptmann wich zurück und starrte den Mann in Schwarz erstaunt an.

»Wie lange ist dieser Mann schon tot?«

»Ungefähr einen Monat«, erwiderte ibn Jad in feierlichem Ton.

»Das … das ist unmöglich!«

»Nicht für die Priester unseres Gotts, *Sidi*. Sie haben das Geheimnis entdeckt, die Säfte des Körpers mit anderen Säften auszutauschen, die den natürlichen Vorgang der Verwesung verzögern oder sogar völlig aufhalten können. Die Prozedur selbst ist recht faszinierend. Das Gehirn wird herausgenommen, indem man es aus der Nase zieht …«

»Genug!« Erbleichend hob der Hauptmann die Hand. »Welches ist dein Gott?«

»Verzeih mir«, erwiderte Auda ibn Jad sanft, »aber ich habe ein heiliges Gelübde abgelegt, seinen Namen niemals in Gegenwart von Ungläubigen auszusprechen.«

»Er ist doch wohl kein Feind Quars?«

»Der Mächtige und starke Quar hat doch sicherlich keine Feinde?« Ibn Jad hob eine schwarze Augenbraue.

Diese Frage ließ dem Hauptmann beinahe die Fassung verlieren. Wenn er dem Thema des Gotts dieses Manns weiter nachging, würde das den Anschein erwecken, als hätte der mächtige und starke Quar tatsächlich etwas zu befürchten. Und doch empfand der Soldat Unbehagen dabei, die Sache nicht weiter zu verfolgen.

»Wenn eure Priester die Auswirkungen des Todes besiegt haben, *Effendi*«, sagte der Hauptmann in der Hoffnung, weitere Einzelheiten zu erfahren, »weshalb haben sie dann nie versucht, den Tod selbst auszumerzen?«

»Daran arbeiten sie noch, *Sidi*«, erwiderte ibn Jad kühl.

Der Hauptmann gab verblüfft auf und sah zu der Leiche des Manns zurück, der in vollem Ornat auf der Bahre lag. »Wer ist er, und weshalb tragt ihr ihn mit euch?«

»Es ist der Kalif meines Volks«, antwortete ibn Jad, »und ich habe die traurige Aufabe, seinen Leichnam zu seinem trauernden Vater zurückzubringen. Der junge Mann wurde in der Wüste getötet, als er an der Seite des Emirs von Kich – einem wahrhaft großen Mann – gegen die Nomaden der Pagrah kämpfte. Kennst du den Emir, Hauptmann?«

»Ja«, erwiderte der Hauptmann knapp. »Sage mir, *Effendi*, weshalb kämpft ein Prinz von Simdari so weit von seiner Heimat in fremden Landen?«

»Du traust mir nicht, Hauptmann, nicht wahr?« sagte Auda ibn Jad plötzlich mit gerunzelter Stirn und einem Blick in den kalten Augen, der den Soldaten, einen Veteran vieler Schlachten, erschauern ließ. Der Hauptmann wollte gerade antworten, als ibn Jad den Kopf schüttelte und die Hände an die Schläfen legte, als würden sie ihn schmerzen. »Bitte verzeih mir«, murmelte er. »Ich weiß, daß du deine Pflicht tun mußt. Ich brause zu leicht auf. Meine Reise war nicht angenehm, und doch sehne ich mich nicht nach ihrem Ende.« Seufzend verschränkte er die Arme vor der Brust. »Ich fürchte mich davor, meinem König diese Nachricht zu überbringen. Der junge Mann ist sein einziger Sohn, noch dazu ein Kind seiner späten Jahre. Und nun«, ibn Jad verneigte sich anmutig, »will ich deine höchst zulässige Frage beantworten, Hauptmann. Der Kalif weilte auf Besuch am Hofe des Kaisers in Khandar. Als er vom Ruhm des Emirs vernahm, ritt der Kalif nach Kich, um zu Füßen eines Meisters die Kriegskunst zu studieren. Nur durch heimtückischen Verrat konnten die wilden Nomaden ihn töten.«

Ibn Jads Geschichte schien plausibel. Der Hauptmann hatte Gerüchte von Angriffen des Emirs auf die Nomaden der Pagrah-Wüste vernommen. Es war allgemein bekannt, daß der Kaiser von Tara-kan – ein Mann, den es nach Wissen dürstete wie andere nach starken Getränken – Besucher aus fremden Landen willkommen hieß, die fremden Göttern huldigten. Und doch klang alles so hübsch und sauber, so allzu hübsch und sauber …

»Was befördert Ihr in diesen beiden anderen Bahren, *Effendi*?«

»Oh, das ist ein Anblick, der dich zutiefst rühren wird, *Sidi*. Folge mir.«

Während er zu den beiden Bahren hinüberschritt, die hinter der ersten auf dem Boden standen, sah der Hauptmann aus dem Augenwinkel, daß seine Soldaten ihre Durchsuchung der Karawanengüter fast abgeschlossen hatten. Bald würde er eine Entscheidung fällen müssen. Sie in die Stadt einlassen oder ihnen den Zutritt verweigern. Jeder Instinkt, jede Faser seines Leibs warnte ihn, und doch brauchte er dafür einen Grund.

Er blickte in die Bahre, erwartete, einen weiteren Soldaten zu sehen – vielleicht einen Leibwächter, der sein Leben für seinen Herrn geopfert hatte –, doch plötzlich rang er nach Luft. »Frauen!« sagte er und ließ den Blick von einer Bahre zur anderen schweifen.

»Frauen!« murmelte Auda ibn Jad tadelnd. »Sage lieber ›Göttinnen‹, das kommt der Wahrheit näher. Denn eine solche Schönheit ist nur selten auf dieser erbärmlichen Ebene sterblichen Seins zu schauen. Sieh sie an, Hauptmann. Jetzt darfst du es tun, wärest du ihrer Schönheit jedoch vor dem Tod meines Kalifen ansichtig geworden, hätte es dich das Leben gekostet.«

Ein weißer Schleier bedeckte das Gesicht der Frauen. Voller Respekt und Ehrerbietung entfernte ibn Jad den Schleier vom Antlitz der ersten. Die Frau besaß klassische Gesichtszüge, doch war etwas an dem fahlen, reglosen Antlitz, das von wildem Stolz und strenger Entschlossenheit kündete. Ihr langes schwarzes Haar glitzerte bläulich im Licht der Sonne. Als er sich dichter über sie beugte, nahm der Hauptmann einen allerleisesten Anflug von Jasmin wahr.

Auda ibn Jad wandte sich der anderen Frau zu, und der

Hauptmann bemerkte, daß seine Berührung zärtlicher wurde. Sachte zog er den Schleier von dem reglosen Körper. Wie er die vor ihm liegende Frau betrachtete, spürte der Hauptmann einen Anflug von Mitleid und Bewunderung in seinem Herzen. Ibn Jad hatte wahrgesprochen: Noch nie hatte der Soldat eine schönere Frau geschaut. Die Haut war wie Sahne, die Gesichtszüge vollkommen. Haar von der Farbe und Strahlkraft tanzender Flammen ergoß sich über die schlanken Schultern.

»Die Frauen meines Kalifen«, erklärte Auda, und zum ersten Mal hörte der Hauptmann Trauer in seiner Stimme. »Als sein Leichnam in den Palast zu Kich gebracht wurde, wo sie sich aufhielten, um die Rückkehr meines Herrn zu erwarten, warfen sie sich über ihn, weinten und zerrissen ihre Kleider. Bevor man sie aufhalten konnte, hat die mit den roten Haaren das Schwert des Prinzen ergriffen, rief, daß sie nicht ohne ihn weiterleben könne, stieß sich die Klinge in ihren eigenen herrlichen Körper und stürzte tot zu seinen Füßen nieder. Die andere war eifersüchtig darauf, daß die rothaarige Ehefrau ihn als erste im Reich Unseres Gotts erreichen würde, also zog sie einen Dolch, den sie in ihrem Gewand versteckt gehalten hatte, und erstach sich selbst. Beide waren sie Töchter von Sultanen in meinem Land. Ich bringe sie zurück, auf daß sie im Grabmal ihres Manns in Ehren beigesetzt werden mögen.«

Dem Hauptmann schwindelte vom Anblick der Schönheit der beiden Frauen, mit der sich eine Geschichte von solcher Tragödie und von solchem Schmerz verband, und so fragte er sich, was er tun sollte. Als Prinz von Simdari, Freund sowohl des Kaisers als auch des Emirs, mußte der Leichnam dieses jungen Manns von Rechts wegen in die Stadt begleitet werden. Der Sultan würde seinem Hauptmann nie verzeihen, wenn er bei seinem jährlichen Besuch am Hof von Khandar vom Kaiser gefragt würde, ob er die Trauerprozession des Kalifen in Ehren empfangen hätte und gezwungen wäre zu erwidern, daß er nichts von einer solchen Prozession wisse. Und stand es dem Hauptmann überhaupt an, seinem Sultan – der ohnehin ständig drohte, vor Langeweile umzukommen – die Gelegenheit vorzuenthalten, exotische Gäste zu empfangen und diese traurige Geschichte von Krieg und Liebe und Selbstaufopferung zu vernehmen?

Das einzige Metall, das der Hauptmann gegen all dieses glitzernde Gold zu setzen hatte, war schlichtes, solides Eisen – ein instinktives Gefühl der Ablehnung und des Mißtrauens gegen diesen Auda ibn Jad. Während er die Angelegenheit noch überdachte, drehte sich der Hauptmann beiseite und stellte fest, daß sein Leutnant neben ihm stand, daneben wiederum der Anführer der *Gume*.

»Wir haben die Durchsuchung der Karawane abgeschlossen, Herr«, meldete der Leutnant, »mit Ausnahme von diesen dort.« Er zeigte auf die Bahren.

Der Anführer der *Gume* stieß ein empörtes Kläffen aus, dem Auda ibn Jad sofort und streng in seiner eigenen Sprache antwortete. Der Anführer der *Gume* redete trotzdem lauthals weiter, bis Auda ihn mit einem scharfen, zornigen Befehl zum Verstummen brachte. Errötend und beschämt schlich sich der *Gum* davon wie ein geprügelter Hund. Auda wandte sich, bleich vor Zorn und doch beherrscht, dem Hauptmann zu.

»Verzeih den Ausbruch, *Sidi*. Mein Mann hat sich selbst vergessen. Es wird nicht wieder vorkommen. Du hattest von einer Durchsuchung der Leichname gesprochen. Bitte gehe zu Werke.«

»Worum ging es gerade, *Effendi?*« fragte der Hauptmann mißtrauisch.

»Bitte, Hauptmann. Das war nichts.«

»Ich bestehe darauf, es zu erfahren …«

»Wenn du es mußt.« Auda ibn Jad wirkte leicht verlegen. »Die Priester unseres Gotts haben einen Fluch auf diese Leichname gelegt. Jeder, der ihre Ruhe stört, wird einen höchst gräßlichen Tod sterben, seine Seele wird dem Kalifen und seinen Frauen im Himmel dienen müssen.« Ibn Jad senkte die Stimme zu einem vertraulichen Flüstern. »Bitte nimm meine Entschuldigung an, Hauptmann. Kiber, der Anführer meiner *Gume*, ist zwar ein guter Soldat aber auch ein abergläubischer Bauer. Ich bitte dich, ihm keine Beachtung zu schenken. Durchsuche die Leichname.«

»Das werde ich«, antwortete der Hauptmann heiser.

Als er sich zu seinem Leutnant umdrehte, um ihm den entsprechenden Befehl zu erteilen, merkte der Hauptmann an der ausdruckslos gehaltenen Miene des Soldaten, daß er ibn Jads Worte sehr deutlich vernommen hatte. Der Hauptmann öffnete den Mund. Der Leutnant sah ihn flehend an.

Zornig marschierte der Hauptmann zur Leiche des Kalifen hinüber. »Möge Quar mich vor dem unbekannten Bösen schützen«, sagte er laut, dann streckte er die Hand aus, um die Matratze zu durchsuchen, auf der der Leichnam ruhte. Darunter könnten jede Menge Gegenstände verborgen sein, ebenso unter dem seidenen Laken, das den unteren Teil der Leiche bedeckte, ja sogar im Inneren der Rüstung selbst ...

Ein gespenstisches Murmeln wie das leise Pfeifen eines sich anbahnenden Sturms stellte dem Hauptmann die Haare auf. Unwillkürlich riß er den Kopf zurück. Schnell hob er den Blick und stellte fest, daß das Geräusch von ibn Jads *Gumen* stammte. Die Männer wichen zurück, ihre Pferde, die von der Furcht ihrer Herrn angesteckt waren, rollten die Augen und tänzelten unruhig. Die Sklaven scharten sich in einer Gruppe zusammen und begannen erbärmlich zu jammern. Auda ibn Jad drehte sich mit einem Stirnrunzeln zu ihnen um und schrie sie in seiner eigenen Sprache an. An seiner Handbewegung erkannte der Hauptmann, daß er ihnen gerade ein saftiges Auspeitschen verhieß. Das Geheul verstummte, aber Sklaven, *Gume*, Pferde und sogar die Kamele beobachteten den Hauptmann mit einem erwartungsvollen Prickeln des Entsetzens, das sehr beunruhigend war.

Ibn Jads Miene war angespannt und verhärtet. Obwohl er sich große Mühe gab, seine eigenen Gefühle zu verbergen, war auch er offensichtlich im Herzen ein abergläubischer Bauer. Abrupt zog der Hauptmann die Hand zurück.

»Ich werde die Ruhe des ehrwürdigen Toten nicht stören. Und du, Auda ibn Jad, und deine Männer habt die Erlaubnis, Idrith zu betreten. Aber diese«, er zeigte auf die Rattanbahren, »müssen draußen vor den Stadtmauern verbleiben. Wenn sie tatsächlich verflucht sind, wäre es nicht schicklich, sie auf das heilige Gebiet des Quar zu verbringen.« Wenigstens, dachte der Hauptmann, habe ich *dieses* Dilemma gelöst! Vielleicht werden Auda ibn Jad und seine Männer jetzt beleidigt sein und fortgehen.

Doch der Mann in Schwarz lächelte und verneigte sich geschmeidig, seine Finger schlüpften wieder ans Herz, Lippen und Stirn neigten sich zum höflichen *Salaam*.

»Ich werde meinen Männern befehlen, die Toten zu bewachen«, erbot sich der Hauptmann, obwohl ihn ein Blick auf seine Soldaten davon überzeugte, daß ein derartiger Befehl unnötig sein würde. Die Nachricht von dem Fluch würde sich durch die Stadt ausbreiten wie die Pest. Nicht einmal die frömmsten Anhänger des Benario, des Gotts der Diebe, würden den Leichnamen auch nur einen edelsteinbesetzten Ohrring stehlen.

»Mein verbindlichster Dank, Hauptmann«, sagte Auda und verneigte sich erneut, die Hand auf sein Herz gedrückt.

Der Hauptmann erwiderte die Verbeugung unbeholfen. »Und vielleicht möchtest du mir die große Ehre antun, mich heute abend in den Palast des Sultans zu begleiten. Staatsgeschäfte hindern Seine Erhabenheit daran, viel von der Welt zu sehen, und die Geschichte, die du mir erzählt hast, würde ihn sehr unterhalten.«

Auda ibn Jad wandte ein, daß er einer solchen Aufmerksamkeit doch nicht würdig sei. Der Hauptmann versicherte ihm geduldig das Gegenteil. Auda beharrte wiederum darauf und setzte sein Zieren so lange fort, wie es schicklich war, bis er schließlich mit höflichster Eleganz einwilligte. Seufzend wandte der Hauptmann sich ab. Da er keinen rechtschaffenen Grund gehabt hatte, diesen Mann und seine *Gume* aus Idrith fernzuhalten, hatte er eben getan, was er konnte. Wenigstens würden die Leichname mit ihrem unheiligen Fluch die Stadt nicht beflecken. Er würde persönlich die Überwachung Auda ibn Jads übernehmen und seinen Männern befehlen, ein Auge auf die *Gume* zu behalten. Schließlich waren es ja auch nicht mehr als dreißig. Allein die Frauen des Sultans zählten doppelt so viele. Unter den Tausenden von Menschen, die dicht gedrängt in Idrith lebten, würden sie nur wie ein einzelner Wassertropfen sein, der in einen tiefen Brunnen fiel.

Der Hauptmann redete sich ein, daß er die Lage unter Kontrolle hatte, während er auf seinem Pferd aufsaß. Doch sein Unbehagen war hartnäckig. Den Fuß im Steigbügel, hielt er inne, die Hände auf den Sattel gelegt, und musterte ein letztes Mal den Mann in Schwarz.

Unter den gesenkten Augenlidern warf Auda ibn Jad Kiber, dem Anführer der *Gume*, einen Seitenblick zu. Viel wurde mit diesem Blickwechsel gesagt, aber nichts, was nicht von völliger Harmlosigkeit gewesen wäre. Der Hauptmann erschauerte in der Mittagssonne.

»Ich bin«, sagte er grimmig, »ein abergläubischer Bauer.«

Er stemmte sich in den Sattel, wendete sein Pferd und galoppierte davon, um den Befehl zu geben, die Stadttore für Auda ibn Jad zu öffnen.

2

Der Sultan war – genau wie der Hauptmann es vorhergesehen hatte – von Auda ibn Jad bezaubert. Nichts konnte verhindern, daß der Sultan und seine gegenwärtigen Lieblingsfrauen und -konkubinen den Palast verließen und vor die Stadtmauern liefen, um den Toten die Ehre zu erweisen. Die Frauen heulten und seufzten über dem stattlichen jungen Prinzen. Der Sultan und seine Edelleute schüttelten den Kopf über die vergeudete Schönheit der Frauen. Auda ibn Jad erzählte seine Geschichte gut, brachte viele am königlichen Hof zum Weinen, als er in herzzerreißenden Tönen die letzten Worte der rothaarigen Frau schilderte, wie sie tot über den Leichnam ihres Mannes stürzte.

Danach folgte ein üppiges Mahl, das bis lange in die Nacht währte. Der Wein floß großzügig, viel davon in die Kehle des Hauptmanns. Gewöhnlicherweise pflegte der Hauptmann keine starken Getränke zu sich zu nehmen, aber er hatte das Gefühl, sich erwärmen zu müssen. Auda ibn Jad hatte etwas an sich, das ihm das Blut gefrieren ließ; doch was es genau war, vermochte der Hauptmann nicht zu sagen.

Nachdem er seinen sechsten Kelch geleert hatte, starrte der Hauptmann den Mann an, der ihm da auf den Seidenkissen im Schneidersitz gegenübersaß. Er konnte den Blick nicht von ibn Jad abwenden, fühlte sich von derselben schrecklichen Faszination gebannt, wie sie den Erzählungen zufolge Kobras auf ihre Opfer ausübten.

Es liegt an Auda ibn Jads Gesicht, entschied der Hauptmann benommen. Das Gesicht des Manns ist zu glatt. Es hat keine Falten, keine Spuren jeglichen menschlichen Gefühls oder der Leidenschaft – weder im Guten noch im Bösen. Die Mundwinkel sind weder nach oben noch nach unten gerichtet. Die kalten, halbgeschlossenen Augen verengen sich weder zum Lachen noch im Zorn. Ibn Jad aß und trank ohne Vergnügen. Ohne Lust beobachtete er die tanzenden Mädchen. Eine Miene aus Stein, entschied der Hauptmann und trank einen weiteren Kelch voll Wein, der ihm aber wie ein Klumpen kalter Lehm im Magen lag.

Endlich erhob sich der Sultan von seinen Kissen, um das Lager seiner Auserwählten aufzusuchen. Hocherfreut über seinen Gast, schenkte er Auda ibn Jad einen Ring von seiner eigenen Hand. Nichts Unschätzbares, wie der Hauptmann bemerkte, als er ihn mit trüben Augen ansah – ein Halbedelstein, dessen Glitzern größer war als sein Wert. Auda ibn Jad schien etwas von Juwelen zu verstehen, denn er nahm ihn mit einem Aufflackern sarkastischer Belustigung in den kalten Augen entgegen.

Die Einladung des Sultans, morgen noch einmal in den

Palast zu kommen, beantwortete ibn Jad bedauernd mit der Feststellung, daß er seine traurige Reise nicht hinauszögern dürfe. Sein König wußte noch nichts vom Tod seines Sohns, und Auda ibn Jad wollte nicht zulassen, daß er aus dem Munde eines Fremden davon erfuhr anstatt von einem vertrauten Freund.

Der Sultan gähnte und war des Verständnisses voll. Sein Hauptmann war überwältigt vor Erleichterung. Am Morgen würden sie diesen Mann und seine Leichen endlich loswerden. Torkelnd erhob sich der Hauptmann. Begleitet von einem stocknüchternen ibn Jad, schaffte er es durch die gewundenen Gänge des Palasts und taumelte betrunken die Treppe hinunter. Fast wäre er kopfüber in einen großen Zierteich gestürzt, doch es war ibn Jads Hand, die ihn rechtzeitig zurückriß; schließlich bahnte er sich seinen Weg durch die verschiedenen Tore, die sie in die Stadt zurückführten.

Als sie sich endlich in den mondbeschienenen Straßen von Idrith wiederfanden, blickte Auda ibn Jad irritiert um sich.

»Dieses Labyrinth von Gassen verwirrt mich, Hauptmann. Ich fürchte, ich habe den Weg vergessen, der zu dem *Arwat* führt, in dem ich wohne. Wenn du mich dorthin führen könntest ...«

Gewiß doch. Alles, um den Mann loszuwerden. Der Hauptmann stürmte auf die leere Straße hinaus; ibn Jad schritt an seiner Seite. Plötzlich verlangsamte der Mann in Schwarz seinen Schritt.

Irgendein Instinkt des Hauptmanns stieß eine verzweifelte Warnung aus. Der Hauptmann vernahm es zwar, doch da war es schon zu spät.

Ein Arm packte ihn von hinten. Mit unglaublicher Kraft schlang er sich um seinen Hals, schnürte ihm die Atemluft ab. Die Furcht ließ den Hauptmann auf einen Schlag nüchtern werden. Seine Muskeln spannten sich an, er hob die Hand zum Widerstand ...

Der Hauptmann fühlte den stechenden Schmerz der Messerklinge, als sie sich ihm dicht unterhalb seines Kiefers in die Kehle bohrte. Doch die Hand, die die Klinge führte, war so geübt, daß der Hauptmann den schnellen Schnitt, der darauf folgte, schon nicht mehr spürte.

Da war nur noch ein kurzes Beben der Furcht ... des Zorns ...

Dann nichts mehr.

Man entdeckte den Leichnam des Hauptmanns am nächsten Morgen – es war die erste einer Reihe grausiger Entdekkungen, die die Stadt Idrith im Würgegriff des Schreckens zurückließ. Zwei Straßen weiter fand man die Leiche eines alten Manns in der Gosse. Zehn Häuserblocks im Norden erwachte ein Vater und fand seine junge, jungfräuliche Tochter im Schlaf ermordet vor. In einem *Hauz* wurde der Körper eines kräftigen, robusten Manns entdeckt, der mit dem Bauch nach oben trieb. Eine Frau in den mittleren Jahren, Mutter von vier Kindern, wurde tot in einer Seitengasse gefunden.

Die Wachen stürmten aus der Stadt, um die Fremden zu verhören, mußten aber feststellen, daß die Trauerprozession des Auda ibn Jad verschwunden war. Niemand hatte sie aufbrechen hören. Keine Spur war von ihnen zu erkennen. Berittene Suchtrupps von Soldaten schwärmten in alle Richtungen aus, doch niemals entdeckte man den Mann in Schwarz, seinen *Gumen* oder die Leichen auf den Rattanbahren.

In der Stadt wiederum vertiefte sich das Rätselraten. Die Toten schienen willkürlich ausgesucht worden zu sein – ein gestandener Soldat; ein gebrechlicher alter Bettler; eine schöne Jungfrau; eine Ehefrau und Mutter; ein muskulöser junger Mann. Und doch hatten die Opfer alle eins gemeinsam – sie waren denselben Tod gestorben.

In jedem Fall war die Kehle durchschnitten worden, sauber und gekonnt, von Ohr zu Ohr. Und was noch grausiger war – auf irgendeine geheimnisvolle Art war jedem Leichnam das Blut ausgesaugt worden.

Das Buch Quar

1

Es war das Geräusch – das Geräusch und der Gestank des Gefängnisses, was den Nomaden am meisten zusetzte. An die Musik der Wüste gewöhnt – den Gesang des Windes über den Dünen, das Summen der Zeltbahnen, das Gebell der Lagerhunde, das Lachen von Kindern, die Stimmen von Frauen, der Schrei eines erfolgreich jagenden Falken –, zehrten die Geräusche des Gefängnisses an den jungen Männern, bis sie das Gefühl hatten, als hätte man ihnen bei lebendigem Leib die Haut abgezogen.

Die Soldaten des Emirs mißhandelten die Wüstenbewohner nicht, die sie bei dem Überfall auf das Lager um den Tel gefangengenommen hatten. Ganz im Gegenteil. Die Nomaden ahnten es nicht, aber ihnen wurde eine bessere Behandlung zuteil als allen anderen Gefangenen. Man hatte Ärzte geschickt, die ihre Wunden behandelten, und gestattete ihnen Körperertüchtigung und täglich eine kurze Besuchszeit, um ihre Familien zu sehen. Doch die Gefangenen, Mitglieder der Stämme Akar, Hrana oder Aran, empfanden den Verlust ihrer Freiheit als schrecklichste Folter, die der Emir sich nur hatte ausdenken können.

Als man die Gefangenen zum ersten Mal hereinbrachte, versammelte man sie im Gefängnishof, wo der Emir zu ihnen sprach.

»Ich habe euch in der Schlacht beobachtet«, sagte er, während er auf seinem ebenholzfarbenen magischen Pferd saß, »und ich will euch nicht die Tatsache vorenthalten, daß ich beeindruckt war. Mein ganzes Leben lang habe ich Geschichten über die Tapferkeit und das Geschick der Gefolgsleute Akhrans vernommen.«

Die Nomaden, die zunächst mürrisch dagestanden hatten, sahen auf, erfreut und erschrocken, daß Qannadi den Namen ihres Gottes kannte. Der Emir achtete darauf, sich solche Einzelheiten zu merken, oft überraschte er seine eigenen Männer damit, daß er sie beim Namen ansprach oder sich an irgendwelche tapferen oder kühnen Taten erinnerte. Als alter Soldat wußte er, daß derlei kleine Dinge das Herz anrührten und ewige Treue sicherstellten.

»Ich habe es erst nicht geglaubt«, fuhr er in seinem tiefen Bariton fort, »bis ich es mit eigenen Augen sah.« Er machte eine dramatische Pause, damit seine Worte sich wie Öl auf das aufgewühlte Wasser legten. »Gegen eine Übermacht habt ihr gekämpft wie die Teufel. Ich brauchte jeden einzelnen Soldaten, der unter meinem Befehl stand, um euch zu schlagen, und selbst dann mußte ich noch fürchten, daß die Macht meines Heeres nicht stark genug sei.«

Das stimmte zwar nicht so ganz; der Ausgang der Schlacht hatte nie in Frage gestanden, und im Vergleich zu dem Heer, das Qannadi zur Bezwingung des Südens ausgehoben hatte, hatte er in den Kampf gegen die Nomaden nur eine symbolische Streitmacht geworfen. Doch er konnte sich diese Lüge, die zu seinen eigenen Lasten ging, durchaus leisten, denn das stolze Aufblitzen in den vormals trüben Augen war ihm zehnfacher Gewinn.

»Männer wie ihr sind dort draußen eine Vergeudung.« Mit dramatischer Geste wies Qannadi auf die Pagrah-Wüste hinaus. »Anstatt Schafe zu stehlen, könntet ihr die Reichtümer von Städten erobern. Anstatt einander im Dunkeln mit dem Messer den Garaus zu machen, könntet ihr einen tapferen Feind in ruhmreichem Kampf auf offenem Feld herausfordern. All das biete ich euch und noch mehr! Kämpft mit mir, und ich bezahle euch dreißig Silbertumane im Monat. Dann gewähre ich euren Familien freie Unterkunft in der Stadt, euren Frauen die Gelegenheit, ihre Waren auf den *Suks* zu verkaufen, und einen gerechten Anteil an der Beute jeder Stadt, die wir erobern.«

Die meisten Nomaden knurrten und schüttelten den Kopf, doch Qannadi bemerkte, daß einige den Blick senkten und unruhig mit den Füßen scharrten. Manche von ihnen waren mit ihrem Kalifen beim Überfall auf Kich mitgeritten.

Geschickt beschwor Qannadi das Bild, wie sie auf ihren Pferden durch reiche Paläste galoppierten, Gold und Juwelen und die schönen Töchter von Sultanen an sich rissen. Der Emir machte sich selbst nichts vor. Er hielt es für nicht wahrscheinlich, daß er jetzt schon Rekruten gewinnen könnte. Schließlich hatten die Männer soeben erst mitangesehen, wie ihre Familien verschleppt wurden, hatten erlebt, wie einige ihrer Kameraden auf dem Schlachtfeld den Tod fanden. Doch er wußte, daß dieser Pfeil, den er soeben abgeschossen hatte, ihre Vorstellungskraft durchbohren und sich dort schwärend einnisten würde.

Sayah, Zohras Halbbruder, trat vor. »Ich spreche für die Hrana«, rief er, »und ich sage dir, daß wir keinem Mann dienen außer unserem Scheich!«

»Das gilt auch für die Akar!« ertönte eine Stimme. »Das gilt auch für die Aran«, meldete sich eine andere.

Ohne zu antworten, machte Qannadi kehrt und galoppierte vom Gefängnishof. Die Nomaden glaubten, daß er im Zorn davonritt, und beglückwünschten sich selbst dazu, wie sie dem Emir doch in die Nase gezwickt hatten. Sie waren so aufgekratzt, daß die Wachen es für das beste hielten, die lautstärksten unter ihnen ordentlich durchzuprügeln, bevor sie sie in ihre Zellen zurücktrieben.

Qannadi war jedoch nicht wütend. Die wahre, unausgesprochene Bedeutung dessen, was diese Männer ihm mitgeteilt hatten, traf den Emir mit solcher Wucht, daß er nur wie durch ein Wunder nicht aus dem Sattel stürzte. Gedankenverloren kehrte er in den Palast zurück und schickte sofort nach dem Imam.

»Die Scheichs auf unsere Seite zu bringen ist ausgeschlossen«, sagte der Emir, während er in seinem Raum, der einst das private Studierzimmer des Sultans gewesen, auf und ab stürmte, ohne zu bemerken, daß seine Stiefel die handgewobenen, unschätzbaren Teppiche auf dem Fußboden mit Schlamm und Kot beschmutzten. »Das sind alte Hunde, die jede andere Hand als die ihres Herrn beißen werden. Aber diese jungen Welpen sind anders. Denen könnte man beibringen, durch den Reif eines anderen zu springen, vor allem, wenn er zu ihnen gehört. Wir müssen einen Führer aus ihrer Mitte aufbauen, Feisal, jemanden, dem sie vertrauen und folgen werden. Aber es muß auch jemand sein, der seinerseits völlig unter unserer Kontrolle steht. Ist das möglich, was meinst du, Imam?«

»Mit Quars Hilfe ist alles möglich, o König. Nicht nur möglich, sondern wahrscheinlich. Es ist wirklich zu schade«, fügte Feisal hinzu, »daß ihr Kalif, dieser Khardan, auf solch rätselhafte Weise verschwinden mußte.«

Qannadi musterte den Priester scharf. »Khardan ist tot.«

»Sein Leichnam wurde nie gefunden.«

»Er ist tot«, antwortete der Emir kalt. »Meryem hat mir gemeldet, daß sie ihn tödlich verwundet in der Schlacht hatte stürzen sehen. Und was den nichtgefundenen Leichnam betrifft, so wurde er wahrscheinlich von irgendeinem wilden Tier verschleppt.« Qannadi fixierte Feisal mit einem strengen Blick seiner tiefdunklen Augen. »Wir wollen beide diese Nomaden auf unserer Seite haben, Imam!«

»Einen Unterschied gibt es dabei, o König«, sagte Feisal, den der unheilschwangere Blick des Emirs nicht im geringsten verunsicherte. »*Du* willst ihre Körper. *Ich* will ihre Seelen.«

Am folgenden Tag und viele Tage darauf besuchte der Imam das Gefängnis. Obwohl er es dem Emir gegenüber niemals zugeben würde, erkannte Feisal, daß Qannadi durchaus eine wertvolle Idee am Schwanz zu packen bekommen hatte. Es würde dem Imam obliegen, das an diesem Schwanz hängende Tier zu besänftigen und es dazu zu bringen, für sie zu arbeiten. Folglich sprach er mit den jungen Männern, brachte ihnen Nachricht von ihren Familien, versicherte ihnen, daß für ihre Mütter, Frauen und Kinder gut gesorgt wurde, und pries die Vorzüge des seßhaften Stadtlebens, wobei er auch kleine Unterschiede zum harten Leben des Wanderers erörterte. Der Imam war so klug, Quar niemals zu erwähnen. Ebensowenig sprach er zwar von Akhran, überließ es aber den jungen Männern, ihre eigenen Schlüsse zu ziehen.

Vor allem eine Person erregte seine Aufmerksamkeit. Allein in der winzigen, schmalen, fensterlosen Zelle war Achmed, Khardans Halbbruder, das Opfer einer so tiefschwarzen und trüben Verzweiflung, daß er das Gefühl hatte darin zu ertrinken.

Der Gestank im Gefängnis war ungeheuer. Einmal am Tag wurde es den Gefangenen lediglich gestattet, draußen den Trakt zu umschreiten, um ihre Waschungen zu vollziehen. Den Rest der Zeit mußten sie sich mit einer Zellenecke begnügen.

Achmed konnte nichts essen. Der Geruch durchdrang die Speisen und verunreinigte das Wasser. Er konnte nicht schlafen. Der Lärm, der von Schmerz und Leid und Folter kündete, war schrecklich. In seiner Nachbarzelle saß ein unglückseliger Anhänger Benarios, der nach der Sperrstunde in einem der Basare aufgegriffen worden war, als er sich mit gestohlenen Waren aus dem Staub machen wollte. Man hatte dem Unglücklichen die Hände abgehauen, um ihm eine Lektion zu erteilen, und nun stöhnte und heulte er vor Schmerz, bis er entweder in die Bewußtlosigkeit fiel oder einer der durch den Lärm gereizten Wächter ihm einen Schlag auf den Schädel gab.

In der Nachbarzelle saß ein Schuldner der Anhänger des Kharmani, des Gotts des Reichtums; er hatte einen hartnäkkigen Husten entwickelt und keuchte sich das Leben aus dem Leib, während er zugleich die Tatsache bejammerte, daß er während seiner Haft nicht die Gelder aufbringen konnte, um seine Schulden zu begleichen.

Achmed gegenüber war ein Bettler untergebracht, den man dabei erwischt hatte, wie er vor einer leichtgläubigen Zuschauerschar falsche Schwären vorgezeigt hatte, und der dafür nun echte zu entwickeln begann. Zwei Zellen weiter hämmerte ein Mann, der wegen Vergewaltigung einer Frau dazu verurteilt worden war, vom Todesturm gestürzt zu werden, gegen die Mauern und flehte einen Emir, der ihn nicht hörte, um ein neues Gerichtsverfahren an.

Zuerst war es ihm eine willkommene Befreiung gewesen, die Zelle verlassen zu dürfen, doch nach einigen Tagen begann Achmed die Zeit zu fürchten, da sie auf dem Gefängnishof spazierengehen konnten. Keine liebevolle Ehefrau kam herbei, um die Hand durch die Gitterstäbe des Tors zu strecken, keine Mutter, um ihn zu beweinen. Seine eigene Mutter – eine von Majiids vielen Frauen – war beim Überfall auf das Lager gefangengenommen worden. Sie befand sich zwar in der Stadt, war aber zu krank, um ihn aufzusuchen. Das erfuhr Achmed von Badia, Khardans Mutter, der einzigen, die den jungen Mann gelegentlich besuchte.

»Die Soldaten haben ihr nicht weh getan«, beeilte Badia sich Achmed zu versichern, als sie die finstere, gewaltbereite Miene des jungen Manns erblickte, die darauf hinwies, daß er irgend etwas Törichtes unternehmen könnte. »Sie waren tatsächlich sehr freundlich und sanft und brachten sie ins Haus eines ihrer eigenen Hauptleute, dessen Frauen sie nun umsorgen wie die eigene Schwester. Der Imam hat sie persönlich aufgesucht und ein Gebet für sie gesprochen. Aber sie war noch nie sehr kräftig, Achmed, seit der Geburt deiner kleinen Schwester nicht mehr. Wir müssen unser Vertrauen in Akhran legen.«

Akhran! Einsam und verzweifelt, verfluchte Achmed den Namen des Gottes. Warum hast du mir dies angetan und meinem Volk? fragte der junge Mann, den Kopf in die Hände gestützt, während ihm die Tränen durch die verkrampften Finger quollen. Heute wäre mein Geburtstag gewesen. Achtzehn Jahre. Es hätte eine *Baigha* zu meinen Ehren gegeben. Khardan hätte dafür gesorgt, selbst wenn Majiid – Achmeds Vater, der Scheich der Akar – es vergessen hätte. Majiid hätte es sogar sehr wahrscheinlich vergessen; er hatte viele Söhne und setzte seinen Stolz in einen einzigen davon – in seinen Ältesten, Khardan.

Achmed machte das nichts aus. Auch er bewunderte Khardan aus ganzem Herzen, und in vielerlei Hinsicht war Khardan ihm mehr ein Vater als der grobe, polternde, leicht aufbrausende Majiid. Khardan hätte schon dafür gesorgt, daß dies für seinen jüngeren Bruder ein ganz besonderer Tag geworden wäre. Ein Geschenk – vielleicht einen der juwelenbesetzten Dolche des Kalifen selbst. Einmal, nur für sie beide, in Khardans Zelt, ein *Qumiz*-Gelage, bis sie nicht mehr aufrecht stehen konnten, dazu Pukahs Geschichten von blutsaugenden *Gulen*, den fleischfressenden *Delhan* oder den betörenden und tödlichen *Ghaddar*.

Der Dieb in der Nachbarzelle begann im Wahn zu toben. Ein Schluchzen entrang sich Achmeds Kehle. Er sackte auf dem Stroh zusammen, das den Fußboden bedeckte, vergrub das Gesicht in seiner Armbeuge und weinte in einsamer, bitterer Qual.

»Mein Sohn.«

Die sanfte, mitfühlende Stimme legte sich wie lindernder Balsam über Achmeds blutende Seele. Erschrocken – der junge Mann war so sehr in seiner Pein verloren, daß er das Geräusch des Schlüssels oder das Öffnen der Tür nicht vernommen hatte – setzte sich Achmed auf und wischte sich hastig die Spuren seiner Tränen aus dem Gesicht. Mißtrauisch musterte er die schlanke Gestalt des Priesters, als der seine Zelle betrat. Achmed kauerte auf der schmutzigen Matratze und tat, als würde er sich brennend für eine Fuge im Mauerwerk interessieren.

»Ich höre, daß du in der Schlacht verwundet wurdest. Hast du Schmerzen, mein Sohn?« fragte der Imam sanft. »Soll ich nach den Ärzten schicken?«

Schniefend wischte sich Achmed die Nase am Ärmel seiner Robe und starrte wütend geradeaus.

Der Priester lächelte innerlich. Er spürte instinktiv, daß er genau im richtigen Augenblick eingetroffen war, und er dankte Quar dafür, daß er ihn rechtzeitig zu dem leidenden Lamm geführt hatte, um es vor den Wölfen zu erretten.

»Laß mich deine Verwundung untersuchen«, sagte der Imam, obwohl er sehr genau wußte, daß es nicht die Kopfwunde war, die dem jungen Mann die Tränen in die Augen trieb.

Achmed senkte den Kopf, doch Feisal tat, als würde er es nicht bemerken. Er entfernte den *Haik* und untersuchte den Schnitt. Während der Schlacht war Achmed von der Breitseite einer Schwertklinge getroffen worden. Der Hieb hatte die Haut aufplatzen lassen und ihn bewußtlos geschlagen, so daß er einen Tag danach zwar schreckliche Kopfschmerzen aber keine ernsthafte Verletzung gehabt hatte.

»Nun ja«, bemerkte der Imam, »da wird eine Narbe zurückbleiben.«

»Das ist gut!« sagte Achmed plötzlich heiser. Er mußte irgend etwas sagen. Die Aufmerksamkeit, die der Priester ihm widmete, und die sanfte Berührung seiner Finger hatten ihn beinahe wieder in Tränen ausbrechen lassen. »Mein Bruder hat viele solcher Narben. Das ist die Kennzeichnung eines Kriegers.«

»Du klingst wie der Emir«, meinte Feisal, und sein Herz klopfte vor Freude. Viele Male hatte er Achmed besucht, während der junge Mann kein Wort mit ihm sprach und ihn nicht einmal anblickte. Der Imam glättete das schwarze Haar. »Für mich sind solche Narben das Merkmal des Wilden. Wenn der Mensch erst wahrhaft zivilisiert ist, werden alle Kriege aufhören, und wir leben in Frieden. So.« Er reichte ihm das Kopftuch zurück. »Die Wunde verheilt sauber. Doch wird sie eine weiße Narbe auf deiner Kopfhaut hinterlassen. Das Haar wird dort nicht nachwachsen.«

Achmed hielt das Tuch in den Händen und drehte es zwischen den Fingern. Er legte es nicht wieder an. »Zivilisiert? Das mußt ausgerechnet du sagen. Das da«, er deutete auf seinen Kopf, »ist das Werk deiner ›Wilden‹!«

Der Imam verbarg sorgfältig seine Freude, indem er sich

in der Zelle umsah. Es war unmöglich hier zu sprechen. Der verstümmelte Dieb in der Nachbarzelle kreischte im Fieber. »Kommst du mit mir nach draußen und leistest mir bei einem Spaziergang Gesellschaft, Achmed?«

Der junge Mann musterte ihn in finsterem Mißtrauen.

»Es ist ein schöner Tag«, erklärte der Imam. »Der Wind kommt aus dem Osten.«

Der Osten. Die Wüste. Achmed senkte den Blick. »Also gut«, sagte er mit leiser Stimme. Er stand auf und folgte Feisal durch die Tür, schlurfte den langen, dunklen Gang entlang. Der Wächter wollte ihm folgen, doch der Imam schüttelte den Kopf und verscheuchte ihn mit einer Geste seiner dünnen Finger. Als sie an den Zellen vorbeikamen, streckten die Insassen ihre Hände nach dem Priester aus, flehten um seinen Segen oder versuchten, den Saum seines Gewands zu berühren und zu küssen. Aus dem Augenwinkel bemerkte Achmed, wie der Imam auf all das mit außergewöhnlicher Geduld reagierte, die rituellen Worte murmelte, durch die Gitterstäbe griff, um einen gesenkten Kopf zu berühren, Trost und Hoffnung im Namen Quars spendete.

Achmed erinnerte sich daran, wie er den Priester zum ersten Mal gesehen hatte, als Khardan in den Palast gekommen war, um dem Emir Pferde zu verkaufen. Achmed hatte sich damals vor dem Imam gefürchtet, und auch heute fürchtete er sich vor ihm. Nicht daß die körperliche Statur des Priesters beeindruckend gewesen wäre. Tage und Nächte des Fastens und Betens hatten den Körper des Imams so schlank und zerbrechlich werden lassen, daß Achmed den Mann mühelos hätte hochheben und in zwei Stücke hauen können. Und es war auch nicht das hagere, gutaussehende Gesicht, das diese Furcht ausstrahlte.

Es waren die Augen, die von heiligem Eifer loderten, deren Feuer einen Mann durchbrennen konnten, so wie glühendes Eisen durch Holz brannte.

Als er in den Sonnenschein hinaustrat, hob Achmed das Gesicht zum Himmel und genoß die wohltuende Wärme auf seiner Haut. Er atmete tief durch. Die Luft roch zwar nach Stadt, doch war das immer noch besser als der Gestank im Gefängnis. Und wie der Imam schon gesagt hatte, kam der Wind aus dem Osten, und Achmed hätte schwören können, darin die Andeutung eines flüchtigen Wüstendufts zu bemerken.

Er sah sich um und merkte, wie Feisal ihn eindringlich beobachtete. Achmed ließ die Schultern sinken und zog sich wieder in mürrische Gleichgültigkeit zurück wie ein erschrockener Dschinn, der in seiner Flasche verschwand.

»Die Gesundheit deiner Mutter macht Fortschritte«, sagte der Imam.

»Sie wäre gar nicht erst krank geworden, wenn ihr sie in Freiheit gelassen hättet«, konterte Achmed vorwurfsvoll.

»Im Gegenteil, mein Sohn. Es war gut für sie, daß wir sie nach Kich gebracht haben. Es besteht kein Zweifel, daß unsere Ärzte ihr das Leben gerettet haben. Dort draußen, in diesem armseligen Land«, der Imam blickte gen Osten, »wäre sie mit Sicherheit umgekommen.« Als er die stumme Ungläubigkeit in der Miene des jungen Manns wahrnahm, wechselte der Priester das Thema. »Wovon sprachen wir?« fragte er.

»Von Wilden.« Achmed schnitt eine abfällige Grimasse.

»Ach ja. In der Tat.« Feisal zeigte auf den spärlichen Schatten auf dem Gelände. »Wir sind allein. Sollen wir uns setzen, um bequemer sprechen zu können?«

»Du wirst deine Gewänder beschmutzen.«

»Gewänder lassen sich reinigen, genau wie die Seele. Ich sehe, daß niemand dir eine saubere Robe gebracht hat. Schändlich. Ich werde mit dem Emir sprechen.«

Der Imam nahm behaglich auf dem harten Steinpflaster Platz. Wie er sich gegen die Gefängnismauer lehnte, schien sich der Priester ebensosehr zu Hause zu fühlen, als würde er im prunkvollsten Palastzimmer auf einer Liege ruhen. Verlegen kauerte sich Achmed neben ihn; er errötete, weil der erbärmliche Zustand seiner Kleider ihm peinlich war.

»Du hast eine jüngere Schwester«, sagte der Imam.

Sofort erwachte Achmeds Mißtrauen wieder, er schnitt eine Grimasse und antwortete nicht.

»Ich habe sie gesehen, als ich deine Mutter besuchte«, fuhr Feisal fort und spähte über das Gelände, das in strahlendes Sonnenlicht getaucht war. »Deine Schwester ist ein schönes Kind. Wie alt ist sie? Zwei?«

Noch immer keine Antwort.

»Ein interessantes Alter. Voller Neugier und darauf bedacht, die eigenen Grenzen zu prüfen. Ich nehme an, daß sie wie alle Kinder die Hand ins Kochfeuer gesteckt hat, nicht wahr?«

»Wie?« Achmed starrte den Priester verwundert an.

»Hat sie jemals die Hand ins Feuer gesteckt?«

»Ich schätze schon ... das tun doch alle kleinen Kinder.«

»Weshalb?«

Achmed war verwirrt, fragte sich, warum sie nun über kleine Kinder sprachen. Er zuckte mit den Schultern. »Sie fühlen sich eben davon angezogen – von dem hellen Licht, den Farben, der Wärme.«

»Begreifen sie denn nicht, daß es ihnen weh tun wird?«

»Wie sollten sie? Dafür sind sie zu klein.«

»Was hat deine Mutter getan, als sie sah, wie deine Schwester gerade die Hand in die tanzenden Flammen strecken wollte?«

»Ich weiß es nicht. Wahrscheinlich hat sie sie geschlagen.«

»Warum hat deine Mutter nicht vernünftig mit dem Kind gesprochen und ihm gesagt, daß das Feuer ihm weh tun wird?«

»Man kann doch mit einem Zweijährigen noch nicht vernünftig sprechen!« höhnte Achmed.

»Aber einen Hieb aufs Handgelenk versteht das Kind?«

»Klar. Ich meine, ich schätze schon.«

»Hat sie es verstanden, weil es ihr Schmerz bereitete?«

»Ja.«

»Und hat deine Mutter es genossen, dem Kind Schmerzen zuzufügen?«

»Wir sind keine Barbaren, gleichgültig, was du über uns denkst!« erwiderte Achmed hitzig, weil er glaubte, darin einen Angriff auf sein Volk zu erkennen.

»Das habe ich nicht gesagt. Weshalb hat deine Mutter sich entschieden, ihrem Kind Schmerz zuzufügen?«

»Weil sie um sie bangt!«

»Ein Klaps aufs Handgelenk tut weh, aber nicht so stark wie das Feuer.«

»Das ist ein dämliches Gespräch!« Launisch nahm Achmed kleine lose Steine auf und fing an, sie auf den Hof zu schleudern.

»Sei geduldig«, riet ihm der Imam sanft. »Wir sehen zwar den Weg zu unseren Füßen, aber nicht sein Ende. Dennoch gehen wir ihn, sonst würden wir nirgendwohin gelangen. Also – das Kind greift nach dem Feuer. Die Mutter schlägt dem Kind auf das Handgelenk und sagt nein. Bis das Kind fähig ist zu begreifen, daß das Feuer es verbrennen wird, beschützt der kleinere Schmerz das Kind vor dem größeren. Ist das richtig?«

»Etwas in der Art, nehme ich an.« Achmed hatte schon immer gehört, daß Priester verrückt seien. Jetzt hatte er den Beweis dafür.

Der Imam streckte die Hand aus und berührte den jungen Mann an der Stirn. »Begreifst du jetzt?« fragte Feisal und fuhr mit den Fingern leicht über die Wunde.

Achmed erstarrte mitten im Wurf und musterte den Priester erstaunt. »Was soll ich begreifen?«

Feisal lächelte, seine Augen strahlten heller als die Sonne von *Dohar*.

»In geistigen Dingen bist du das Kind. Dein Gott, der falsche Gott Akhran, ist das Feuer – strahlende Farben und tänzelndes Licht. Wie das Feuer ist er ein gefährlicher Gott, Achmed, denn er wird deine Seele verbrennen und nichts als Asche zurücklassen. Der Emir und ich sind die Eltern, die dich vor ewigem Schaden bewahren müssen, mein Sohn. Wir haben versucht, vernünftig mit dir zu reden, aber du hast unsere Worte nicht verstanden. Um dich vor dem Inferno zu retten, mußten wir daher handgreiflich werden, dir auf die Hand schlagen …«

»Und was ist mit jenen, die er ein wenig zu hart geschlagen hat?« rief Achmed zornig. »Jene, die dabei gestorben sind!«

»Niemand bedauert den Verlust von Leben mehr als ich«, antwortete der Imam, und seine mandelförmigen Augen brannten sich in Achmeds. »Es war dein Volk unter der Führung deines starrsinnigen Bruders, das uns angegriffen hat. Wir haben uns nur verteidigt.«

Achmed sprang auf die Beine und begann fortzugehen, den Zellen entgegen.

»Glaube mir, Achmed!« rief der Imam ihm nach. »Der Emir hätte eure Stämme vernichten können! Er hätte euch auslöschen können. Das hätte weitaus weniger Ärger bedeutet. Aber das war weder seine Absicht noch die meine!«

»Ihr habt uns als Geiseln genommen!« Achmed warf die Worte über die Schulter.

Geschmeidig erhob sich der Imam und ging hinter dem jungen Mann her.

»Geiseln? Wo ist denn unsere Lösegeldforderung? Hat man euch in die Sklavenblocks verbracht? Euch gefoltert, euch geschlagen? Ist eine eurer Frauen geschändet worden, wurde eine belästigt?«

»Vielleicht nicht.« Achmed verlangsamte seinen heftigen Schritt über den Hof. »Sahne, die auf sauer gewordener Milch treibt! Was wollt ihr von uns?«

Der Imam blieb vor dem jungen Mann stehen und breitete die Arme aus. »Wir wollen nichts *von* euch. Wir wollen nur geben.«

»Was geben?«

»Die Sahne, um deine Worte zu verwenden. Wir wollen sie mit euch teilen.«

»Und was ist diese Sahne?« Der junge Mann klang höhnisch.

»Wissen. Verständnis. Der Glaube an einen Gott, der wahrhaftig für dich und dein Volk sorgt und es liebt.«

»Akhran sorgt schon für sein Volk!«

Achmeds Ton klang zwar abwehrend, doch Feisal wußte, daß es die Abwehr eines kleinen Kinds war, das auf die Hand einschlug, die ihm weh getan hatte, nicht die eines Manns, der seine feste Überzeugungen hatte. Der Priester legte Achmed die Hände auf die Schultern. Der Imam spürte, wie der junge Mann zwar zusammenzuckte, merkte aber auch, daß die Berührung der Freundschaft dem einsamen Jüngling nicht völlig unwillkommen war. Feisal sagte nichts mehr, um den Glauben des jungen Manns in Frage zu stellen, denn er war klug genug, um zu wissen, daß dies nur seine Abwehr stärken würde. Es war Feisals Plan, leise in die sorgfältig bewachte Festung von Achmeds Seele einzuschlüpfen und sie nicht mit einem Rammbock anzugreifen.

»Es gibt jemanden, der dich sprechen möchte, Achmed – ein Mitglied deines Stamms. Darf ich ihn morgen mitbringen?«

»Du kannst tun, was du willst. Welche Wahl hätte ich denn? Schließlich bin ich dein Gefangener.«

»Wir lassen euch nur in euren Zellen, wie die Mutter ihren Säugling in einer Wiege läßt, um ihn vor Schaden zu bewahren.«

Achmed, der es leid war, von Kindern zu hören, machte eine unwirsche Geste.

»Bis morgen also?« fragte der Imam.

»Wenn du willst«, antwortete Achmed mürrisch, doch der Priester hatte das Blitzen in den Augen bemerkt, die Färbung des abgewandten Gesichts, als ein Besucher erwähnt wurde.

»Der Friede Quars wird diese Nacht mit dir sein«, sagte der Imam und winkte einem Wärter, der gekommen war, um Achmed in seine Zelle zurückzuführen.

Der junge Mann drehte den Kopf, um dem Priester nachzusehen, dessen hagerer Leib sich anmutig unter den weißen Gewändern bewegte, die nun vom Schmutz und Kot des Gefängnisses befleckt waren. Und dennoch schien Feisal nicht angewidert zu sein. Er schien sie nicht zu meiden oder sich davon fernzuhalten. Er hatte die Bettler berührt, die Verdammten, die Kranken. Er hatte ihnen von seinem Gott gegeben. *Gewänder lassen sich reinigen,* hatte der Imam gesagt. *Genau wie die Seele.*

Der Friede Quars oder der jedes anderen Gotts war Achmed in dieser Nacht sehr fern.

2

Am nächsten Morgen wartete Achmed ungeduldig darauf, zu erfahren, wer dieser rätselhafte Besucher sein mochte. Er hoffte, daß es seine Mutter wäre, doch dann kam die morgendliche Besuchsstunde für die Gefangenen und ihre Familien an den Eisentoren, und sie war nicht da. Dafür war Khardans Mutter zu Besuch gekommen, und Badia berichtete Achmed, daß der Imam die Wahrheit gesagt hatte. Sophia ging es tatsächlich besser. Wenn sie auch noch nicht kräftig genug war, um bis ins Gefängnis zu kommen, ließ sie ihrem Sohn doch alles Liebe ausrichten.

»Der Imam hat etwas über meine Mutter gesagt, daß sie dort draußen in der Wüste gestorben wären. Stimmt das?«

»Unser Leben liegt in der Hand Akhrans«, antwortete Badia. Sie wandte dabei den Blick ab und wollte gehen. »Bete zu ihm.«

»Irgend etwas stimmt nicht!« rief Achmed und griff durch die Gitterstäbe nach der Hand der Frau. »Was ist los? Badia, du warst mir immer eine zweite Mutter. Ich erkenne Sorge in deiner Miene. Geht es um meine Mutter? Sage mir, was los ist?«

»Es ist nicht deine Sorge, Achmed«, erwiderte die Frau

mit gebrochener Stimme. »Es ist meine eigene.« Sie legte die Hand aufs Herz. »Unser Gott gibt mir die Kraft es zu ertragen. Lebewohl. Ich lasse dir das«, sie küßte ihn auf die Stirn, »und den Segen deiner Mutter.«

Sie wandte sich ab und eilte davon, verschwand in der Menge der nahen *Suks*, bevor Achmed ihr noch weitere Fragen stellen konnte. Eine Glocke ertönte. Die Wärter kamen heraus, um die Gefangenen zurück in ihre Zellen zu begleiten.

Sicherlich hatte der Imam nicht Badia mit dem Besuch gemeint, dachte Achmed, als er mit langsamem, schlurfendem Schritt über den Hof ging. Er war in Gedanken versunken, da zuckte er zusammen, als sich ein Ellenbogen in seine Seite bohrte. Als er den Blick hob, schaute er Sayah, einen Hrana.

»Was willst du, Hirte?« fragte Achmed unhöflich, als er Sayahs grimmige, finstere Miene bemerkte.

»Habe mich nur gefragt, ob du die Nachricht schon gehört hast.«

»Welche Nachricht?« Achmed wirkte uninteressiert. »Hat irgendeine eurer Frauen eine Ziege geboren, die du gezeugt hast?«

»Du bist es, der die Ziege gezeugt hat, und das geschah in deinem eigenen Stamm.«

»Bah!« Achmed wollte davongehen, doch Sayah packte den Ärmel seines Gewands.

»Einer von euch, ein Akar, hat unserem heiligen Akhran entsagt und ist zum Gott dieser Stadt übergelaufen«, zischte er.

»Das glaube ich dir nicht!« Achmed blickte Sayah herausfordernd an.

»Es ist so. Schau dorthin!« Sayah zeigte zum Tor.

Achmed drehte nur zögernd den Kopf, denn er wußte schon, was er zu sehen bekommen würde. Plötzlich begriff er, um wen es sich bei dem Besucher des Imams handelte. In saubere, frische weiße Gewänder gekleidet, stand Saiyad am Gitter, einer von Majiids treuesten Männern. Neben Saiyad hatte sich der Imam postiert.

Dem leisen Knurren, das um ihn herum ertönte, entnahm Achmed, daß die anderen Akar Sayahs Worte vernommen hatten. Als er den Blick über die Menge schweifen ließ, stellte Achmed zu seinem Erstaunen fest, daß alle Männer der Akar ausgerechnet *ihn* erwartungsvoll anstarrten! Plötzlich begriff der junge Mann, daß sie wohl davon ausgingen, daß er die Führungsrolle übernehmen würde! Schließlich war er ja Majiids Sohn ...

Verwirrt murmelte Achmed etwas über »selbst mit ihm reden und diesen Irrtum aufklären«, dann schritt er zum Tor zurück. Die Wärter sprangen ihm nach, doch eine Geste des Imams schickte sie wieder zurück an ihre Arbeit. Sie trieben die anderen Gefangenen zusammen und in die Zellen zurück, ließen ihre Wut an den Nomaden aus, als sie sicher waren, daß der Imam nicht zusah.

Als er mit strengem, festem Blick auf Saiyad zukam, bemerkte Achmed, daß der Mann überall hinsah, nur nicht auf ihn – zu Boden, an den Himmel, auf das Gefängnis, den Imam. Saiyads Finger arbeiteten emsig, verschränkten und verwoben sich, um dann eine Handvoll der weißen Baumwolle seiner wallenden Gewänder erst zu falten.

»Es ist also doch kein Irrtum«, sagte Achmed, und das Herz sackte ihm in den Sand.

Er erreichte das Tor. Der Imam trat nicht ein, sondern blieb mit Saiyad draußen; er fürchtete vielleicht um das Leben seines Besuchers. Ein Blick in Achmeds düstere und unheilschwangere Miene mußte den Priester dankbar für seine Vorsicht gemacht haben.

»Saiyad«, sagte Achmed kühl. *»Salaam aleikum.«*

»Und ... auch dir zum Gruß, Achmed«, antwortete Saiyad und sah dem jungen Mann zum erstenmal in die Augen. Offensichtlich bereute er es sofort, denn im nächsten Moment huschte sein Blick wieder davon. Seine Finger krampften sich in das Tuch seines Gewands.

»Was führt dich hierher?« fragte Achmed und versuchte, seinen aufwallenden Zorn zu verbergen. Weshalb hatte Saiyad diese niederträchtige Tat begannen?

»Saiyad ist gekommen, um sich deines Wohlergehens zu versichern, Achmed«, sagte der Imam geschmeidig, »und um sicherzugehen, daß du und die anderen gut behandelt werden.«

»Ja, das ist der Grund, weshalb ich gekommen bin!« sagte Saiyad mit einem Grinsen.

Lügner! dachte Achmed und wünschte sich, dem Mann die Zähne die Kehle hinunterrammen zu können. »Es stimmt also, was sie sagen. Du bist zu Quar konvertiert.«

Das Grinsen des Manns verschwand sofort. Achselzukkend blickte er auf den Imam und bearbeitete noch immer das Tuch. Er trat näher ans Eisentor heran und winkte Achmed, ebenfalls näher zu kommen.

Der junge Mann, der ein Kribbeln auf seiner Haut verspürte, als näherte er sich einer Schlange, tat wie ihm geheißen. Der Imam wandte sich ein wenig ab und gab vor, von der Schönheit des nahen Palasts betört zu sein.

»Was sollte ich denn tun, Achmed?« flüsterte Saiyad, ließ seine Robe fahren und packte das Gewand des jungen Manns durch die Gitterstäbe. »Du weißt ja nicht, was draußen in der Wüste vorgeht!«

»Nun, was geht denn dort vor?« fragte Achmed und versuchte seine Fassung zu bewahren, merkte aber gleichzeitig, wie er am ganzen Leib gefror.

»Wir verhungern, Achmed! Die Soldaten haben alles niedergebrannt, sie haben uns nichts übriggelassen – nicht einmal ein Stück Ziegenleder, um das Wasser darin aufzubewahren! Wir haben keine Unterkunft. Nachts schlafen wir im Sand. Am Tag kämpfen wir um den Schatten unter einer Palme! Es gibt viele Kranke und Verwundete, aber nur wenige alte Frauen mit ausreichend Magie, um sie zu versorgen. Meine Frau, meine Kinder wurden verschleppt ...«

»Hör auf zu jammern!« brüllte Achmed. Er konnte sich

nicht mehr beherrschen und wich voller Ekel vor Saiyads Berührung zurück. »Ihr seid nicht die einzigen, die leiden! Und wenigstens seid ihr frei! Schau uns hier an, eingesperrt, schlimmer als die Tiere!« Mit einem Blick auf den Imam senkte er die Stimme und fügte leise hinzu: »Mein Vater muß doch bestimmt Pläne schmieden, um uns hier herauszuholen. Oder Khardan ...«

»Khardan!« Saiyad sprach zu laut. Beide bemerkten sie, wie der Imam sich ein wenig umwandte. Saiyad duckte sich, damit er dem Priester den Rücken zukehrte, und sah Achmed ins Gesicht. Die schuldbewußt gesenkten Augen begegneten seinen plötzlich mit Verachtung; der junge Mann beobachtete beunruhigt, wie sich die Lippen des älteren höhnisch verzogen.

»Hast du denn nicht die Sache von deinem verehrten Bruder gehört?«

»Was? Was ist mit Khardan?« Achmeds Herz setzte einen Schlag aus. »Was ist mit ihm geschehen?« Nun war er es, der den älteren Mann am Gewand festhielt.

»Geschehen? Mit ihm?« Saiyad lachte unangenehm. »Nichts! Überhaupt nichts, dieser schmutzige Hasenfuß!«

»Wie kannst du es wagen!« Achmed zerrte den Mann dichter an sich heran und schlug Saiyads Kopf dabei gegen die Gitterstäbe. Einer der Wärter trat auf sie zu, doch der Imam, der doch angeblich weder etwas hörte noch sah, was hier vorging, machte eine schnelle, unmerkliche Geste, und einmal mehr zog sich der Wärter zurück.

»Es ist aber wahr, und daran wird sich nichts ändern, so sehr du mich auch mißhandeln magst! Unser Kalif ist vom Schlachtfeld geflohen, verkleidet als Frau!«

Achmed starrte den Mann an, dann brach er plötzlich in Gelächter aus. »Nicht nur ein Verräter, auch noch ein Lügner! Du hättest dir wenigstens etwas Glaubwürdigeres ausdenken können.« Achmed ließ den älteren Mann fahren und wischte sich die Hände an seiner Robe ab, als hätte er einen Leprösen berührt.

»Ja, das hätte ich doch wohl, nicht?« versetzte Saiyad zornig. »Denk einmal nach, Achmed! Wenn ich lügen würde, hätte ich mir da nicht eine bessere Geschichte ausgedacht? Und welchen Grund sollte ich überhaupt haben zu lügen?«

»Um mich dazu zu bekommen, mich ihm anzuschließen!« Achmed wies mit einer wütenden Geste auf den Priester.

»Es ist mir verdammt gleichgültig, ob du dich uns anschließt oder nicht!« fauchte Saiyad. Der ältere Mann merkte, daß er im Begriff stand, die Beherrschung zu verlieren und seiner eigenen Sache zu schaden, und so riß er sich mit schäbiger Würde wieder zusammen. »Ich bin hergekommen, um dir zu erklären, warum ich getan habe, was ich tat, in der Hoffnung, daß du und die anderen es verstehen würden. Was ich dir über Khardan erzählt habe, ist die Wahrheit, ich schwöre es bei ...« Saiyad stockte. Er hatte gerade ›Akhran‹ sagen wollen, doch angesichts der stummen Gestalt des Imams, die in einiger Entfernung neben ihm stand, blieb ihm das Wort im Hals stecken. » ... bei der Ehre meiner Mutter«, beendete der ältere Mann seinen Satz. »Alle in der Wüste wissen, daß es stimmt.«

»Mein Vater nicht!«

»Dein Vater mehr als alle anderen!« Saiyad wedelte mit den Händen. »Hier!« Er griff in seine Schärpe und nestelte darin, um schließlich ein Schwert hervorzuziehen. »Majiid hat mich gebeten, es Khardans Mutter zu überreichen, aber ich brachte es nicht übers Herz. Mach damit, was du willst.«

Als er sah, wie blitzender Stahl zwischen Besucher und Gefangenem den Besitzer wechselte, sprang der Wärter herbei, um einzugreifen.

»Ihr Hunde!« fluchte er. »Ich lasse euch beide auspeitschen ...«

Hastig stellte sich der Imam vor den Wärter und schob einen schlanken Arm zwischen ihn und die Nomaden. »Es ist nichts von Belang, ich versichere es dir!«

»Nichts von Belang! Ich habe gerade gesehen, wie der Mann dem Jungen ein Schwert überreichte ...«

»Das stimmt«, unterbrach der Imam. Er griff durchs Gitter, packte Achmeds schlaffe Hand und hielt die Waffe zur genaueren Betrachtung hoch. »Es ist ein Schwert. Aber kann es auch Schaden anrichten?«

Als er die Waffe genauer musterte, runzelte der Wärter erst die Stirn, dann lachte er auf und wandte sich ab. Die Klinge des Schwerts war zerbrochen; es waren nur noch der Griff und drei Zoll Stahl übrig.

»Das hat dein Vater selbst mit einer Axt getan«, zischte Saiyad, als der Imam sich wieder abgewandt hatte.

Achmed hielt das zerbrochene Schwert – Khardans Schwert – mit tauber Hand und starrte es schmerzerfüllt an. »Ich ... ich verstehe nicht ...« sagte er schleppend.

»Dein Vater hat Khardan für tot erklärt.« Saiyad seufzte. Er griff durchs Gitter und strich Achmed über den Arm, spendete ihm unbeholfenen, verlegenen Trost. »Majiid ist ein gebrochener Mann. Wir sind jetzt führerlos. Tag um Tag sitzt er da und tut nichts anderes, als nach Osten zu starren, wohin Khardan verschwunden sein soll!«

»Aber woher wollte er es wissen? Hat er Khardan gesehen ...?«

»Nein, aber es gab einen, der es getan hat. Fedj, der Dschinn.«

»Jaafars Diener? Ein Hrana-Dschinn?« Das Feuer in Achmeds Augen versengte seine Tränen. »Das würde doch niemand glauben ...«

»Er hat den Eid auf Sul geleistet, Achmed«, antwortete Saiyad still. »Und er wandelt immer noch unter uns.«

Der junge Mann starrte ihn an. Er konnte nicht mehr sprechen, seine Zunge schien ihm im Mund geschwollen zu sein, die Kehle war ausgetrocknet. Der Eid auf Sul war das schrecklichste, das bindendste Gelübde, das ein Unsterblicher nur ableisten konnte.

Wenn das, was ich jetzt wiederhole, nicht die Wahrheit sein sollte, möge Akhran mich nehmen, wie ich hier stehe, und mich in meine Behausung sperren und diese Behausung in den Schlund des Sul stürzen, und möge Sul mich verschlingen und mich tausend Jahre lang in der Finsternis seines Bauchs gefangenhalten.

So lautete der Eid. Viele Male hatte Achmed gesehen, wie den Dschinnen (vor allem Pukah) mit dem Eid gedroht wurde, und jedesmal hatte er mit anschauen können, wie sie einen Rückzieher machten und sich weigerten ihn abzuleisten. Dies war das erste Mal, daß er von jemandem hörte, der ihn tatsächlich abgeleistet hatte.

Benommen und blind vor Tränen, konnte er nur noch flüstern: »Wie?«

»Fedj war nicht bei der Schlacht anwesend. Er wurde von Raja, Zeids Dschinn, aufgehalten, der ihn angriff. Da er um seinen Gebieter bangte, zog sich Fedj so schnell er konnte zurück, mußte aber feststellen, daß die Schlacht bereits beendet war. Er fand Jaafar unter den Verwundeten. Nachdem er seinen Herrn in Sicherheit gebracht hatte, machte Fedj sich daran nachzusehen, ob es noch jemanden gab, der seiner Hilfe bedurfte. Die Soldaten des Emir brannten gerade das Lager nieder, und es herrschte großes Durcheinander. Die Dämmerung hatte eingesetzt, die Luft war vom Rauch geschwängert. Fedj hörte ein Geräusch und sah, wie drei Frauen die Gelegenheit nutzten, vor den Soldaten zu fliehen. Fedj wollte ihnen helfen und flog auf sie zu. Als er zum Sprechen ansetzte, sah er, wie der Schleier vom Gesicht einer der Frauen rutschte ...«

Als er den schmerzlichen Ausdruck in Achmeds Augen sah, verstummte Saiyad und senkte den Blick.

»Khardan?« murmelte der junge Mann; es war mehr ein Seufzen als ein gesprochenes Wort.

Saiyad nickte.

Das zerbrochene Schwert in der Hand, sackte Achmed gegen die Gitterstäbe des Tors. Dann rief er zornig: »Ich glaube es nicht! Vielleicht war er verwundet, bewußtlos, und die anderen halfen ihm!«

»Weshalb ist er dann nicht zurückgekehrt? Er weiß doch, daß sein Volk ihn braucht! Es sei denn ...«

»Es sei denn, was?« Achmed hob schnell den Blick.

»Es sei denn, er ist wirklich ein Feigling ...«

Achmed packte Saiyad und rammte das Gesicht des Manns gegen die Stäbe. »Schwein! Wer ist hier der Feigling! Wer ist denn auf dem Bauch angekrochen gekommen? Ich bringe dich um, du ...!«

Der Imam bemerkte, daß Saiyad diesmal in echten Schwierigkeiten war. Gemeinsam mit dem Wärter gelang es ihm, den Nomaden aus Achmeds Würgegriff zu lösen.

»Der Überbringer schlechter Nachrichten wird immer so behandelt, als sei es seine Schuld«, bemerkte Saiyad und rückte seine Gewänder wieder zurecht. »Andere hatten Angst, es dir zu sagen, aber ich meinte, du solltest es erfahren.«

»Der Überbringer schlechter Nachrichten wird nur dann so behandelt, wenn es ihm Freude bereitet, sie zu erzählen!« entgegnete Achmed. »Du hast Khardan gehaßt, seit er dich wegen des Verrückten als Narren dargestellt hat!« Diese Worte kamen so erstickt heraus, daß sie kaum voneinander zu unterscheiden waren. »Geh mir aus den Augen, Hund!« Achmed wedelte mit dem zerbrochenen Schwert. »Mein Vater hat recht! Khardan ist tot!«

Die Zornesröte stieg Saiyad ins Gesicht. »Ich will es hoffen, um seinet- wie um deinetwillen!« fauchte er.

Halbblind vor Wut warf sich Achmed gegen die Gitterstäbe und stach mit dem zerbrochenen Schwert nach Saiyad, als besäße es noch eine Klinge.

Beunruhigt über dieses Schauspiel und in der Furcht, daß der junge Mann sich selbst verletzen könnte, schob der Imam Saiyad vom Tor fort. »Kehre nach Hause zurück!« wies der Priester ihn mit leiser Stimme an. »Du kannst hier nichts mehr ausrichten!«

Wärter kamen über den Hof gelaufen. Sie packten Achmed an beiden Armen und zerrten den jungen Mann vom Tor. Saiyad sah den Priester in wütendem Trotz an und trat näher. »Hör mir zu, Achmed! Als Volk und als Staat sind wir am Ende. Akhran hat uns im Stich gelassen. Du und die anderen dort drin«, er wies mit einem Kopfnicken auf das Gefängnis, »ihr müßt euch damit abfinden. Jetzt weißt du, weshalb ich mich Quar zugewandt habe. Er ist ein Gott, der die Seinen beschützt und belohnt.«

Mit letzter Kraft schleuderte Achmed das zerbrochene Schwert nach Saiyad.

»Du hast genug getan, mein Freund«, sagte der Imam kalt. »Kehre nach Hause zurück!«

Saiyad nahm seinen letzten Rest von Würde zusammen und ging in Richtung der *Suks* davon.

»Bringt den jungen Mann zurück in seine Zelle«, befahl der Imam. »Behandelt ihn gut«, fügte der Priester hinzu, als er sah, wie die Wärter sich Blicke zuwarfen, und erriet, daß sie dieses Schauspiel der Widerspenstigkeit als Vorwand benutzen wollten, um ihren Gefangenen zu bestrafen. »Wenn an seinem Körper auch nur die leiseste Spur einer Mißhandlung zu sehen ist, werdet ihr es vor Quar verantworten müssen!«

Die Wärter zerrten ihren Gefangenen fort und verbrachten ihn ohne eine Schramme in seine Zelle. Doch als sie den jungen Mann nach einer Weile dort zurückließen, grinsten sie sich an und rieben sich zufrieden die Hände. Der Imam mußte noch viel lernen. Es gab Mittel und Wege, keine Spuren zu hinterlassen.

In der Dunkelheit und im Gestank der Zelle lag Achmed auf seinem Bett, zusammengekrümmt von einem Schmerz, der seiner Seele mehr zusetzte als die Prügel seinen Körper gepeinigt hatten.

Khardan war tot. Und sein Gott auch.

3

Feisal verließ das Gefängnis und schritt gemächlich durch die Menge, die sich vor ihm teilte; viele Menschen sanken auf die Knie, streckten die Hände aus, um seinen Segen zu erhaschen. Er erteilte ihn wie beiläufig, berührte zerstreut die Stirnen mit seinen dünnen Fingern, murmelte im Vorbeigehen die rituellen Worte. In seine Gedanken vertieft, merkte der Imam nicht einmal bewußt, wo er sich befand, bis die von Weihrauchduft geschwängerte kühle Dunkelheit des Innentempels seine Haut umschmeichelte, eine Erholung von der Mittagshitze.

Vor dem goldenen Widderkopfaltar seines Gotts schritt Feisal auf und ab und dachte nach.

In der Einschätzung, daß Achmed in seinem Glauben schwankte, hatte der Imam den Nomaden Saiyad in der schlichten Absicht zum Gefängnis geführt, dem jungen Mann zu zeigen, daß die Mitglieder seines in der Wüste zurückgebliebenen Volks versprengt und verzweifelt waren und daß jene, die zu Quar fanden, auf ein besseres Leben hoffen durften. Das war alles gewesen. Diese Nachricht von Khardan erschreckte Feisal ebensosehr wie Achmed, und nun überlegte er, was er daraus machen sollte.

Der Imam hatte seine Spione, die ihm und Quar ergeben waren. Der Priester wußte, wie viele Apfelsinenstücke der Emir morgen zum Frühstück aß, er wußte, mit welcher Frau der Emir in der Nacht schlief. Qannadi hatte zwar leise gesprochen, aber nicht leise genug, als er seinem Hauptmann Gasim den geheimen Befehl gab, sicherzustellen, daß Khardans Seele eine der ersten sein sollte, die zu Quar geschickt werden sollten. Der Imam war zornig gewesen, daß die Wünsche seines Gotts derart mißachtet wurden und Qannadi gegen den ausdrücklichen Befehl des Imams verstieß, die *Kafiren*, die Ungläubigen, Quar lebend zu überbringen. Doch der Zorn hatte das Auge Feisals nicht getrübt.

Der Priester verabscheute Blutvergießen, wußte aber genug über das störrische Wesen der Menschen, um einzusehen, daß es darunter auch welche gab, die Quars Licht erst schauen würden, wenn es durch die Löcher in ihrem Fleisch strahlte. Qannadi war ein geschickter General. Er würde gebraucht werden, um die südlichen Städte in die Knie zu zwingen, zur Kapitulation wie zur Konversion. Feisal wußte auch, daß er diesem wilden Hund gelegentlich einen Knochen zuwerfen mußte, um ihn bei Laune zu halten.

Aber war Khardan tatsächlich tot? Quar schien offensichtlich nicht davon auszugehen. Und wenn nicht, wie war der Kalif dann entkommen? Feisal konnte diese merkwürdige Geschichte von dem als Frau verkleideten Kalifen kaum glauben. Und was noch wichtiger war – wo befand er sich jetzt?

Es gab eine Person, die darauf die Antwort wissen könnte. Jene eine Person, die sich seit der Schlacht am Tel sehr merkwürdig verhalten hatte.

Mit einer winzigen Silberglocke rief der Imam einen halbnackten Diener herbei, der sich zu Füßen seines Gebieters auf den polierten Marmorboden warf.

»Bring mir die Konkubine Meryem«, befahl Feisal.

Der Imam verließ den Innentempel und schritt ein kurzes Stück den Gang zu dem Raum entlang, in dem er Audienz zu halten pflegte. Wie der Innentempel vermittelte auch dieser Raum den Eindruck, von der Außenwelt abgeschieden zu sein. Er war fensterlos, und die einzigen Türöffnungen waren nur über lange und gewundene Gänge zu erreichen. Der Boden bestand aus schwarzem Marmor. Hohe Marmorsäulen stützten eine Decke aus geschnitztem Elfenbein, das in Blöcken aus den Großen Steppen von Tara-kan herbeigeschifft worden war und dessen reichverzierte Gestalten die vielen Segnungen darstellten, die Quar seinem Volk bescherte. Der Audienzraum war von riesigen Holzkohlebrennern beleuchtet, die in jeder Ecke des viereckigen Raums auf Dreifüßen standen, war aber mit Ausnahme eines einzigen, wunderbar schönen Holzsessels leer.

Der Sessel stammte aus Khandar und war wahrscheinlich wertvoller als der gesamte Tempel samt seiner Einrichtung, denn er war aus *Saksaul* geschnitzt. Der *Saksaul*-Baum fand sich nur im salzdurchtränkten Sand der östlichen Pagrah-Wüste und war wegen seiner ungewöhnlichen Eigenschaften schon seit langem ein Gegenstand der Verehrung. Das schwarze Holz war äußerst hart; wurde es jedoch geschnitzt, splitterte und zerbrach es wie Glas. So mußten die Handwerker außerordentliche Sorgfalt walten lassen, und selbst kleine Schnitzarbeiten konnten viele Monate dauern. Das Holz war schwer und sank im Wasser. Wenn es verbrannt wurde, gab es würzige, duftende Rauchschwaden von sich, die eine Art Betäubung bewirkten. Die Asche wurde oft sorgfältig aufbewahrt und von Ärzten zur Zubereitung verschiedener Arzneien verwendet. Am merkwürdigsten aber war, daß der Baum unter dem Sand wuchs: Sein schlangengleicher Stamm, der oft dreißig Fuß und länger war, lag zehn bis zwölf Zoll unter der Oberfläche begraben.

Wie er in dem *Saksaul*-Sessel saß, dessen reiches Schnitzwerk, wie es hieß, mehrere Handwerker einige Jahre aufwendigster Arbeit gekostet hatte, faßte Feisal im Geist alle Berichte und eigenen Beobachtungen über Meryem zusammen. Er ging sie einzeln durch und prüfte sie nacheinander, wie die Finger eines Bettlers die Goldmünzen prüfte.

Qannadis Soldaten hatten die Konkubine und Spionin des Emirs bewußtlos im Nomadenlager vorgefunden. Man hatte ihr den größten Teil ihrer Kleider, alle Besitztümer und sämtliche ihrer mächtigen magischen Gerätschaften vom Leib gerissen. Als der Emir sie befragte, teilte Meryem ihm mit, daß einer seiner Soldaten sie für eine schmutzige *Kafir* gehalten und versucht hatte sie zu vergewaltigen. Sie hatte den Mann bestimmen können und hatte in gekränkter Unschuld mitangesehen, wie er zur Strafe fast zu Tode gepeitscht wurde.

Der Emir hatte ihr nicht geglaubt, ebensowenig wie Feisal. Qannadis Soldaten hatten bei Androhung der Kastration unter strengem Befehl gestanden, keine Frau zu behelligen. Sie waren angewiesen worden, nach Meryem Ausschau zu halten, um sie bei drohender Gefahr vor den Nomaden zu retten. Die Vorstellung, daß einer seiner Männer sein Leben riskieren sollte, um der Konkubine des Emirs Leid anzutun, war lächerlich. Doch der Emir hatte keine anderen Beweise dafür, als daß der Soldat lautstark seine Unschuld beteuerte, und so war ihm nichts anderes übriggeblieben, als den armen Teufel zu bestrafen. Qannadi machte zwar nicht mit seiner Drohung ernst, den Mann zu kastrieren, aber eine gelegentliche Auspeitschung war ohnehin gut für die Disziplin, und wenn der Soldat auch keine Strafe für dieses besondere Vergehen verdient haben mochte, so doch mit Sicherheit für irgendein anderes.

Die Angelegenheit war erledigt, und Meryem wurde ins Serail zurückgeschickt, wo das Mädchen schließlich, Yaminas Berichten zufolge, voller Furcht darauf wartete, daß der Emir sein Versprechen einlösen würde, sie zu einer seiner Frauen zu machen. Feisal wußte, daß dies noch vor zwei Monaten Meryems innigster Herzenswunsch gewesen war. Nicht daß Qannadi im Schlafzimmer eine besondere Größe gewesen wäre. Er war fast fünfzig, sein Kriegerkörper voller grotesker Narben, die Hände rauh und schwielig, der Atem oft säuerlich vom Wein. Es war also nicht das Vergnügen seiner Gesellschaft, weswegen die Frauen miteinander darum wetteiferten, seine Favoritin zu werden, sondern die Freuden der reichen Belohnung, die mit einer solchen Auszeichnung einherging.

Im Harem des Emirs die Stellung einer Ehefrau innezuhalten, bedeutete, daß die Frau in die Reihe der mächtigen Zauberinnen aufgenommen wurde, die die Palastmagie bewirkten. Kinder, die aus dieser Vereinigung hervorgingen, waren rechtmäßige Söhne und Töchter des Emirs und bekamen oft hohe Stellungen am Hof, ganz zu schweigen davon, daß eins von ihnen zu Qannadis Erben auserkoren werden könnte. Eine Konkubine konnte ausgekauft oder sogar einem Freund oder Geschäftspartner als Geschenk übergeben werden. Nicht dagegen eine Ehefrau, die in wohlbewachter Abgeschiedenheit gehalten wurde.

Eine solche Isolation bedeutete jedoch nicht, daß die Frauen keine Kraft in der Welt dargestellt hätten. Yamina, Qannadis Hauptfrau, war, wie jeder Würdenträger, Edelmann, Priester und gemeine Bürger wußte, die wahre Herrscherin über die Stadt Kich. Der Imam hatte mehr als einmal bemerkt, wie Meryem zusah und lauschte, als er und Yamina in politische Streitgespräche vertieft gewesen waren. Es gab keinen Zweifel daran, daß sie danach strebte, so viel Macht an sich zu reißen, wie sie nur konnte.

Aber Qannadi hatte nie nach ihr geschickt.

»Ich glaube, die Zeit, die sie in der Wüste zugebracht hat, hat sie in den Wahnsinn getrieben«, hatte Yamina während einer der vielen vertraulichen Gespräche mit dem Imam gestanden, die sie immer in seinen Tempelgemächern zu arrangieren wußte. »Bevor sie ging, hat sie alles nur Erdenkliche unternommen, um Qannadis Auge auf sich zu ziehen – hat nackt in den Bädern getanzt, ihre Schönheit zur Schau gestellt, ist unverschleiert erschienen ...«

Yamina schwelgte immer in Einzelheiten, wenn sie dem Imam derlei Dinge schilderte; ihre Hand pflegte dabei – rein zufällig – das dünne Bein des Priesters zu berühren oder sanft seinen Arm hinaufzufahren. Wie er so allein in seinem prunkvollen Sessel saß, erinnerte Feisal sich gut an Yaminas Worte und ihre Berührung.

»Seit ihrer Rückkehr«, war Yamina etwas kühler fortgefahren, als der Priester ein Stück von ihr abgerückt war, »badet Meryem immer am Morgen, wenn sie weiß, daß der Emir fort ist, um seine Truppen zu inspizieren. Immer, wenn der Eunuch erscheint, um Qannadis jeweilige Wahl der Nacht auszusuchen, versteckt sie sich. Fragt der Emir nach Tänzerinnen, schützt sie Unwohlsein vor.«

»Was ist der Grund für dieses seltsame Verhalten?« fragte Feisal. Er erinnerte sich daran, daß er sich dafür nicht sonderlich interessiert hatte, aber er wollte eben alles wissen, was den Emir betraf. »Sie weiß doch sicherlich, welches Risiko sie damit eingeht? Sie ist bereits in Ungnade gefallen. Qannadi ist davon überzeugt, daß sie gelogen hat, als sie darüber sprach, was ihr im Lager der Nomaden widerfuhr.«

»Ich glaube, sie ist verliebt«, sagte Yamina mit heiserem Flüstern, wobei sie sich dichter zu Feisal hinüberbeugte.

»In den Nomaden?« Feisal wirkte belustigt. »In einen wilden Mann, der nach Pferden riecht.«

»Ein wilder Mann? Ja!« hauchte Yamina und fuhr mit den Fingern über den Arm des Imams. Der Schleier war von ihrem Gesicht gerutscht, geschickt verrückte ihre Hand den durchschimmernden Stoff, der Hals und Brüste bedeckte, so daß der Priester eine Schönheit zu sehen bekam, die auch nach vierzig Jahren noch als beachtenswert galt. »Ein wilder Mann mit Augen wie Feuer, von hartem und muskulösem Körper, ein Mann, der es gewöhnt ist, sich zu nehmen, was er begehrt. Eine Frau, die in einen solchen Mann verliebt ist, wird alles riskieren!«

»Aber dieser Khardan ist tot«, versetzte Feisal kühl und erhob sich.

Yamina biß sich enttäuscht auf die Unterlippe, als sie aufstand. »Genau wie einige andere Männer, deren Namen ich hier nennen könnte!« zischte sie. Sie bedeckte sich mit ihrem Schleier und verließ mit zornigem Rauschen der Seide seine Gemächer.

Feisal hatte Yaminas Worten nicht viel Beachtung geschenkt. Sie setzte häufig bei ihren Versuchen derlei Klatsch ein, um ihn zu einer Leidenschaft aufzustacheln, die seiner religiösen Seele widerwärtig und seinem gesunden Menschenverstand hochgefährlich erschien. Doch jetzt begann er sich zu fragen, ob das so stimmte ...

»Die Konkubine Meryem«, sagte der Diener und riß Feisal aus seinem Tagtraum.

Der Imam sah auf und erblickte eine geschmeidige, schlanke Gestalt in einer fahlblauen *Paranja*, die zögernd im

Türrahmen des Gemachs stand. Das Licht der flammenden Räuchergefäße glitzerte auf goldenem Haar, das unter den Falten ihres Schleiers kaum zu erkennen war. Strahlende blaue Augen beobachteten den Imam mit einem, wie der Priester bemerkte, beinahe fiebrigen Glanz.

Feisal entließ den Diener mit einer Handbewegung.

»Komm näher, Kind«, sagte er in väterlichem Tonfall, obwohl er nur wenige Jahre älter war als die Frau.

Meryem kroch vor und warf sich mit ausgestreckten Armen vor ihm zu Boden. Als er auf das Mädchen hinabblickte, stellte der Imam fest, daß sie vom Entsetzen gepackt war. Sie zitterte von Kopf bis Fuß, der Stoff ihres grünen Gewands bebte wie in einer Brise, Ohrringe und Armreifen klimperten aufgeregt. Feisal lächelte. Er beugte sich vor, nahm ihre Hand und hob sie auf die Knie, drückte sie an sich.

»Meryem, mein Kind«, begann er sanft, »ich habe Berichte erhalten, die behaupten, dir sei unwohl. Jetzt, da ich dich sehe, weiß ich auch, daß sie stimmen! Ich bin zutiefst besorgt, sowohl als dein geistlicher Berater wie auch als dein Freund.«

Er konnte ihr hinter dem Schleier verborgenes Gesicht nicht erkennen. Aber er sah, wie die Furcht in den Augen zaghafter wurde, die fedrigen Augenbrauen sich vor Verwirrung zusammenzogen. Damit hatte sie nicht gerechnet. Der Imam wurde seiner selbst immer sicherer.

»Was hast du gehört, Imam?« fragte sie.

»Daß du dir vorstellst, daß irgend jemand versucht, dich zu vergiften. Daß du dich weigerst, Speise oder Trank zu dir zu nehmen, wenn nicht ein Sklave deinen Anteil vorgekostet hat. Daß du mit einem Dolch unter deinem Kopfkissen schläfst. Ich begreife, daß deine Erlebnisse in der Wüste unter den Nomaden sehr beängstigend gewesen sein müssen, aber jetzt bist du davor in Sicherheit. Sie können dir keinen Schaden mehr zufügen ...«

»Es geht nicht um die Nomaden!« Die Worte platzten von

Meryems Lippen, bevor sie sie daran hindern konnte. Zu spät erkannte sie, daß der Fisch soeben den Angler eingefangen hatte, wurde totenbleich und bedeckte ihren verschleierten Mund mit der Hand.

»Es sind also nicht die Nomaden, die du fürchtest«, sagte Feisal mit wachsender Sanftheit, die ihr die Tränen in die blauen Augen trieb. »Dann muß es jemand im Palast sein.«

»Nein, es ist nichts! Nur meine Torheit! Bitte, laß mich gehen, Imam!« flehte Meryem und versuchte die Hand aus dem Griff des Priesters zu reißen.

»Qannadi?« schlug Feisal vor. »Weil du ihn belogen hast?«

Meryem gab ein ersticktes Geräusch von sich. Wie im Würgegriff sank sie auf den Fußboden, kauerte sich entsetzt zusammen. »Er wird mich umbringen lassen!« jammerte sie.

»Nein, mein Kind«, antwortete der Imam. Er schlüpfte aus dem Sessel, kniete neben dem Mädchen nieder und nahm sie in die Arme, wiegte sie hin und her, während er beruhigend auf sie einredete. Wäre Yamina dagewesen, hätte sie sich in vollkommen unangebrachter Eifersucht gewunden. Das einzige Verlangen, das Feisal empfand, war der tiefe Wunsch, diesem Mädchen die lebenswichtigen Informationen zu entlocken, die sie in ihrem Herzen verborgen hielt.

»Im Gegenteil«, sagte der Imam zu Meryem, als ihr Schluchzen sich beruhigte, »der Emir hat den Vorfall schon völlig vergessen. Natürlich wußte er, daß du gelogen hast. Mehr als einer seiner Männer hat berichtet, wie Gasim Auge in Auge gegen Khardan kämpfte. Da hielt es Qannadi für höchst merkwürdig, zu hören, daß sein bester Hauptmann an einer Messerwunde im Rücken gestorben sein soll!« Meryem stöhnte, schüttelte den Kopf. »Ruhig, Kind. Qannadi hat nur geraten, daß du versuchtest, deinen Geliebten zu retten. Angesichts des Kriegs im Süden beschäftigen ihn andere Dinge als die Untreue einer Konkubine.«

Die blauen Augen sahen über den Rand des Schleiers zu

ihm auf. Schimmernd von Tränen, waren sie weit aufgerissen und unschuldig, und Feisal ließ sich nicht im geringsten davon täuschen.

»Ist ... ist es wirklich das, was er glaubt, Imam?« fragte Meryem und blinkte mit den langen Augenlidern.

»Ja, meine Liebe«, erwiderte Feisal lächelnd. Er glättete eine Locke blonden Haars, die unter der Kopfbedeckung hervorgerutscht war. »Er weiß nicht, daß du plantest, ihn zu stürzen.«

Meryem rang nach Luft. In der Umarmung des Imams versteifte sich ihr Körper. »Nein«, sagte er leise. »Das stimmt nicht ganz. Nicht *plantest* ihn zu stürzen. Denn du planst es *immer noch*!«

Die Tränen in ihren blauen Augen verschwanden, wichen der gerissenen, verzweifelten Berechnung. »Ich werde alles tun!« sagte Meryem mit angespannter, harter Stimme. »Alles, was du von mir verlangst. Ich werde deine Sklavin sein!« Sie riß sich den Schleier vom Gesicht. »Nimm mich jetzt!« sagte sie heftig, preßte ihren Leib gegen Feisals. »Ich gehöre dir ...«

»Ich will nichts von dir, Mädchen«, erwiderte der Priester kalt und stieß sie von sich, daß sie auf den Marmorboden stürzte. »Nichts, bis auf die Wahrheit. Sage mir alles, was du weißt. *Alles!*« fügte er hinzu und sprach das Wort dabei langsam und betont aus. »Und vergiß nicht, ich weiß bereits sehr viel. Wenn ich dich bei einer weiteren Lüge ertappe, werde ich dich Qannadi übergeben. Dann kannst du deine Geschichte dem Obersten Scharfrichter unter weitaus unangenehmeren Umständen erzählen!«

»Ich werde dir die Wahrheit sagen, Imam!« antwortete Meryem, stand auf und musterte Feisal in kühler Würde. »Ich werde dir sagen, daß der Emir ein Verräter an Quar ist! Wegen seines Frevels hat der Gott persönlich seinen Sturz befohlen. Ich bin nur sein armseliges Werkzeug«, fügte sie hinzu und senkte fromm die Augen.

Feisal hatte Schwierigkeiten, angesichts dieser plötzlichen, neu entdeckten religiösen Inbrunst Meryems nicht die Miene zu verziehen. Er legte die Finger auf ihre zuckenden Lippen und bedeutete ihr mit der anderen Hand, zu sprechen.

»Es stimmt, daß ich Khardan liebe, Imam!« begann Meryem mit Leidenschaft in der Stimme. »Und weil ich ihn liebe, wünschte ich mir nichts sehnlicher, als ihm das Wissen um den Einen zu bringen, den wahren Gott. Natürlich wußte ich, daß der Emir vorhatte, das Lager anzugreifen, und ich fürchtete um Khardans Leben. Aus einigen Bemerkungen Yaminas entnahm ich, daß Qannadi sich vor Khardan fürchtet, denn Khardan ist stark und kühn und ein wilder Krieger. Ich dachte mir, daß der Emir versuchen würde, Khardan ermorden zu lassen. Daher gab ich Khardan vor der Schlacht ein Amulett, das er um den Hals tragen sollte, Imam. Er hielt es für einen gewöhnlichen Glücksbringer, wie sie die rückständigen Frauen seines Stamms anzufertigen pflegen.«

»Aber das war es nicht?« fragte Feisal grimmig.

»Nein, Imam«, erwiderte Meryem nicht ohne Stolz. »Ich bin eine fähige Zauberin, beinahe so mächtig wie Yamina selbst. Als ich das Wort sprach, warf das Amulett einen Zauber über den Nomaden, versetzte ihn in einen tiefen Schlaf. Zugleich war er ihm ein Schild, das jede Waffe daran hinderte, ihm Schaden zuzufügen. Es war gut, daß ich das getan habe«, sagte sie mit härter werdender Stimme, »denn es kam genau so, wie ich es erwartet hatte. Gegen deinen ausdrücklichen Befehl, den Nomaden keinen Schaden zuzufügen, versuchte Qannadi Khardan ermorden zu lassen. Ich habe Gasim bei der Tat erwischt.«

Sie hielt inne, musterte den Imam aus dem Augenwinkel, hoffte vielleicht darauf, daß der Priester bei dieser Nachricht in einen Wutanfall verfiel. Doch Feisal zeigte keinerlei Gefühlsäußerung, und so mußte Meryem fortfahren, ohne sich ausrechnen zu können, wie der Priester reagieren könnte. »Ich habe Khardan auf Gasims Pferd vom Schlachtfeld gebracht. Ich wollte ihn nach Kich bringen und deiner Fürsorge übergeben, Imam, damit der Emir ihn nicht töten ließ. Ich wußte, daß wir beide zusammen Khardans Seele zu Quar bekehren würden!«

»Ich bezweifle, daß du dich für seine Seele ebensoviel interessiertest wie für seinen Körper«, versetzte der Imam trocken. »Was ist denn deinem kleinen Plan in die Quere gekommen?«

Meryem errötete zornig, doch sie beherrschte sich und setzte ihre Geschichte fort, als sei sie überhaupt nicht unterbrochen worden. »Ich wartete gerade darauf, daß Kaug, der Ifrit, den Arm ausstrecken und uns in die Wolken hinaufheben würde, als ich aus den Augenwinkeln bemerkte, wie dieser Verrückte sich mir von hinten näherte und ...«

»Verrückte?« fragte Feisal neugierig. »Welcher Verrückte?«

»Nur so ein Verrückter, Imam!« sagte Meryem ungeduldig. »Ein Jüngling, den Khardan hier in Kich vor den Sklavenhändlern gerettet hat. Khardan hielt den Jungen für eine Frau, aber das war er nicht. Es war ein Mann, dessen Gesicht und Brust bartlos waren und der sich in Frauenkleider gehüllt hatte. Die anderen Nomaden wollten ihn hinrichten, aber Khardan ließ das nicht zu, sagte, der Junge sei verrückt, weil er behauptete, über das Meer gekommen und ein Zauberer zu sein. Dann sagte die Hexenfrau – Khardans Ehefrau –, daß der Junge in Khardans Harem aufgenommen werden solle, und deshalb konnte Khardan mich nicht heiraten!«

Feisal bekam nicht eimal die Hälfte dieser umständlichen und ziemlich unzusammenhängenden Erklärung mit. Die Worte ›über das Meer‹ und ›Zauberer‹ hatten seinen Geist völlig gefangengenommen. Nur mit größter Anstrengung gelang es ihm, sich wieder aus seinen Gedanken zu reißen und Meryems Bericht zu lauschen.

»... riß mich der Verrückte vom Pferd und schlug mir heftig auf den Kopf. Als ich erwachte«, fuhr sie in einem jammernden Tonfall fort, »lag ich so da, wie sich mich gefunden haben – halb nackt, scheinbar tot.«

»Und Khardan?«

»Anscheinend verschwunden, Imam. Ich weiß es nicht. Ich bin erst wieder im Palast aufgewacht. Aber als ich die Soldaten danach fragte, hatten sie keine Spur von ihm gesehen.«

»Und sein Leichnam wurde nie gefunden«, meinte der Imam nachdenklich.

»Nein, das wurde er nicht«, murrte Meryem und zog den Schleier einmal mehr vors Gesicht, wobei sie den Blick gesenkt hielt.

»Und weshalb, glaubst du, hat dieser ... dieser Verrückte dir die Kleider vom Leib gerissen?«

»Ist das vielleicht nicht offensichtlich, wenn du mir die Frage verzeihst, Imam? Um sich an mir zu vergehen, natürlich.«

»Mitten in einer tobenden Schlacht? Dann muß er wirklich verrückt gewesen sein!«

Meryem blickte immer noch zu Boden. »Ich ... vermute, Imam, daß er während seines schändlichen Tuns unterbrochen wurde ...«

»Vielleicht.« Feisal lehnte sich vor. »Würde es dich überraschen zu erfahren, daß Khardan gesehen wurde, wie er vom Schlachtfeld floh, und zwar in Frauenkleidern?«

Meryem sah auf, die blauen Augen weitaufgerissen. »Aber ... aber natürlich!« stammelte sie.

»Lüge nicht!«

»Also gut!« rief sie heftig und stampfte mit ihrem kleinen Fuß auf. »Ich wußte es zwar nicht, aber ich hatte es vermutet. Es wäre die einzige Möglichkeit gewesen, den Soldaten zu entkommen! Im Lager waren zahlreiche alte Vetteln zurückgeblieben. Wenn die Soldaten Khardan in Frauenverkleidung gesehen haben, haben sie ihn wahrscheinlich einfach durchgelassen.«

»Und dann ist Khardan auch noch am Leben!« sagte Feisal leise. »Du weißt es, und du hoffst darauf, daß er zurückkehren wird!«

»Ja!«

»Woher weißt du es?«

»Der Zauber wird weiterhin wirken, ihn vor Schaden bewahren, solange er die Halskette trägt ...«

»Vielleicht hat sie aber jemand entfernt, sie ihm abgenommen. Vielleicht der Verrückte.« Feisal sank in den Sessel zurück, die Stirn gefurcht. »Wenn er wirklich ein Zauberer ist ...«

»Das ist Unsinn!« widersprach Meryem lebhaft. »Nur Frauen besitzen die Magie. Das weiß jeder!«

»Dennoch ...« Feisal schien in Gedanken verloren. Dann kehrte er mit einem Achselzucken zur gegenwärtigen Frage zurück. »Du spekulierst nicht nur darauf, daß er am Leben sein könnte, Meryem! Du *weißt*, daß er es ist! Du weißt, wo er ist, und deshalb hast du dich gefürchtet. Weil du glaubst, daß er jeden Augenblick zurückkehren und den Emir herausfordern kann, der daraufhin Verdacht schöpfen könnte, daß sich in seinem Feigenkorb eine Schlange verbirgt ...«

»Nein! Ich schwöre es ...«

»Sage es mir, Meryem. Oder«, Feisal ergriff ihre Hand, »würdest du es vorziehen, es dem Obersten Scharfrichter zu berichten, während er von diesen zerbrechlichen Knochen die Haut abschält ...«

Meryem riß ihre Hand fort. Der von Schweiß und Tränen befleckte Schleier klebte feucht an ihrem Gesicht. »Ich ... ich habe in die Hellsehschale geschaut«, murmelte sie. »Wenn ... wenn er tot wäre, würde ich seinen ... seinen Leichnam darin sehen.«

»Aber das hast du nicht getan?«

»Nein!« Ihre Stimme war kaum zu vernehmen.

»Du hast ihn lebend gesehen!«

»Nein, das auch nicht.«

»Ich werde dieses Geredes müde!« Die Stimme des Imams

war wie ein Peitschenhieb und Meryem erschauerte, als die Worte auf sie einschlugen.

»Ich lüge nicht, Imam!« rief sie, warf sich zu Boden und sah flehend zu ihm auf. »Er ist am Leben, aber er ist auch von einer Wolke der Finsternis bedeckt, die ihn vor meiner Sicht verbirgt. Das ist ... Zauberei, nehme ich an. Aber anders als jede Magie, die ich je gesehen habe! Ich kenne ihre Bedeutung nicht!«

Schweigen legte sich über den Tempelraum, so tief und dicht und ehrfurchtsvoll, daß Meryem ihr Schluchzen unterdrückte und die Luft anhielt, um es nicht zu stören, ebensowenig den Imam, dessen Mandelaugen in die Schatten starrten.

Schließlich rührte sich der Imam. »Du hast recht. Im Palast bist du in Gefahr.«

Meryem hob den Kopf und blickte ihn mit ungläubiger, ungewisser Hoffnung in den Augen an.

»Ich werde dem Emir vorschlagen, dich in die Stadt zu den Nomaden zu schicken. Dort kannst du dann leben. Ich glaube, Khardans Mutter wurde auch gefangengenommen und nach Kich gebracht.«

»Aber was soll ich ihnen sagen?« Meryem ging wieder auf die Knie. »Sie halten mich für die Tochter des Sultans! Sie würden vom Emir erwarten, daß er mich hinrichtet!«

»Eine Könnerin auf dem Gebiet des Lügens, wie du es bist, sollte keine Schwierigkeiten haben, mit einer Geschichte aufzuwarten, die ihre Herzen zum Schmelzen bringt«, bemerkte Feisal. »Der Emir wollte dich eigentlich vom Turm des Todes stürzen lassen, aber dann unterlag er deinen Reizen. Er bat dich, ihn zu heiraten, aber du bist deinem Nomadenstolz treu geblieben und hast es abgelehnt. Qannadi ließ dich daraufhin bei Wasser und Brot in den Kerker werfen. Er schlug dich. Du bliebst immer noch treu. Als er schließlich begriff, daß er dich niemals haben würde, warf er dich auf die Straße ...«

Meryems Lippen schlossen sich, die blauen Augen glitzerten. »Peitschenstriemen und Schürfwunden«, sagte sie.

»Die Wachen müssen mich am Mittag hinauswerfen, wenn es eine Menschenmenge gibt …«

»Alles, was du willst«, unterbrach der Imam, dem es plötzlich dringend geworden war, das Mädchen loszuwerden, um seinen Gedanken nachzugehen. Mit einem Händeklatschen rief er den Diener wieder herbei. »Kehre ins Serail zurück. Treffe deine Vorbereitungen. Ich werde heute abend mit dem Emir sprechen und ihn von der Notwendigkeit überzeugen, unsere Spionin unter den Nomaden wieder einzusetzen.« Er wedelte mit der Hand. »Steh auf. Dein Dank ist unnötig. Du dienst Quar, wie du sagst. Und – Meryem …«

Das Mädchen erhob sich gerade.

»Ja, Imam?«

»Über alles, was du hinsichtlich Khardan in Erfahrung bringst, gleich was es ist, wirst du mir Mitteilung machen.«

»Jawohl, Imam«, sagte sie geschmeidig.

Viel zu geschmeidig. Feisal beugte sich in dem *Saksaul*-Sessel vor. »Wisse eins, mein Kind. Sollte ich seinen Namen auf der Zunge eines anderen vernehmen, bevor ich ihn auf deiner gehört habe, werde ich dir die Zunge aus dem Mund reißen lassen. Hast du mich verstanden?«

»Jawohl, Imam.« Alle Geschmeidigkeit verschwand.

»Also gut. Du kannst gehen. Quars Segen sei mit dir.«

Als das Mädchen und der Diener gegangen waren, sank Feisal in seinen Sessel zurück. Sein Ellenbogen ruhte auf der harten, geschnitzten Oberfläche des Sesselarms, und der Imam gestattete es seinem Kopf, sich in seine Hände zu senken, als sei das Gewicht seiner Überlegungen zu groß für seinen Hals. Die Nomaden … Khardan … der Emir … Achmed … seine Gedanken wirbelten umher wie Steine im Polierrad eines Juweliers. Nur einer davon war rauh, ungeschliffen, beunruhigend.

Der Verrückte …

4

Die Gefängniswächter saßen zusammengekauert im mageren Schatten, den das gedrungene, eckige Wachhaus bot, den Rücken gegen die kühle Wand gepreßt. Es war fast Mittag, und der Schatten wurde schnell kleiner. Schon bald würde die Nachmittagshitze sie ins Wachhaus selbst treiben. Sie vermieden es so lange wie möglich. Das Lehmziegelgebäude zu betreten war so, als würde man in einen Ofen kommen. Aber so heftig die Hitze in dem Bau auch war, hatte er wenigstens den Vorzug, Schutz vor der sengenden Sonne zu bieten. Als die letzten Schatten verschwanden, erhoben sich die Wachen. Einer der jüngeren Wärter stieß einen älteren Mann an, seinen Vorgesetzten.

»Soldaten.«

Der Kommandant blinzelte ins Sonnenlicht hinein, in die Richtung der *Suks*, stets dankbar für jede Abwechslung der Monotonie seiner Wachzeit. Im Basar drängten mehrere Soldaten des Emirs in ihren bunten, prunkvollen Uniformen ihre Pferde durch die Menschenmengen. Die Menschen stoben vor ihnen auseinander, Mütter rissen ihre kleinen Kinder hoch, die Händler entfernten hastig die wertvollsten Waren ihrer Auslagen und schoben ihre Töchter hinter die verhangenen Abtrennungen. Dort, wo die Menschenmenge zu dicht gedrängt war und die Pferde nicht hindurchkamen, bahnten sich die Soldaten mit ihren Reitgerten wirkungsvoll einen Weg, ohne auf die Flüche und wütenden Schreie zu achten, die immer wieder verstummten, sobald die Menge den Mann erblickte, der hinter den Soldaten ritt.

»Der Emir«, brummte der Kommandant.

»Ich glaube, er kommt hierher«, meinte der junge Posten.

»Pah!« Der ältere Wärter spuckte auf den Boden, doch sein Blick blieb mißtrauisch auf den Geleitzug geheftet, der sich durch die Basare bewegte. »Ich denke, du hast recht«, sagte er nach kurzer Pause schließlich schleppend. Er wirbelte herum und brüllte Befehle, die die anderen schläfrigen Wachen auf die Beine springen ließen, um hastig dem Ruf des Kommandanten zu folgen und herbeizustolpern.

»Was ist denn mit Hamd los?« rief er, als er feststellte, daß einer der Posten nicht reagierte. »Wieder betrunken? Schleppt ihn ins Wachhaus! Und zwar schnell! Und schaut euch einmal eure Uniformen an! Was ist denn das? Blut? Dein eigenes? Sag ihm, es stammt von dem Dieb. Was war das? Der Mann ist vor zwei Tagen gestorben? Um so schlimmer! Dann bleib außer Sichtweite! Und die anderen? Versucht wachsam auszusehen, sofern ihr das überhaupt könnt, Schweinebrut. Und jetzt weitermachen! Zurück auf eure Plätze!«

Der Kommandant stieß Verwünschungen vom Emir bis zu Hamd aus, dessen schlaffer, zusammengesackter Körper unsanft über den Boden zum Wachhaus gezerrt wurde. Er schob und scheuchte seine ausdruckslos dreinblickenden Männer auf ihre zugewiesenen Positionen, half einigen der langsameren mit kräftigen Hieben seines dicken Schlagstocks nach.

Das Hufgetrappel kam immer näher. Der Kommandant rang nach Luft, er schwitzte und warf einen letzten Blick auf sein Gefängnis. Wenigstens waren die Gefangenen nach ihrem mittäglichen Ausgang wieder in ihre Zellen verbracht worden, dachte er dankbar. In der Dunkelheit des Zindan waren geschwollene Wangen, aufgeplatzte Lippen und blaue Augen nicht so deutlich zu erkennen. Ebensowenig die Blutflecken auf den Tuniken. Doch um ganz sicherzugehen, überlegte sich der träge Verstand des Kommandanten Entschuldigungen, weshalb gegen den ausdrücklichen Befehl des Emirs verstoßen worden war, die Gefangenen – insbesondere die Nomaden – körperlich nicht zu mißhandeln. Der Kommandant war gerade damit beschäftigt, einen ganzen Gefangenen-Aufstand zu erfinden, als der jüngere Wärter seine unbeholfenen Gedanken unterbrach.

»Weshalb kommt der Emir hierher? Ist das üblich?«

»Nein, beim Sul!«

Die beiden standen in einer gewissen Annäherung an eine Habachtstellung vor dem Wachhaus, und der Kommandant, der die Augen geradeaus hielt, mußte aus dem Mundwinkel antworten.

»Der alte Sultan ist nie auch nur näher als tausend Schritt herangekommen, wenn er es vermeiden konnte. Und wenn er dazu gezwungen war vorbeizureiten, tat er es in einer verhüllten, dicht verhangenen Sänfte und hielt sich eine Apfelsine an die Nase, die rundherum mit Nelken gespickt war, um den Gestank zu vertreiben.«

»Weshalb kommt der Emir dann?«

»Woher, in Quars Namen, soll ich das wissen?« knurrte der Kommandant und wischte sich verstohlen mit dem Ärmel das Gesicht. »Zweifellos hat es irgend etwas mit diesen verdammten Nomaden zu tun. Es ist schon schlimm genug, daß der Priester hier ständig herumschleicht und in alles seine Nase steckt. Quar vergib mir.« Vorsichtig blickte der Kommandant zum Himmel empor. »Ich bin froh, wenn der ganze Haufen verschwunden ist.«

»Wann wird das sein?«

»Wenn sie konvertieren, natürlich.«

»Eher werden die sterben.«

»Das soll mir gleich sein.« Der Kommandant zuckte mit den Schultern. »Was es auch wird, es dürfte jedenfalls nicht mehr lange dauern. Pst!«

Die Männer verstummten. Der Kommandant veränderte unbehaglich seine Stellung, sehnte sich danach, den Kopf wenden zu dürfen, um nach hinten zu schauen und sich davon zu überzeugen, daß alles in Ordnung war; er wagte es aber auch nicht, sich seine Unruhe anmerken zu lassen. Hinter sich konnte er hören, wie Hamd plötzlich mit betrunkener Stimme ein zotiges Lied zu grölen begann. Dem Kommandanten begann das Blut in den Schläfen zu pochen, doch da ertönte ein Geräusch, als würde jemand gegen eine überreife Melone schlagen, ein ersticktes Stöhnen, und der Gesang brach ab.

Die berittenen Soldaten trabten ans Tor. Auf Befehl ihres Anführers schwärmten sie zu einer Linie aus und saßen steif in ihren Sätteln, die magischen Pferde so still, als hätten sie sich wieder in jenes Holz zurückverwandelt, aus dem sie einst erschaffen worden waren. Mit einem Schlenker hob der Hauptmann sein Schwert. Qannadi, der in kurzer Entfernung hinter seinen Truppen geritten war, trabte vor. Er erwiderte den Salut seines Hauptmanns und stieg ab. Sein Blick huschte über das Gefängnis und seine Höfe, als er sich langsam dem schwitzenden Kommandanten näherte. Der Hauptmann folgte ihm.

In den alten Zeiten wäre ein Besuch des Sultans, hätte er tatsächlich jemals das Gefängnis inspizieren wollen, ohne Hunderte von Leibwachen um seine geheiligte Person unmöglich gewesen; Sklaven hätten seinen Sessel getragen und rote Teppiche ausgerollt, damit er seine seidenen Schuhe nicht auf dem unwürdigen Boden beschmutzte; es wären zahlreiche weitere Sänften dabei gewesen, aus denen seine Lieblingsfrauen zwischen den Vorhängen hinausgespäht hätten; weitere Sklaven mit riesigen Federfächern wären herbeigeeilt, um die Fliegen zu vertreiben, für die das Gefängnis ein regelrechter Festplatz war.

Der Sultan wäre vier Minuten geblieben, allerhöchstens fünf, bis die heiße Sonne und der Gestank und die allgemeine Unappetitlichkeit des Orts ihn in den parfümierten Seidenschutz seiner Sänfte zurückgetrieben hätten. Als er mitansah, wie der Emir mit lang ausholenden Schritten einherschritt, sehnte sich der Kommandant herzinniglich nach den alten Zeiten zurück.

»O Mächtiger König!« Der Kommandant warf sich auf den Bauch und sah in dieser würdelosen Stellung sehr nach einer Kröte aus. »Eine solche Ehre ...«

»Steh auf!« sagte Qannadi angewidert. »Ich habe für so etwas keine Zeit. Ich bin gekommen, um mit einem deiner Gefangenen zu sprechen.«

Der Kommandant plagte sich mühsam auf. Welcher

Gefangene? Hoffentlich keiner, der allzu streng gezüchtigt worden war.

»Dreckige Erbärmlinge, o König. Einer solchen Aufmerksamkeit unwürdig! Ich flehe dich ...«

»Öffne das Tor.«

Dem Kommandanten blieb nichts anderes übrig als zu gehorchen. Doch seine Hände zitterten so stark, daß er den Schlüssel nicht ins Schloß brachte, worauf Qannadi ein Zeichen gab. Der Hauptmann des Emirs trat vor, nahm dem erschütterten Wärter die Schlüssel aus der Hand und schloß das Tor auf, das sich mit schrillem Quieken in seinen Scharnieren dreht. Der Emir stieß an dem stammelnden Kommandanten vorbei und betrat das Gefängnisgelände.

»Wo ist die Zelle von Achmed, dem Nomaden?«

»Im ... im unteren Stockwerk, die dritte links. Aber beleidige doch nicht deinen Geist, indem du das Haus der Verdammten betrittst, Majestät.« Keuchend watschelte der Kommandant ungefähr sechs Schritte hinter dem schnell dahineilenden General her. »Meine Augen sind an den Anblick dieses Abschaums der Menschheit gewöhnt. Aber gestatte mir, den *Kafir* in deine Erhabene Gegenwart zu führen, o König.«

Qannadi zögerte. Er hatte vorgehabt, das Gefängnis zu betreten und mit Achmed in seiner Zelle zu sprechen. Doch jetzt, da er vor dem häßlichen, fensterlosen Bau stand, da er den Geruch menschlicher Ausscheidungen und Verzweiflung wahrnehmen konnte, da er schwach das Stöhnen der Hoffnungslosigkeit und des Schmerzes aus dem Inneren hörte, geriet der Mut des Feldherrn, dessen Flamme auf dem Schlachtfeld kein einziges Mal erloschen war, ins Flackern und brannte nieder. Tod und Leid im Krieg waren ihm vertraut, doch würde er sich nie an Tod und Leid von Menschen gewöhnen, die wie Tiere eingesperrt waren.

»Das Wachhaus ist zu dieser Jahreszeit recht angenehm, o Erhabener«, setzte der Kommandant nach, als er den Emir zögern sah.

»Also gut«, sagte Qannadi abrupt, machte kehrt und versuchte, das deutlich vernehmbare Aufatmen der Erleichterung zu überhören, das sich dem Kommandanten entrang.

»Geh vor!« schrie der Kommandant den jungen Posten an, der wie angewurzelt dastand und den Emir ehrfurchtsvoll anstarrte. »Bereite das Wachhaus für Seine Majestät vor!«

Mit Hilfe zahlreicher hektischer Handbewegungen hinter dem Rücken des Emirs und einer Reihe drohender Grimassen gelang es dem Kommandanten, dem benommenen jungen Wärter deutlich zu machen, daß er den betrunkenen Hamd wegschaffen solle. Als er begriffen hatte, schoß der junge Mann davon, und Qannadi betrat den Schatten des kahlen Ziegelraums, um ein scharrendes Geräusch zu vernehmen und mitzubekommen, wie die Stiefelsohlen des unglückseligen Hamd in einem Hinterzimmer verschwanden. Eine Tür wurde zugeschlagen.

Der Hauptmann der Leibwache des Emirs nahm einen umgestürzten Stuhl und stellte ihn für Qannadi an einen grobgehauenen Tisch. Der Emir zog es jedoch vor, in der kleinen Behausung auf und ab zu schreiten. Der Kommandant erschien keuchend in der Tür.

»Nun?« sagte Qannadi und funkelte den Mann wütend an. »Geh und hole den Gefangenen!«

»Jawohl, o König!« Diese kleine Angelegenheit hatte der Kommandant schon wieder völlig vergessen. Umständlich entfernte er sich aus der Türöffnung. Als Qannadi durch ein kleines Fenster spähte, sah er, wie der Mann mit flatternder Kopfbedeckung über den Hof rannte. Der Emir musterte den Hauptmann und hob die Augenbrauen. Der Hauptmann schüttelte stumm den Kopf.

»Wirf alle Mann hinaus«, befahl Qannadi und deutete auf das Hinterzimmer.

Der Hauptmann reagierte sofort auf seinen Befehl, und als Qannadi den Kommandanten über den Gefängnishof zurückkehren sah, einen zögerlichen und unwilligen Achmed vor sich her stoßend, war das Gebäude bereits geräumt worden. Der Hauptmann der Wache nahm draußen vor der Tür seinen Posten ein.

Der Kommandant tauchte keuchend im Eingang auf. Er zerrte den jungen Mann am Arm und stieß ihn in das Torhaus. Der Nomade blieb im kühlen Schatten stehen, blinzelte und ließ verwirrt den Blick durch den Raum schweifen.

»Verneige dich! Verneige dich vor dem Emir, du Hund von einem Ungläubigen!« schrie der Kommandant wütend.

Für Qannadi war es offensichtlich, daß der von der Sonne geblendete junge Mann keine Ahnung hatte, daß sich der Emir – oder sonst jemand – im Raum aufhielt. Als Achmed dem Kommandanten jedoch nicht schnell genug reagierte, trat er dem Jüngling schmerzhaft in die Kniekehle. Dann packte der Kommandant ihn am Rücken seines Kittels und schlug den Kopf des jungen Manns gegen den Fußboden.

»Ich bitte um Verzeihung für die schlechten Manieren dieses Hundes, o Erhabener ...«

»Hinaus!« erwiderte Qannadi kalt. »Ich will allein mit dem Gefangenen sprechen.«

Der Kommandant warf Achmed einen beunruhigten Blick zu und spreizte in einer Geste der Verzweiflung die Hände. »Nie würde ich mich erdreisten, mich dem Befehl meines Königs zu widersetzen, doch verstieße ich gegen meine Pflichten, wenn ich Seine Majestät nicht davon in Kenntnis setzte, daß diese *Kafiren* wilde Tiere sind ...«

»Willst du etwa damit sagen, daß ich, der Befehlshaber der Heerscharen der Auserwählten Quars, nicht dazu fähig bin, mit einem achtzehnjährigen Jungen fertigzuwerden?« fragte Qannadi raffiniert.

»Nein! Nein! Ganz gewiß nicht, o König!« stammelte der Kommandant; ihm brach der Schweiß aus.

»Dann geh. Der Hauptmann meiner Leibwache wird draußen Wache stehen. Sollte ich in Gefahr geraten, kann ich immer noch zu meiner Rettung nach ihm rufen.«

Der begriffsstutzige Kommandant wußte nicht so recht,

was er davon halten sollte, und so stammelte er, daß ihm dieses Wissen ein großer Trost sei. Angeekelt kehrte Qannadi dem Gefängniswärter den Rücken zu und blickte voller Hochmut durch das viereckige Fenster in die Weite hinaus. Die Falten seines *Haik* verdeckten sein Gesicht, und so konnte er den Kopf ein wenig drehen, um aus dem Augenwinkel mitzuverfolgen, was hinter seinem Rücken geschah. Der Kommandant warf einen kurzen, besorgten Blick auf seinen König, dann verpaßte er Achmed einen schnellen, heftigen Tritt, der den Jungen schmerzhaft am Knie traf. Mit finsterer Miene hob der Kommandant drohend eine Faust vor dem Gefangenen, dann wich er katzbuckelnd wie der Affe eines Bettlers zurück, wobei er sich in schwülstigen Lobpreisungen des Emirs, des Kaisers, Quars, des Imams und der Frauen des Emirs ergoß.

Qannadi juckte es, sein Schwert zu zücken und die Welt von diesem Exemplar Mensch zu erlösen, doch er hielt dem Scharren so lange den Rücken zugekehrt, bis der Kommandant sich entfernt hatte.

Doch noch immer drehte Qannadi sich nicht um.

Er hörte, wie Achmed sich mühsam aufplagte.

»Setz dich«, sagte Qannadi, bevor er sich dann doch umdrehte.

Achmed reagierte erschrocken, als er feststellte, daß es im Raum nur einen einzigen Stuhl gab. Er mochte zwar ein Barbar sein, dennoch begriff er, daß man sich in Anwesenheit des Königs niemals zu setzen pflegte, und so blieb er stehen.

»Ich habe gesagt, du sollst dich setzen!« fauchte Qannadi gereizt. »Das war ein Befehl, junger Mann, und ob es dir gefällt oder nicht, du bist nicht in der Lage, dich meinen Befehlen zu widersetzen!«

Langsam ließ sich Achmed auf den Stuhl sinken und biß dabei die Zähne zusammen, um nicht vor Schmerz aufzuschreien.

»Wirst du von den Wärtern mißhandelt?« fragte Qannadi plötzlich.

»Nein«, log der junge Mann.

Der Emir kehrte sein Gesicht wieder dem Fenster zu. Dieses ›Nein‹ war nicht aus Furcht ausgesprochen worden. Der junge Mann hatte es aus Stolz gesagt. Qannadi erinnerte sich plötzlich an einen anderen jungen Mann, der einst beinahe an einer entzündeten Pfeilwunde gestorben war, weil er zu stolz gewesen war, um zuzugeben, daß man ihn getroffen hatte.

Der Emir räusperte sich drehte sich erneut um.

»Du wirst mich mit ›König‹ oder ›Majestät‹ ansprechen«, sagte er. Er schritt zur Tür hinüber und sah zu seinen Männern hinaus, die geduldig auf ihren Pferden in der heißen Sonne warteten. Er wußte zwar, daß seine Männer dort klaglos verharren würden, bis sie umfielen, aber ihre Reittiere begannen – ob sie nun magische Wesen waren oder nicht –, darunter zu leiden. Der Emir verwünschte sich dafür, daß er sie in seiner Gedankenverlorenheit vergessen hatte, und so befahl er dem Hauptmann, die Wache absitzen und die Pferde tränken zu lassen. Der Hauptmann ging davon, und der Emir blieb allein mit dem jungen Mann zurück.

»Wie lange bist du hier schon eingesperrt?« fragte Qannadi und trat näher, um auf den jungen Mann hinunterzublicken.

Achmed schüttelte den Kopf.

»Einen Monat? Zwei? Ein Jahr? Das weißt du nicht? Aha, das ist gut. Das bedeutet, daß wir im Begriff sind, dich zu brechen.«

Der junge Mann hob schnell den Blick, seine Augen funkelten.

»Ja«, fuhr Qannadi ungerührt fort, »es bedarf des Kampfgeists, einer Willensanstrengung, den Lauf der Zeit im Auge zu behalten, wenn man sich in einer Lage befindet, in der jeder Tag der Qual in eine Nacht der Verzweiflung übergeht, bis alle völlig gleich erscheinen. Du hast die Armseligen gesehen, die schon seit Jahren hier sind. Du hast gesehen, wie sie nur noch für den Augenblick leben, da sie ihr wurmstichiges Brot und ihren Becher brackiges Wasser bekommen. Schlimmer als die Tiere, nicht wahr? Viele haben das Sprechen verlernt.« Qannadi erblickte Furcht im Auge des jungen Manns, und er lächelte in innerer Genugtuung. »Ich kenne das, mußt du wissen. Ich war selbst für eine Weile im Gefängnis. Damals war ich nicht viel älter als du, ich hatte gegen die Krieger der Großen Steppe gekämpft.

Es sind wilde Kämpfer, diese Männer von Hammah. Ihre Frauen kämpfen an ihrer Seite. Ich schwöre es bei Quar, das ist wahr«, fügte Qannadi ernst hinzu, als er Achmeds ungläubigen Blick bemerkte. »Es ist ein harter Menschenschlag – die Frauen sind ebenso groß wie die Männer. Sie haben goldenes Haar, das sie vom Tag ihrer Geburt an niemals schneiden. Wenn sie kämpfen, tun sie es in Paaren – Ehemann und Ehefrau oder Verlobte gemeinsam. Der Mann steht rechts und schwingt Schwert und Lanze, die Frau steht zu seiner Linken mit einem riesigen Schild, der sie beide schützt. Fällt der Ehemann, kämpft die Frau so lange weiter, bis sein Tod entweder gesühnt wurde oder sie selbst neben seinem Leichnam zu Boden geht.« Qannadi schüttelte den Kopf. »Und wehe dem Mann, der einer Schildmaid das Leben raubt!«

Völlig hingerissen lauschte Achmed ihm mit schimmernden, staunenden Augen. Befriedigt hielt Qannadi einen Augenblick inne. Er hatte die Geschichte seinen Söhnen erzählt, aber nur unterdrücktes Gähnen oder gelangweilte Blicke geerntet.

»Ich habe Glück gehabt.« Qannadi lächelte wehmütig. »Ich bekam keine Gelegenheit, jemanden zu töten. Ich wurde gleich beim ersten Vorstoß entwaffnet und bewußtlos geschlagen. Sie nahmen mich gefangen und warfen mich in ihre Kerker, die sie in Berghänge geschlagen haben. Am Anfang war ich wie du. Mein Leben war verwirkt, dachte ich. Ich verwünschte mein Schicksal, weil ich nicht mit meinen Kameraden gefallen war. Aber die Hammadianer sind ein gerechtes Volk. Sie boten jedem von uns an, sich aus der Gefangenschaft durch Arbeit freizukaufen, aber ich war zu stolz dazu. Ich weigerte mich. Ich saß in meiner Zelle und schwelgte in meinem Leid, Tag um Tag, blind für das, was mit mir geschah. Dann passierte etwas, das mir die Augen öffnete.«

»Was war das?« Achmed sprach es aus, ohne nachzudenken. Er errötete, biß sich auf die Zunge und wandte den Blick ab.

Qannadi bewahrte sorgfältig eine ausdruckslose, ungerührte Miene. »Als die Hammadianer mich gefangengenommen hatten, verprügelten sie mich zunächst jeden Tag. Sie hatten einen Pfahl in der Mitte des Gefängnishofs aufgestellt, an dem sie einen Mann aufzustellen pflegten, und zwar so«, der Emir zeigte es ihm, »und seine Hände oben mit Ketten festbanden. Dann rissen sie mir die Kleider vom Rücken und zogen einen Lederriemen über meine Schultern. Die Narben habe ich noch heute.« Qannadi sprach in unbewußtem Stolz. Inzwischen beobachtete er Achmed nicht mehr; er sah nur noch in seine eigene Vergangenheit zurück. »Und eines Tages haben sie mich nicht geschlagen. Ein weiterer Tag verging und noch einer, und noch immer ließen sie mich in Ruhe. Meine Kameraden, die noch am Leben waren, wurden weiterhin bestraft. Ich dagegen nicht. Eines Tages hörte ich, wie ein anderer Gefangener wissen wollte, weshalb man nur mir allein diese harte Behandlung ersparte. Errätst du, was sie ihm antworteten?« Der Emir blickte Achmed eindringlich an.

Der junge Mann schüttelte den Kopf.

»›Wir schlagen keinen geprügelten Hund.‹«

Stille breitete sich im Wachhaus aus. Weil der Vorfall schon so viele Jahre zurücklag, hatte Qannadi nicht gemerkt, daß der Schmerz und die Scham und die Demütigung immer noch in ihm waren und schwärten, wie jene Pfeilwunde vor so langer Zeit.

»›Wir schlagen keinen geprügelten Hund‹«, wiederholte er grimmig. »Da begriff ich erst, daß ich zu einem bloßen Tier verkommen war – zu einem Gegenstand des Mitleids, das nicht einmal mehr ihrer Verachtung würdig war.«

»Was habt Ihr getan?« Die Worte wurden zwischen zusammengebissenen Zähnen hervorgepreßt. Der junge Mann starrte die fest zu Fäusten geballten Hände in seinem Schoß an.

»Ich bin zu ihnen gegangen und habe ihnen meine Dienste als Sklave angeboten.«

»Ihr habt für Euren Feind gearbeitet?« Achmed sah auf, sein Blick war voller Verachtung.

»Ich habe für mich selbst gearbeitet«, antwortete der Emir. »Ich hätte in meinem Stolz auch in ihrem Gefängnis verfaulen können. Glaube mir, junger Mann, an jenem Punkt meines Lebens wäre der Tod der leichtere Weg gewesen. Aber ich war Soldat. Ich erinnerte mich selbst daran, daß ich gefangengenommen worden war, daß ich mich nicht ergeben hatte. Und in ihrem Gefängnis zu verrecken hätte bedeutet, die Niederlage einzugestehen. Außerdem weiß niemand, welche Wege die Götter für ihn vorgesehen haben, damit er sie beschreite.«

Der Emir warf Achmed einen verstohlenen Blick zu, als er das sagte, doch der junge Mann hatte wieder das Haupt gesenkt und den Blick auf seine geballten Fäuste geheftet.

»Und es stellte sich heraus, daß Quar weise entschieden hatte. Ich wurde zur Arbeit auf das Gehöft eines großen Generals in der hammadianischen Streitmacht geschickt. Ihre Heere sind nicht wie unsere«, fuhr Qannadi fort. Als er aus dem Fenster blickte, sah er dort nicht die überfüllten *Souks* von Kich, sondern die riesigen, wogenden Flächen der Großen Steppen. »Die Heere werden von einigen reichen und mächtigen Männern befehligt, die ihre Soldaten auf eigene Kosten anheuern und ausbilden. In Kriegszeiten ruft der König diese Heere herbei, um die Verteidigung des Landes zu übernehmen und zu kämpfen. Natürlich besteht dabei immer die Gefahr, daß der General zu mächtig werden und sich entschließen könnte, selbst König werden zu wollen, aber in dieser Gefahr schweben schließlich alle Herrscher.

Ich mußte auf den Feldern dieses Manns arbeiten. Zuerst bedauerte ich schon, nicht im Gefängnis gestorben zu sein. Ich war dünn, ausgemergelt. Während meiner langen Haft waren meine Muskeln verkümmert. Mehr als einmal bin ich zwischen dem Unkraut zusammengesunken, um nie wieder aufstehen zu wollen. Aber ich tat es dennoch. Manchmal half mir die Peitsche des Aufsehers auf die Beine. Manchmal stand ich aus eigener Kraft wieder auf. Im Laufe der Zeit wurde ich wieder stark und kräftig. Mein Interesse am Leben erwachte aufs neue. Mein Herr übte ständig mit seinen Truppen, und ich nutzte jeden Augenblick, den ich mich von meiner Arbeit davonstehlen konnte, um dabei zuzusehen. Er war ein hervorragender Feldherr, und was ich von ihm gelernt habe, hat mir mein ganzes Leben lang geholfen. Insbesondere studierte ich die Kunst der Infanteriegefechtsführung, denn darin war dieses Volk ausgezeichnet bewandert. Schließlich bemerkte er mein Interesse. Anstatt jedoch verärgert zu sein, wie ich befürchtet hatte, war er sogar erfreut.

Er holte mich aus den Feldern und steckte mich in seine Truppe. Mein Leben war nicht leicht, denn ich war anders, ein Fremder, und sie taten alles, um mich auf die Probe zu stellen. Aber ich teilte ebensogut aus, wie ich einstecken mußte, und so gewann ich schließlich ihren Respekt und den meines Generals. Er ernannte mich zu einem Mitglied seiner Leibwache. Ich habe zwei Jahre an seiner Seite gekämpft.«

Achmed starrte ihn in fassungslosem Erstaunen an, als er das vernahm, aber Qannadi schien die Anwesenheit des Jünglings vergessen zu haben.

»Er war ein großer Soldat, ein edler und ehrenhafter Mann. Ich habe ihn geliebt, wie ich keinen zweiten liebte, weder vorher noch danach. Er ist auf dem Schlachtfeld gefallen. Ich habe seinen Tod persönlich gesühnt, und mir wurde die Ehre zuteil, das abgeschlagene Haupt seines Feindes zu seinen Füßen auf den Katafalk zu legen, auf dem er ruhte.

Ich warf meine entzündete Fackel auf das ölgetränkte Holz und entbot seiner Seele Lebewohl, an welchen Himmel er auch immer glauben mochte. Dann bin ich gegangen.« Qannadis Stimme war sanft geworden. Der junge Mann mußte sich vorneigen, um ihn zu verstehen. »Ich ging viele Monate zu Fuß, bis ich schließlich wieder in meine Heimat kam. Unser ruhmreicher Kaiser war damals noch ein König. Ich trat vor ihn und legte ihm mein Schwert zu Füßen.«

Seufzend wandte der Emir den Blick vom Fenster ab und drehte den Kopf, um Achmed anzusehen. »Dieses Schwert ist eine Kuriosität. Im Norden nennt man es ein zweihändiges Breitschwert. Man kann es nur mit beiden Händen führen. Als ich zum erstenmal eins bekam, konnte ich es nicht vom Boden heben. Ich habe es immer noch, falls du es einmal sehen möchtest.«

Der junge Mann sah ihn finster an, seine dunklen Augen waren wachsam, düster und mißtrauisch.

»Warum erzählst du mir das alles?« Er war so unhöflich, nicht die angemessene Anrede zu verwenden, und der Emir, der es durchaus bemerkte, drängte ihn nicht dazu.

»Weshalb ich dir meine Geschichte erzählt habe, weiß ich nicht so recht.« Qannadi hielt inne, dann sprach er leise weiter. »Man erleidet eine Verwundung in der Schlacht, aber sie kann völlig verheilen und einem nie mehr zu schaffen machen. Und dann, Jahre später, sieht man, wie ein Mann an genau der gleichen Stelle getroffen wird, und plötzlich kehrt der Schmerz wieder – so scharf und so stechend wie beim ersten Mal, als sich der Stahl ins Fleisch bohrte. Als ich in dein Gesicht sah, Achmed, habe ich den Schmerz gespürt ...«

Die Schultern des jungen Mannes sackten zusammen. Der Stolz und der Zorn sickerten aus seinem Leib wie Blut aus einer tödlichen Wunde. Als er Achmed anschaute, erfuhr Qannadi einen jener seltenen Augenblicke der Einsicht, die sich manchmal in der Nacht der Wanderungen durch dieses Leben zeigten, den Weg erhellten und die Seele eines anderen offenbarten. Vielleicht lag es daran, daß er vor seinem geistigen Auge noch einmal Khardan und Achmed schaute, wie sie vor seinem Thron gestanden hatten – der eine Bruder stolz und stattlich, der andere mit rückhaltloser Verehrung zu ihm aufblickend. Vielleicht war es der Imam, der ihm die seltsame Geschichte von Khardans angeblicher Flucht vom Schlachtfeld berichtet hatte. Vielleicht war es dem Inneren des Emirs selbst entsprungen und seiner Erinnerung an seine eigene hungernde Kindheit, an den Vater, der ihn verlassen hatte. Was immer es war – mit einemmal kannte Qannadi Achmed besser als jeden seiner eigenen Söhne.

Er schaute einen jungen Mann, dem das Licht der Liebe und des Stolzes eines Vaters verwehrt worden war, der im Schatten eines älteren Bruders aufwuchs. Anstatt sich davon verbittern zu lassen, hatte Achmed einfach die Liebe zu seinem Vater auf seinen älteren Bruder übertragen, der sie, wie Qannadi wußte, innig erwiderte. Doch Khardan hatte ihn verraten, wenn nicht durch einen Akt der Feigheit (und der Emir konnte eine derart unwahrscheinliche Geschichte nicht recht glauben), so doch mindestens durch seinen Tod. Dem Jungen war niemand mehr geblieben – Vater, Bruder, alle waren sie fort.

Qannadi schritt auf den jungen Mann zu und legte ihm die Hand auf die Schulter. Er spürte, wie Achmed zusammenzuckte, doch der Junge wich der Berührung des Emirs nicht aus.

»Wie alt bist du?«

»Achtzehn«, ertönte die gedämpfte Antwort. »Ich … ich hatte Geburtstag.«

Und niemand hat sich daran erinnert, dachte Qannadi. »Ich war auch so alt, als mich die Hammadi gefangennahmen.« Eine Lüge. Der Emir war zwanzig gewesen, aber das war jetzt unwichtig. »Bist du ein geprügelter Hund, Achmed? Wirst du dich auf das Grab deines Herrn legen und sterben?« Der Junge zuckte zusammen. »Oder wirst du dein eigenes Leben führen? Du bist ein prächtiger junger Mann! Ich wünschte, meine eigenen Söhne wären etwas mehr wie du!«

Ein Hauch von Bitterkeit schlich sich in seine Stimme. Qannadi verstummte, beherrschte seine Gefühle. Achmed war zu sehr mit seinen eigenen beschäftigt, um es zu bemerken, obwohl er sich später daran erinnern würde.

»Ich bin hergekommen, um dir ein Angebot zu machen«, fuhr Qannadi fort. »Ich habe die Schlacht am Tel beobachtet. Meine Männer sind gute Soldaten, aber es bedurfte vierer von ihnen, um einen von euch zu schlagen. Ich glaube nicht, daß es daran liegt, daß ihr geschickter mit Waffen umgeht, aber mit Pferden. Quar hat uns zwar mit magischen Tieren ausgerüstet, aber anscheinend hat er es nicht für angebracht gehalten, sie in der Kriegskunst zu unterweisen. Anstatt euch in diesem Gefängnis das Herz zu brechen, gebe ich euch die Möglichkeit, euch eure Freiheit zu verdienen.«

Achmeds Leib versteifte sich einen Augenblick. Langsam hob er den Kopf, um Qannadi geradewegs ins Auge zu blicken.

»Wir würden nur die Pferde ausbilden müssen?«

»Ja.«

»Wir wären nicht dazu gezwungen, in euer Heer einzutreten? Zu kämpfen?«

»Nein, nicht, wenn ihr es nicht wünscht.«

»Und die Pferde, die wir ausbilden, werden nicht dazu eingesetzt, um gegen unser Volk zu kämpfen?«

»Mein Sohn«, Qannadi betonte das Wort, »dein Volk ist nicht mehr. Das sage ich dir nicht, weil ich dich durch eine List hereinlegen oder dir den Mut rauben will. Ich sage die Wahrheit. Wenn du sie in meiner Stimme nicht vernimmst, dann lausche deinem Herzen.«

Achmed erwiderte nichts, er saß nur mit gesenktem Haupt da, seine Hände krampften sich zuckend in die glatte Oberfläche des groben Holztischs, suchten Halt, den sie nicht fanden.

»Ich werde dich nicht zu unserem Gott bekehren«, fügte der Emir sanft hinzu.

Da hob Achmed den Kopf. Er schaute, nicht auf Qannadi sondern gen Osten, in die Wüste, die nicht durch die Gefängnismauern zu sehen war.

»Es gibt keinen Gott«, antwortete der junge Mann tonlos.

5

Die Nomaden der Pagrah-Wüste glaubten, daß die Erde flach sei und daß sie sich in ihrer Mitte befänden. Die riesige und prunkvolle Stadt Khandar, die ihrem Geist so abgelegen war wie ein ferner Stern, glitzerte irgendwo nördlich von ihnen, und jenseits von Khandar lag das Ende der Welt. Im Westen befanden sich die Stadt Kich, die Berge, das große Hurn-Meer und schließlich das Ende der Welt. Im Süden waren noch mehr Wüste, die Städte des Landes Bas im Südosten und das Ende der Welt. Im Osten lag der Sonnenamboß – das Ende der Welt.

Es hieß unter den Nomadenstämmen, daß die Stadtbewohner von einem weiteren großen Meer im Osten sprachen, ja, sie hatten ihm sogar einen Namen gegeben: die Kurdinische See. Die Nomaden lachten über diesen Aberglauben – was sollte man auch schon von Leuten erwarten, die ihr Leben mit Mauern einzäunten – und sprachen nur verächtlich von der Kurdinischen See. Ironisch bezeichneten sie dieses Meer als die Wasser von Tara-kan und hielten es für die ausgemachteste Lüge, die sie je vernommen hatten, seit sich irgend so ein wahnsinniger *Marabu* Quars vor einer Generation in die Wüste hinausgewagt und davon geplappert hatte, daß die Welt rund sei wie eine Apfelsine.

Gerüchten zufolge sollte es auch irgendwo im Sonnenamboß eine verschollene Stadt geben – eine Stadt von sagenhaftem Reichtum, die tief unter den Dünen vergraben lag. Den Nomaden gefiel diese Vorstellung nicht schlecht, und sie verwendeten sie, um ihren Kindern die Wandelbarkeit aller von Menschenhand geschaffenen Dinge zu veranschaulichen.

Die Dschinnen hätten ihren Herren die Wahrheit erzählen können. Sie hätten ihnen mitteilen können, daß es im Osten tatsächlich ein Meer gab, daß es tatsächlich eine Stadt im Sonnenamboß gegeben hatte, daß Khandar tatsächlich nicht auf dem Gipfel der Welt stand und daß die Pagrah-Wüste auch nicht den Mittelpunkt der Welt darstellte. Die unsterblichen Wesen wußten all das und noch vieles mehr, gaben dieses Wissen aber nicht an ihre Herren weiter. Denn die Dschinnen hatten eine unumstößliche Regel: Wenn du im Dienst der Menschen stehst, bist du, der du allwissend bist, unwissend, und sind jene, die unwissend sind, allwissend.

Doch um den Nomaden Gerechtigkeit widerfahren zu lassen: Der gewöhnliche Bewohner von Kich, Khandar oder Idrith glaubte an eine noch sehr viel kleinere Welt. Mochten die *Madressas* doch etwas anderes lehren. Mochte der Imam ruhig davon predigen, die *Kafiren*, die in den Ländern jenseits des Wissens hausten, zum Wahren Gott zu führen. Dem Kupferschmied, dem Weber, dem Bäcker, dem Tuchfärber, dem Lampenverkäufer waren die vier Wände seines Heims der Mittelpunkt der Welt, der *Suk* ihr Herz, wo er seine Fertigkeiten oder Waren verkaufte, und die Stadtmauer ihr Ende.

Der Imam war am Hofe eines aufgeklärten Kaisers geboren und aufgezogen worden, und so wußte er um die wahre Beschaffenheit der Welt. Ebenso der Emir, der zwar kein gebildeter Mann war, aber zuviel davon mit eigenen Augen gesehen hatte, um nicht daran zu glauben, daß es hinter dem nächsten Berg nicht noch mehr davon gab. Die Gelehrten am Hofe des Kaisers verkündeten, daß die Welt rund, und daß das Land Sardish Jardan nur ein Land von vielen sei, die auf den Wasser zahlreicher großer Ozeane schwebten, und daß in diesen Ländern Völker von vielen Arten und verschiedenem Glauben lebten – Völker, die unausweichlich in die Arme Quars gezogen werden würden. Als der Imam also von Meryem über einen Verrückten hörte, der behauptete, vom anderen Ufer des Meers gekommen zu sein, erachtete Feisal diese Nachricht für würdig, seinem Gott mitgeteilt zu werden.

Der Imam bereitete sich durch Fasten zwei Tage und eine Nacht auf seine Heilige Audienz vor, er benetzte seine Lippen nur gelegentlich mit Wasser. Das fiel einem Feisal nicht schwer, der schon ganze Monate gefastet hatte, um zu beweisen, daß der Geist sich den Leib untertan machen und ihn zügeln konnte. Diese kurze Fast diente zur Reinigung der unwürdigen Behausung des Geistes von allen äußeren Einflüssen. Während dieser Zeit verweilte der Imam strikt in Abgeschiedenheit, verweigerte jede Begegnung mit allen Menschen, insbesondere mit Yamina, die seine Gedanken vom Himmel hätten ablenken können. Nur zweimal brach er seine selbstauferlegte Regel – einmal für ein längeres Gespräch mit Meryem, ein weiteres Mal, um den Nomaden Saiyad zu verhören.

Dann brach die Nacht der Zwiesprache an. Feisal badete in Wasser, das mit von den Berggipfeln herbeigebrachtem Schnee gekühlt worden war; Schnee, der im Palast dazu verwendet wurde, um den Wein zu kühlen – vom Imam zur Kasteiung des Fleisches gebraucht. Danach salbte er seinen unwürdigen Leib mit duftenden Ölen. Zur Mitternachtsstunde, da die müden Geister und Leiber anderer Sterblicher Trost von ihren Sorgen im Schlaf fanden, entkleidete Feisal sich völlig bis auf ein Tuch, das er um seine Lenden gewickelt hatte. Zitternd, in einer Ekstase heiliger Inbrunst, betrat er den Tempel. Ehrfürchtig schlug er dreimal den Kupfer-Messing-Gong auf dem Altar. Dann warf er sich vor dem goldenen Widderkopf flach auf den Boden und wartete, während seine Haut vor Erregung und von der Kälte der Luft bebte.

»Du hast gerufen, mein Priester, und ich bin gekommen. Was ist dein Begehr?«

Die Stimme liebkoste ihn. Dem Imam stockte verzückt der Atem. Er sehnte sich danach, sich in dieser Stimme zu verlieren, sich aus diesem schwachen Leib mit seinem Verlangen nach Nahrung und Wasser, seinen unreinen Gewohnheiten, seinen schmutzigen Gelüsten, seinen unheiligen Begierden zu erheben. Nur mit Mühe konnte sich der Imam daran erinnern, was Quar ihm einst gesagt hatte, als der Priester noch jung gewesen war – daß der Imam seinem Herrn am besten durch diesen unwürdigen Leib dienen konnte. Er mußte ihn gebrauchen, wenngleich er unentwegt dagegen ankämpfen mußte, daß er nicht von ihm gebraucht wurde.

In dem Wissen, daß er seine Seele dem himmlischen Frieden entreißen mußte, nach dem sie sich sehnte, um sich weltlichen Dingen zuzuwenden, hob der Imam einen Silberdolch und schob sich die Klinge mit geübtem Stoß zwischen die Rippen. Am Leib des Imams gab es viele solcher Narben; Narben, die er verborgen hielt, denn das Wissen um eine solche selbstauferlegte Marter hätte sogar den Hohepriester noch entsetzt. Der Schmerz, das Wissen um seine Sterblichkeit, das Blut, das seine geölte Haut herabströmte – all das riß Feisal mit heftigem Stoß aus dem Himmel und ermöglichte es ihm, mit seinem Gott die Sorgen der Menschen zu besprechen.

Feisal preßte die Hand an seine Seite und spürte das warme Blut zwischen den Fingern hervorquellen. Er richtete sich langsam vor dem Altar auf.

»Ich habe Verbindung zu den Nomaden gehabt und habe, o Allerheiligster Quar, etwas sehr Seltsames vernommen. Es gibt oder gab einen Mann, der unter den Anhängern Akhrans lebte und behauptete, über das Meer gekommen zu sein und über die Magie von Sul zu verfügen.«

Die Luft um den Priester bebte vor Anspannung. Feisal empfand keinen Schmerz von seiner Wunde, er genoß das Gefühl zu wissen, daß diese Nachricht seinem Gott willkommen war.

»Ist deine Quelle zuverlässig?«

»Ja, Heiliger, vor allem weil sie es für unbedeutend hält. Der Mann wird als Verrückter abgetan.«

»Beschreibe ihn.«

»Es ist ein Jüngling von ungefähr achtzehn Jahren, mit Haar von der Farbe von Flammen, und einem bartlosen Gesicht und kahler Brust. Er geht in Frauenkleidern umher, um zu verbergen, wer er ist. Meine Quelle hat ihn zwar keine Magie ausüben sehen, hat sie aber in ihm gespürt – oder meinte das zu tun.«

»Und wo ist dieser Mann?«

»Das ist das Seltsame daran, *Hazrat* Quar. Der Mann ist den Soldaten entkommen, als sie das Lager überfielen. Er hat in Pläne eingegriffen, diesen gefährlichsten unter den Nomaden – Khardan – in unsere Gewalt zu bringen. Sowohl der Verrückte als auch Khardan sind unter rätselhaften Umständen verschwunden. Man hat ihre Leichname nie gefunden. Und doch wurde keiner von ihnen danach jemals wieder gesehen. Noch seltsamer aber ist, daß meine Quelle, eine geschulte Zauberin, zwar weiß, daß Khardan noch am Leben ist. Will sie ihn aber mit ihrer Magie suchen, wird ihre mystische Vision von einer undurchdringlichen, finsteren Wolke verdeckt.«

Das Schweigen des Gotts hüllte den Imam ein. Feisal schwindelte, sein Kopf wurde ihm leicht.

»Du hast wohlgetan, mein Diener«, sprach Quar schließlich. »Solltest du noch weiteres über diesen Mann aus Übersee vernehmen oder in Erfahrung bringen, so mache mir sofort davon Mitteilung.«

»Jawohl, Heiliger«, murmelte Feisal verzückt.

Die Dunkelheit war plötzlich leer und kalt. Die Verzükkung entwich aus dem Leib des Imams. Zitternd erhob er sich und kroch zu seinem Lager auf dem kalten Marmorboden. Mit weichen Knien sank er darauf und tastete mit bebender Hand nach einem Bündel aus weichem Tuch, das er darunter verborgen hatte. Feisal holte es mit schwindender Kraft hervor und wickelte den Verband fest um seine Wunde.

Er verlor das Bewußtsein und sackte auf das blutbefleckte Lager. Der Stoffballen fiel ihm aus der Hand und entrollte sich auf dem schwarzen, kalten Fußboden.

6

Wir schlagen keinen geprügelten Hund ... Wirst du dich auf das Grab deines Herrn legen und sterben?

Zusammengekauert in seiner dunklen Zelle wiederholte Achmed die Worte des Emirs. Es war wahr. Alles, was der Emir gesagt hatte, war wahr!

»Wie lange bin ich schon im Gefängnis? Zwei Wochen? Zwei Monate?« Verzweifelnd schüttelte Achmed den Kopf. »Ist es Morgen oder Nacht?« Er hatte keine Ahnung. »Habe ich heute etwas zu essen bekommen, oder war das die gestrige Mahlzeit, an die ich mich erinnere? Ich kann die Schreie nicht mehr hören. Ich kann den Gestank nicht mehr riechen!«

Achmed griff sich an den Kopf. Er erinnerte sich an eine Bestrafung, die einen Menschen seiner fünf Sinne beraubte. Als erstes wurden ihm die Hände abgehauen, um ihm den Tastsinn zu nehmen. Dann stach man ihm die Augen aus, schnitt ihm die Nase ab, riß ihm die Ohren vom Kopf. Dieser Ort war sein Henker! Der Tod, den er hier starb, war grausiger als jede Folter. Das Leid kreischte ihn an, doch er hatte keine Ohren mehr, es zu hören. Schon vor langer Zeit hatte der Gefängnisgeruch ihm nichts mehr anhaben können, und nun wußte er auch, warum: Der üble Gestank war sein eigener. Entsetzt mußte er feststellen, daß er begonnen hatte, die Prügel der Wärter zu genießen. Der Schmerz gab ihm das Gefühl, am Leben zu sein ...

In panischer Angst sprang Achmed auf die Beine und warf sich gegen die hölzerne Tür, er hämmerte mit den Fäusten dagegen und flehte darum, freigelassen zu werden. Die einzige Antwort war eine gebrüllte Verwünschung aus einer anderen Zelle, in der der Schuldner unsanft aus seinem Schlummer erwacht war. Es kamen keine Wärter. Achmed glitt in der Türöffnung herab und sackte zu Boden.

Er sah sich auf einem Grab liegen. Ein schrecklicher Wind kam auf, wehte den Sand davon und drohte, den Leichnam freizulegen. Eine Woge des Ekels und der Furcht überkam Achmed. Er konnte den Anblick des faulenden, verwesenden Leichnams nicht ertragen. Vezweifelt schaufelte er den Sand wieder über den Kadaver, nahm ganze Hände voll und schleuderte ihn auf das Grab. Doch jedesmal packte der Wind den Sand und blies ihn wieder in sein Gesicht zurück. Hastig arbeitete er weiter, doch der Wind war gnadenlos. Langsam trat das Antlitz des Leichnams hervor – ein Männergesicht, das welke Fleisch vom Seidenschleier einer Frau bedeckt …

Das krächzende Geräusch des Holzbalkens, der in der Tür angehoben wurde, riß Achmed aus seinem Traum. Die schlurfenden Schritte der Gefangenen, die nach draußen getrieben wurden, und die fernen Schreie von Frauen und Kindern teilten dem jungen Mann mit, daß es Besuchszeit war.

Langsam stand Achmed auf, er hatte seine Entscheidung getroffen.

Achmed mußte schmerzhaft gegen das gleißende Sonnenlicht anblinzeln. Als er wieder etwas erkennen konnte, ließ er den Blick über die Menge schweifen, die sich gegen die Gitterstäbe preßte. Badia war dort, winkte ihn heran. Zögernd überquerte Achmed den Hof und stellte sich vor ihr auf.

Über dem Schleier weiteten sich die Augen der Frau sorgenerfüllt.

»Wie geht es meiner Mutter?« fragte Achmed.

»Sophia geht es gut, und sie schickt dir ihre besten Wünsche. Aber sie hatte große Sorge.« Badia musterte den jungen Mann eindringlich. »Wir haben gehört, daß der Emir nach dir geschickt hat. Daß er mit dir gesprochen hat ... und zwar allein.«

»Mir geht es gut.« Achmed zuckte mit den Schultern. »Es war nichts.«

»Nichts? Der Emir schickte wegen nichts nach dir? Achmed ...« Badias Augen verengten sich. »... es heißt, der Emir habe dir eine Stellung in seinem Heer angeboten.«

»Gerede! Gerede!« sagte Achmed ungeduldig und wich dem bohrenden Blick der Frau aus. »Das ist alles.«

»Achmed, deine Mutter ...«

»... sollte sich keine Sorgen machen. Sonst wird sie noch wieder krank. Badia«, abrupt wechselte Achmed das Thema, »ich habe etwas über Khardan gehört.«

Jetzt war es die Frau, die die dunklen Augen senkte. Die langen Wimpern strichen gegen den goldgeränderten Saum des Schleiers. Achmed sah, wie Badia sich verstohlen die Hand aufs Herz legte, da begriff er, welche Sorge sie ihm beim letzten Besuch verschwiegen hatte.

»Badia«, fragte der junge Mann zögernd, »glaubst du ...«

»Nein!« rief Badia entschieden. Sie hob den Blick und sah Achmed offen an. »Das Gerücht über ihn ist eine Lüge – eine Lüge von diesem niederträchtigen Schwein Saiyad. Das sagt Meryem. Meryem sagt, daß Saiyad Khardan schon seit jenem Vorfall mit dem Verrückten haßt und daß er alles tun würde ...«

»Meryem?« unterbrach Achmed sie erstaunt. »Ist sie denn nicht in Gefangenschaft geraten? Die Tochter des Sultans – die würde der Emir doch mit Sicherheit beseitigen!«

»Das wollte er auch, aber er hat sich in sie verliebt und brachte es nicht über sich, ihr ein Leid anzutun. Er hat sie angefleht, ihn zu heiraten, aber Meryem hat sich geweigert. Begreifst du nicht, Achmed«, sagte Badia eifernd, »sie hat sich geweigert, weil sie weiß, daß Khardan noch am Leben ist!«

»Wie das?«

Achmed runzelte die Stirn. Gewiß, Meryem war zweifellos wunderschön. Der junge Mann konnte sich noch erinnern, wie er zugesehen hatte, als der geschmeidige, anmutige Leib wie der Abendwind durch das Lager geglitten war, wie sie ihren Arbeiten nachging, die langen Wimpern keusch gesenkt, bis man sich ihnen näherte und einem die blauen Augen plötzlich direkt ins Herz schauten. Achmed versuchte sich vorzustellen, wie der grauhaarige, von Kampfnarben übersäte Qannadi in demselben Wasser ins Strudeln geriet. Das erschien ihm unmöglich. Andererseits mußte Achmed zugeben, daß das, was ein Mann nachts in seinem Zelt tat, am besten unter der Decke der Dunkelheit verborgen blieb.

»... hat sie Khardan ein Amulett gegeben«, erzählte Badia gerade.

Achmed schnaubte abfällig. »Frauenzauber! Abdullahs Frau hat ihm auch ein Amulett gegeben. Sie haben es zusammen mit dem vergraben, was von ihm noch übrig war.«

Badia richtete sich zu voller Größe auf und starrte ihn mit jenem scharfen Blick an, der den großen Majiid schon so oft in die Knie gezwungen hatte. »Wenn du erst einmal eine Frau erkannt hast, dann mache dich über ihre Zauberei und ihre Liebe lustig, sofern du es wagen solltest! Aber unterstehe dich, das zu tun, solange du noch ein Junge bist!«

Verletzt schlug Achmed um sich. »Begreifst du denn nicht, Badia? Wenn Khardan noch am Leben ist, dann ist das, was Saiyad sagt, die Wahrheit! Dann ist er vom Schlachtfeld geflohen – ein Feigling! Und nun versteckt er sich voller Scham ...«

Badias Arm schoß zwischen den Stäben hindurch, und sie gab Achmed eine Ohrfeige. Der Schlag der Frau war weder hart noch schmerzhaft, und doch trieb er dem jungen Mann die Tränen in die Augen.

»Möge Akhran dir dafür vergeben, daß du so über deinen Bruder sprichst!« zischte Badia durch ihren Schleier. Sie machte auf dem Absatz kehrt und schritt davon.

Achmed sprang gegen die Gitterstäbe, rüttelte mit solcher Heftigkeit daran, daß die Wärter auf dem Hof einen Schritt auf ihn zutraten.

»Akhran!« Achmed lachte heiser. »Akhran ist wie mein Vater – ein gebrochener alter Mann, der in seinem Zelt herumsitzt und um eine Lebensweise trauert, die ebenso tot ist wie sein Sohn! Kannst du das nicht begreifen, Frau? Akhran ist Vergangenheit! Mein Vater ist Vergangenheit! Khardan ist Vergangenheit!« Tränenüberströmt packte Achmed die Stäbe, schüttelte sie durch und schrie: »*Ich* – Achmed! *Ich* bin die Zukunft! Ja, das ist wahr! Ich werde ins Heer des Emirs eintreten! Ich ...«

Eine Hand packte ihn an der Schulter, riß ihn herum.

Achmed blickte in Saiyads haßverzerrtes Gesicht.

»Verräter!« Eine Faust schlug gegen Achmeds Kiefer und schleuderte ihn rückwärts gegen die Gitterstäbe. Die Gesichter weiterer Stammesmitglieder rückten näher. Glitzernde Augen schwebten auf Wogen heißen Atems und Schmerzes. Ein Fuß trieb sich in seine Eingeweide. Schmerzerfüllt sackte Achmed zu Boden. Hände packten ihn am Kragen seines Gewands, rissen ihn auf die Beine. Ein weiterer Schlag auf den Mund. Ein loderndes Feuer in seinem Unterleib, das ihm einen Schrei über die Lippen preßte. Er lag wieder am Boden, bedeckte den Kopf mit den Armen, versuchte sich zu schützen: vor den Augen, den Händen, den Füßen, dem Haß, dem Wort ...

»Verräter!«

7

Qannadi saß noch spät in seinen Privatgemächern. Er war allein, seine Frauen und Konkubinen zur Enttäuschung verdammt, denn heute nacht würde keine auserwählt werden. Kuriere hatten Meldungen aus dem Süden überbracht, und der Emir hatte seinen Stab angewiesen, daß er nicht gestört werden wolle.

Im Licht einer Öllampe, die hell auf seinem Schreibtisch schien, las Qannadi die Berichte seiner Spione und Doppelagenten – Männer, die er in die Regierungen der Städte von Bas eingeschleust hatte, die von innen heraus an ihrem Umsturz arbeiteten. Er studierte sie, verglich sie mit den Meldungen seiner Befehlshaber im Feld und nickte gelegentlich zufrieden.

Die Kreise, die der Steinwurf gegen die Nomaden gezogen hatte, breiteten sich noch immer über den Teich aus. Qannadi hatte dafür gesorgt, daß seine Agenten öffentlich verkündeten, daß der Emir Bas einen sehr großen Gefallen getan habe, indem er sie von der Lanze befreite, die schon so lange gegen ihre Kehle gerichtet hatte. Es spielte keine Rolle, daß schon ganze Jahrhunderte verstrichen waren, seit die Nomaden Bas angegriffen hatten und daß der Angriff zu einer Zeit erfolgt war, als die neu entstehenden Städte als Bedrohung der nomadischen Lebensweise angesehen worden waren. Die damaligen Schlachten waren so verheerend gewesen, daß sie noch immer in Legende und Gesang weiterlebten, und so genügte schon die bloße Erwähnung der furchtbaren *Spahis* – der grausamen Wüstenreiter in ihren schwarzen Umhängen und schwarzen Masken –, um manch einem Ratsherrn das Blut aus den runden Wangen zu treiben.

Das Volk von Bas wurde demokratisch regiert, alle Männer von Besitz (was Frauen, Sklaven, Lohnarbeiter, Soldaten und Ausländer ausschloß) hatten das gleiche Wahlrecht;

und so hatte man schon viele Jahre in relativem Frieden gelebt. Nachdem sie erst einmal ihre Stadtstaaten errichtet hatten, widmeten sie sich ihrer Lieblingsbeschäftigung – der Politik. Ihr Gott, Uevin, dessen drei Merkmale Recht, Geduld und Wirklichkeit waren, liebte alles, was neu und modern war, während er alles Alte verabscheute. Er hatte eine materialistische Sicht der Welt. Was zählte, war die Gegenwart – das, was man sehen und berühren konnte. Das Volk von Bas bestand darauf, jeden Augenblick seines Lebens zu verplanen, und so gab es in seinen Städten so viele Verfügungen und Gesetze, daß man schon eine einmonatige Gefängnisstrafe dafür bekommen konnte, wenn man an einem geraden Kalendertag auf der falschen Straßenseite spazierenging. Für diese Menschen war es die größte Freude ihres Lebens, sich in den Ratshallen zu scharen und stundenlang endlosen Streitgesprächen über banale Feinheiten ihrer zahlreichen Verfassungen zuzuhören.

Die zweitgrößte Freude von Uevins Anhängern bestand darin, Wunderwerke moderner Technologie zu erschaffen. Riesige Aquädukte durchzogen ihre Städte, um die Häuser entweder mit Wasser zu versorgen oder die Abfälle abzuführen. Die Gebäude waren massiv gebaut und in modernem Stil gehalten, ohne jeden überflüssigen Zierat, angefüllt mit mechanischen Gerätschaften jeglicher nur erdenklichen Gestalt und Form. Sie hatten neue Methoden des Ackerbaus entwickelt – Terrassenbau, künstliche Bewässerung, Fruchtfolgen zur Entlastung des Bodens. Sie erfanden neue Möglichkeiten der Gold- und Silbergewinnung, und Gerüchte besagten, daß sie sogar ein schwarzes Gestein entdeckt hätten, das man verbrennen konnte.

Obwohl die Mehrheit der Menschen von Bas an Uevin glaubte, hielten sie sich für aufgeklärt und ermunterten Anhänger anderer Götter dazu, sich in ihren Städten niederzulassen. (Es hieß, daß sie dies vornehmlich um der Streitereien willen taten, die dadurch entstanden.) In Bas lebten zahlreiche Anhänger sowohl des Kharman als auch des Benario, und gelegentlich fand sich hier und dort auch ein Tempel des Zhakrin, des Mimrim und des Quar. In Bas ließ sich gut leben. Die Menschen führten ihre Feldfrüchte, ihre technischen Geräte, ihre Erze und Metalle aus und waren recht wohlhabend. Ihr Glaube an Uevin war nie ins Schwanken geraten.

Bis jetzt.

Als er sich überlegte, wie seine Unsterblichen sowohl ihm selbst als auch seinen Anhängern am besten dienen könnten, verwarf Uevin die Vorstellung von Engeln und Dschinnen, wie sie von anderen Göttern und Göttinnen verwendet wurden. Er entwarf ein zeitgemäßeres System, das eine vollständige Kontrolle gewährleistete und nicht den wechselhaften Launen der Menschen ausgeliefert war. Er bezeichnete seine Unsterblichen als ›Untergottheiten‹ und unterstellte jedem von ihnen einen eigenen, bestimmten Bereich des menschlichen Lebens. Es gab einen Gott des Krieges, eine Göttin der Liebe, einen Gott der Gerechtigkeit, eine Göttin des Heims und der Familie, eine Göttin der Feldfrüchte und des Ackerbaus, einen Gott der Finanzen, und so weiter. Es wurden kleine Tempel errichtet, in denen jede dieser Untergottheiten und ihre menschlichen Priester und Priesterinnen lebten. Wann immer ein Mensch eine Sorge hatte, wußte er genau, an welche Gottheit er sich zu wenden hatte.

Das ging so lange gut, bis einer von Uevins Unsterblichen nach dem anderen verschwand.

Als erstes verschwand die Göttin der Feldfrüchte und des Ackerbaus. Als ihre Priesterinnen eines Tages zu ihr kamen, erhielten sie keine Antwort. Eine Dürre setzte ein. Die Brunnen trockneten aus. Das Wasser in den Seen und Teichen verdunstete. Auf den Feldern verdörrten die Ernten und verkümmerten. Uevin befahl dem Gott der Gerechtigkeit, die verzweifelte Lage zu retten, doch sein Gott der Gerechtigkeit war nirgendwo mehr aufzufinden. Das Regierungssystem brach auseinander. Korruption feierte Urständ, das Volk verlor das Vertrauen in seine Ratsherren und warf sie aus dem Amt. An diesem kritischen Punkt verlor Uevin seinen Kriegsgott. Soldaten desertierten oder randalierten auf den Straßen, verlangten höheren Sold und eine bessere Behandlung. Mit dem Kriegsgott zusammen verschwand auch die Göttin der Liebe. Ehen brachen auseinander, Nachbarn kehrten sich gegen Nachbarn, ganze Familienverbände zersplitterten zu einander bekriegenden Fraktionen.

Da erhoben Quars Anhänger ihre Stimme. Blickt nach Norden, sagten sie. Blickt auf die Stadt Kich und seht, wie gut die Menschen dort leben. Blickt auf die reiche und mächtige Stadt Khandar. Seht ihren Kaiser und wie er den Menschen Frieden und Wohlstand bringt. Blickt auf den Emir von Quar, der euch vor den wilden Nomaden errettet hat. Laßt ab von eurem törichten Glauben, denn euer Gott hat euch verraten. Wendet euch Quar zu.

Viele von Uevins Anhängern taten das auch, und Quar sorgte dafür, daß jene, die zum Gottesdienst in seine Tempel strebten, in allen ihren Unternehmungen gesegnet wurden. Der Regen fiel auf *ihre* Felder. *Ihre* Kinder waren höflich und schnitten gut in der Schule ab. *Ihre* Goldminen gediehen. *Ihre* Maschinen funktionierten. Folglich wurden *sie* auch in den Rat gewählt. *Sie* begannen damit, die Kontrolle über die Streitkräfte zu übernehmen.

Uevin versuchte es mit Gegenwehr, doch ohne seine Unsterblichen verlor sein Volk den Glauben, wodurch er immer schwächer und schwächer wurde.

Der Emir wußte wenig über diesen himmlischen Kampf, noch scherte er sich darum. Das war das Gebiet des Imams. Qannadi kümmerte sich dagegen um die Berichte über einen General von Bas, der von disziplinlosen Soldaten ermordet worden war, über einen vom Rat abgesetzten Statthalter und eine Studentenrevolte. Qannadi hielt die Zeit für gekommen, gen Süden zu marschieren. Wie verfaultes Obst waren die Städte von Bas reif, ihm in die ausgestreckte Hand zu fallen.

Ein Klopfen an der Tür störte seinen Gedankengang.

Verärgert hob Qannadi den Blick von seiner Lektüre. »Ich hatte Befehl gegeben, nicht belästigt zu werden.«

»Es ist Hasid, General«, ertönte eine krächzende Stimme.

»Tritt ein«, sagte der Emir sofort.

Die Tür ging auf. Qannadi konnte seinen Leibwächter erkennen, dahinter ein alter Mann. Er war in schmutzige Lumpen gehüllt, sein Körper war krumm wie ein Johannisbrotbaum, und doch wiesen Würde und Stolz in der Haltung des Manns ihn als Soldaten aus. Der Leibwächter trat beiseite, um den Mann einzulassen, dann schloß er sofort wieder die Tür. Der Emir hörte das Stiefelstampfen des Wachpostens, als er wieder seine Stellung draußen vor der Tür einnahm.

»Was ist los, Hasid? Der junge Mann ...«

»Ich denke, Ihr solltet nach ihm schicken, o König.« Hasid stolperte etwas über die unvertraute königliche Anrede.

»Wir kennen einander doch wohl lange genug, um auf Förmlichkeiten zu verzichten, mein Freund. Weshalb sollte ich jetzt nach dem jungen Mann schicken?« Qannadi musterte die mit Stundenmarkierungen versehene Kerze. Es war schon lange nach Mittdunkelheit.

»Es muß noch heute abend sein!« sagte der alte Soldat. »Für Achmed wird es nämlich kein Morgen mehr geben.«

»Was ist geschehen?« Stirnrunzelnd legte der Emir die Depesche auf den Tisch und widmete Hasid seine volle Aufmerksamkeit.

»Heute mittag hat der junge Mann die Beherrschung verloren. Er hat der Menge am Tor schreiend seine Absicht mitgeteilt, in deine Armee einzutreten.«

»Und?«

»Es gab einen Krawall, General. Ich bin überrascht, daß du nicht davon erfahren hast.«

»Der dicke Tölpel, der das Gefängnis leitet, macht mir nie Meldung. Er zittert vor Angst, ich könnte ihn in eine seiner eigenen Zellen werfen. Damit hat er zwar recht, aber alles zu seiner Zeit. Fahre fort.«

»Die Wärter haben den Krawall niedergeschlagen, die anderen Nomaden fortgeschleppt, verprügelt und in ihre Zellen verbracht. Aber zuvor hatten Achmeds Stammesgenossen ihn halbtot geschlagen.«

Qannadi, der einen plötzlichen Stich der Angst verspürte, sprang auf. »Wie geht es ihm?«

»Ich weiß es nicht, Herr. Das konnte ich nicht in Erfahrung bringen.« Hasid schüttelte den Kopf.

»Warum bist du nicht früher zu mir gekommen?« Der Emir schlug mit der Faust auf den Tisch.

»Wenn ich dir weiterhin von Wert sein soll«, versetzte der alte Soldat berechnend, »dann muß ich auch weiterhin einen gewöhnlichen Gefangenen spielen. Ich wagte nicht zu gehen, bevor die Wärter sich nicht in ihre allabendliche Besinnungslosigkeit getrunken hatten. Ich glaube, der junge Mann ist noch am Leben. Ich bin in seine Zelle gegangen und konnte ihn atmen hören.«

Qannadi schnallte gleichzeitig sein Schwert um und stieß die Tür auf. »Ich will eine Eskorte von zwanzig Mann, aufgesessen und abmarschbereit in fünf Minuten«, teilte er dem Posten mit.

Der Wachposten salutierte, machte kehrt und lief auf einen Balkon, der auf die Soldatenquartiere hinausging. Seine Stimme hallte durch die Nacht, und wenige Augenblicke später erkannte der Emir an dem Geklapper und dem Lärm im Hof, daß man seinen Befehlen mit Feuereifer nachkam.

»Warte hier«, sagte der Emir zu dem alten Soldaten. »Ich habe noch weitere Verwendung für dich, aber nicht in diesem Gefängnis.«

Hasid salutierte, doch da war sein König bereits aus dem Raum gestürzt.

8

Achmed erwachte, und diesmal gelang es ihm, auch wach zu bleiben. Bisher war das Bewußtsein ihm stets entglitten wie eine Schlange, die durch die Hände des Tänzers im Basar schlüpfte. Jetzt blickte er um sich, konnte Wirklichkeit und Träume zusammenführen, denn er vermochte sich undeutlich daran zu erinnern, an diesen Ort gebracht worden zu sein, nur daß er dunkel und schattenreich gewesen war, von sanftem Schimmer der Kerzen erhellt und mit verschleierten Frauen bevölkert, die seltsame Worte wisperten und ihn mit kühlen Händen berührten.

Jetzt war es Tag. Die Frauen waren verschwunden. Nur ein alter Mann saß neben ihm und musterte ihn mit ernster Miene. Achmed sah ihn an und blinzelte. Er kannte den alten Mann zwar, aber nicht aus den Schattenträumen. Er erinnerte sich an ihn aus dem … aus dem …

»Du warst im Gefängnis«, sagte Achmed und erschrak beim Klang seiner eigenen Stimme. Sie schien anders zu sein, lauter.

»Ja.« Die ernste Miene des alten Manns veränderte sich nicht.

»Aber dort bin ich doch jetzt nicht, oder?«

»Nein. Du bist im Palast des Emirs.«

Achmed sah sich um. Ja, das hatte er gewußt. Da waren flackernde Fackeln und starke Arme gewesen, die ihn von der Trage gehoben hatten. Die Stimme des Emirs, von Zorn belegt. Ein Ritt zu Pferd und stechender Schmerz. Warmes Wasser, das ihn umspülte, die Hände von Männern, die seinen zerschundenen Körper reinigten.

Dann dieses Zimmer …

Seine Hand glättete die Seidenlaken. Er lag auf einer weichen Matratze, die auf einem hohen, reich mit Schnitzwerk verzierten Bettgestell ruhte. Er war in saubere Kleider gehüllt. Er roch den lieblichen Duft von Rosen- und Apfelsinenblüten, vermischt mit Kiefer und anderen, rätselhaften Duftstoffen.

Als Achmed den Blick hob, sah er die Seidenbahnen, die sich anmutig über die hohen Holzpfeiler seines Betts bauschten, um ihn in Falten einzurahmen. Die Vorhänge waren beiseite geschoben worden, damit er seinen Raum ansehen konnte – prunkvoll und schön, daß er jeder Phantasie spottete. Und den alten Mann, der bewegungslos neben ihm saß.

»Du bist fast gestorben«, sagte der alte Mann. »Man hat die Ärzte kommen lassen, die auch getan haben, was sie konnten, aber zurückgeholt hat dich die Magie von Yamina.«

»Du warst einer der Gefangenen. Weshalb bist du jetzt hier?«

»Ich war im Gefängnis«, berichtigte ihn der alte Mann. »Ich war keiner der Gefangenen.«

»Das verstehe ich nicht.«

»Der Gener … der Emir hat mich im Gefängnis postiert, um über dich zu wachen. Ich heiße Hasid und war über zwanzig Jahre lang Hauptmann der Leibwache unter Abul Qasim Qannadi, bis ich zu alt dafür wurde. Ich wurde in Ehren entlassen und bekam ein eigenes Haus. Aber als ich ging, da habe ich zu ihm gesagt: ›General‹, habe ich gesagt, ›es wird eine Zeit kommen, da du einen alten Soldaten brauchen wirst. Nicht diese jungen Männer, die immer nur glauben, daß sämtliche Schlachten mit Fanfarenstößen und Gebrüll und emsigem Hin- und Herjagen gewonnen werden. Du wirst jemanden brauchen, der weiß, daß der Sieg manchmal nur durch Anpirschen und langes Warten errungen wird und dadurch, daß man den Mund hält.‹ Und so war es auch.« Hasid nickte ernst. »So war es auch.«

»Du bist ins Gefängnis gegangen … freiwillig?« Achmed setzte sich in seinem Bett auf, starrte den alten Soldaten verblüfft an. »Aber … da haben sie dich doch geschlagen!«

»Ha!« Hasid wirkte belustigt. »Das nennst du schlagen?

Diese Hunde? Da hat mir ja schon meine Mutter schlimmer zugesetzt, ganz zu schweigen von meinem Feldwebel. Also das war wirklich einer, der draufhauen konnte! Einmal hat er mir drei Rippen gebrochen«, fuhr der alte Soldat fort und schüttelte bewundernd den Kopf. »Weil ich auf Wache getrunken habe. ›Nächstes Mal, Hasid‹, hat mir der Feldwebel damals gesagt, als er mir wieder auf die Beine half, ›zertrümmere ich dir den Schädel.‹ Aber es gab kein nächstes Mal. Ich hatte meine Lektion gelernt.«

Achmed erbleichte. Die Erinnerung sprang ihn an. Die zornigen, verängstigten Gesichter, die wirbelnden Fäuste und Füße, das Stoßen und Treten ...

»Sie hassen mich! Sie haben versucht mich umzubringen!«

»Natürlich! Was hast du erwartet? Aber nicht aus dem Grund, den du meinst. Du hast die Wahrheit gesagt, und diese Wahrheit war es, die sie versuchten niederzuknüppeln – nicht dich. Ich weiß das. Ich habe es schon öfter gesehen. Es gibt nicht viel«, meinte Hasid nachdenklich und kratzte sich unter seinen Lumpen, »was ich noch nicht gesehen habe.«

»Was ist mit ihnen geschehen?« fragte Achmed mit angespannter Stimme.

»Der Emir hat sie freigelassen.«

»Wie?« Achmed lachte ihn an. »Freigelassen?«

»Er hat die Gefängnistore weit geöffnet. Hat sie auf die Straße hinausschleichen lassen, auf dem Bauch kriechend wie geprügelte Köter.«

Auf dem Grab deines Herrn liegend ...

»Weshalb tut er das?« brummte Achmed und schob unruhig die seidenen Laken beiseite.

»Der Emir ist schlau. Sollen sie doch gehen. Ihre Mütter, ihre Frauen, ihre Familien behält er hier in der Stadt. Sie können zu ihnen zurückkehren, wenn sie wollen, oder sie können auch durch die Wüste ziehen und entdecken, daß ihr Stamm nur noch aus ein paar alten Männern besteht, die mit zahnlosen Gaumen schnappen und über einen Gott jammern, der sich nicht mehr um sie kümmert …«

Achmed zuckte zusammen. »Das habe ich schon verstanden!« warf er hastig ein. Mit einem Blick auf den Luxus und die Pracht, die ihn umgab, zeigte er darauf. »Ich meinte, weshalb der General *das* hier tut. Daß du … über mich gewacht hast. Mich hierherzubringen. Mein Leben zu retten … alles nur, um Pferde auszubilden?« Seine Miene verdüsterte sich mißtrauisch. »Das kann ich nicht glauben.«

»Im Gefängnis hast du es geglaubt.«

»In dieser Grube des Sul schien es auch sinnvoll zu sein. Vielleicht, weil ich es so haben wollte.« Achmed schleuderte die Decken beiseite und schwang die nackten Beine über den Rand der Matratze. Er achtete nicht auf den stechenden Schmerz in seinem Kopf und mühte sich aufzustehen. »Jetzt begreife ich es. Er hat mich angelogen. Vielleicht benutzt er mich, hält mich als Geisel.« Ein plötzlicher Schwindel überfiel ihn. Er hielt inne, legte die Hand an den Kopf, kämpfte dagegen an. »Wo sind meine Kleider?« fragte er benommen.

»Als Geisel? Welches Lösegeld sollte dein Vater denn wohl bezahlen? Der hat doch nichts mehr.«

Achmed schloß die Augen, damit sich der Raum nicht länger um ihn drehte. Ein bitterer Geschmack erfüllte seinen Mund. Er fürchtete, sich übergeben zu müssen.

Der hat doch nichts mehr. Nicht einmal einen Sohn …

Kaltes Wasser spritzte ihm ins Gesicht. Keuchend öffnete Achmed die Augen, starrte Hasid an.

»Weshalb …« rief er.

»Ich dachte, du würdest gleich ohnmächtig.« Hasid stellte die Wasserkaraffe auf einen Tisch in der Nähe. »Geht es dir jetzt besser?«

Achmed brachte nur ein Nicken zustande.

»Dann zieh dich an«, befahl der alte Soldat. »Deine alten Kleider wurden verbrannt, wie es auch meine werden, wenn ich sie endlich los bin.« Er kratzte sich wieder. »Dort sind deine neuen Gewänder.«

Achmed wischte sich über das nasse Gesicht und blickte ans Fußende seines Betts, wo ein schlichter weißer Baumwollkaftan lag.

»Ich kann dir nicht sagen, weshalb der Emir das tut – jedenfalls nicht in Worten. Das würde bedeuten, das Vertrauen zu mißbrauchen, das sein Freund in mich gesetzt hat. Aber wenn du dich kräftig genug fühlen solltest, ein wenig spazierenzugehen«, fuhr Hasid fort, »könnte ich dir etwas zeigen, das deine Fragen beantwortet, sofern du wirklich so klug bist, wie er behauptet.«

Wortlos und mit langsamen, vorsichtigen Bewegungen zog Achmed weiche Unterkleider an, danach den Kaftan. Er hoffte, daß sie nicht allzuweit würden gehen müssen. Trotz der magischen Heilung fühlten sich seine Beine so schwach und wacklig an wie die eines neugeborenen Fohlens.

»Komm schon!« Hasid stieß ihn in die Rippen. »Ich bin einmal mit einem gebrochenen Knöchel fünf Meilen marschiert, und das ohne eine Behandlung durch Frauenhände!«

Mit zusammengebissenen Zähnen folgte Achmed dem alten Soldaten durch den Raum, der so groß war wie Majiids Zelt. Feine Teppiche bedeckten den Boden, ihre schimmernden Farben waren von solcher Schönheit, daß es wie eine Entweihung schien, sie zu betreten. Das Mobiliar, mit Blattgold verziert und mit raren und wunderschönen Gegenständen geschmückt, stand neben niedrigen Liegen, deren übervoll gestopfte, seidene Kissen den jungen Mann einluden, sich darauf sinken zu lassen. Achmed kam sich grobschlächtig und tolpatschig vor, fürchtete, irgendeine kostbare Vase zu Boden zu reißen. Er stellte sich vor, wie man auf einem gebrochenen Knöchel gehen konnte. Endlich gelangte er zu dem Schluß, daß der alte Mann log. Später, als Achmed den Emir danach fragte, ob Hasids Behauptung der Wahrheit entspräche, sollte Qannadi grinsen. Hasid hatte *tatsächlich* gelogen. Er war keine fünf Meilen weit gelaufen. Es waren zehn gewesen.

Als sie an ein Fenster kamen, preßte der alte Soldat sein Gesicht gegen das Glas und bedeutete Achmed das gleiche zu tun. Der Raum befand sich im Erdgeschoß des Palasts. Die Fenster wiesen auf den üppigen Garten hinaus, durch den er und Khardan erst vor Monaten entkommen waren. Das grelle Sonnenlicht stach ihm in die Augen, die Erinnerungen verkrampften sein Herz. Einige lange Augenblicke konnte Achmed nichts mehr sehen.

»Nun?« Hasid stieß ihn aufs neue an.

»Ich ... ich kann nicht ... das ist, was ich bin ...«

»Dort, der Mann, direkt vor uns. Am Springbrunnen.«

Achmed blinzelte und traute sich nicht, mit der Hand über die Augen zu fahren, weil er fürchtete, damit Hasids Verachtung wachzurufen. Schließlich richtete er den Blick auf einen Mann, der keine fünf Fuß von ihnen entfernt stand und einer Schar von Pfauen Getreide zuwarf.

Der Anblick des Manns war interessant genug, um Achmeds Tränen zu trocknen und ihn den Schmerz sowohl seines Körpers als auch seiner Seele vergessen zu machen. Der Mann war jung, vielleicht fünfundzwanzig, groß und schlank, mit einer Haut, so weiß wie die Marmorspringbrunnen. Ein Turban bedeckte sein Haupt, der seidene Stoff glitzerte von Edelsteinen und goldenen Anhängern. Seine Kleidung war ebenso üppig. Seidene Pluderhosen wogten um seine Beine, als er sich zwischen den Pfauen bewegte. Eine goldene Schärpe umschloß seine schmale Hüfte, goldene Schuhe mit aufgerollten Zehenspitzen zierten seine Füße. Ein wallendes Ärmelhemd wurde von einer Weste aus goldenem Tuch bedeckt.

Die Augenlider des Manns waren grün bemalt und mit Khol eingerahmt. Edelsteine funkelten auf den Fingern, die den Vögeln die Körner zuwarfen, von seinen Ohrläppchen baumelte Gold.

Achmed hielt die Luft an. Noch nie hatte er jemanden geschaut, der so prunkvoll aussah. »Ist das der Kaiser?«

»Ha!« Hasid begann vor Lachen zu prusten, worauf der

Mann draußen vor dem Fenster den Kopf wandte und sie mißbilligend anblickte. Er wischte sich die Körner von den Händen und schritt davon, vorbei an dem Springbrunnen, ging dabei in einstudierter Anmut und Eleganz, während die Pfauen ihm gemächlich folgten.

»Der Kaiser!« Hasid rang nach Luft. »Was glaubst du wohl, wo wir wären, wenn der Kaiser tatsächlich käme, Junge? Höchstwahrscheinlich säßen wir dann draußen auf der Straße. Dieser Ort wäre nicht groß genug, um alle seine Frauen unterzubringen, ganz zu schweigen von seinen Wesiren und Priestern und Würdenträgern und Schreibern und Sklaven und Kelchträgern und Tellerträgern und Fußwäschern und Arschleckern, die ihn von dem Augenblick an umringen, da er morgens aufwacht, bis zu dem Zeitpunkt, da er in der Nacht eines seiner hundert Schlafzimmer betritt. Der Kaiser!« Der alte Soldat lachte und schüttelte den Kopf.

»Wer ist es dann?« fragte Achmed gereizt.

»Die Antwort auf deine Frage.« Hasid blickte ihn abschätzend an. »Der älteste Sohn von Abul Qasim Qannadi.«

Achmed wandte sich erstaunt wieder zum Fenster, um hinauszublicken, und sah den Mann, wie er gerade eine Orchidee pflückte und gelangweilt die Blütenblätter abrupfte, um sie achtlos den Vögeln zuzuwerfen. »Er wurde am Hof des Kaisers aufgezogen und lebt im Palast zu Khandar. Yamina, seine Mutter, ist eine Schwester des Kaisers, und sie hat dafür gesorgt, daß ihr Sohn alle Vorzüge genießen könnte, im kaiserlichen Haushalt aufzuwachsen. Qannadi hat den Jungen nur selten gesehen.« Hasid zuckte mit den Schultern. »Wahrscheinlich seine eigene Schuld. Er war immer irgendwo unterwegs, eroberte im Namen des Kaisers immer mehr Städte. Vor einem Monat hat er nach seinem Sohn geschickt, um ihn in der Kriegskunst zu unterweisen. Er wollte ihn in den Süden mitnehmen. Sein Sohn sagte, daß er geehrt sei, seinem Vater aufzuwarten, doch würde er für die Reise eine überdachte Sänfte brauchen, da er einfach nicht reiten könne und es nicht wagte, lange an der Sonne zu bleiben – es würde seinen Teint zerstören. Und ob es möglich sei, einige seiner Freunde mitzubringen, da er die Gesellschaft von gewöhnlichen Soldaten nicht ertrage. Er wollte auch seinen eigenen Leibarzt haben, da es ihm sehr wahrscheinlich vorkam, daß er beim Anblick von Blut in Ohnmacht fallen würde.

Der junge Mann«, fügte Hasid trocken hinzu, »kehrt morgen nach Khandar zurück.«

Achmed blieb die Luft weg. Er kam sich vor wie der Mann, der seinem Dschinn aufgetragen hatte, ihm eine silberne Kugel zu bringen, um schließlich den glitzernden Mond in den Händen zu halten. Wie der Mann zu dem Dschinn schon sagte: »Es ist schön und von überragendem Wert, aber ich weiß nicht genau, was ich damit anfangen kann.« Der Garten löste sich vor den Augen des Jungen auf. Wie er aus dem Fenster sah, schaute er keine Zierbäume und hängenden Orchideen und blutrote Rosen mehr. Vielmehr sah er die Wüste – die weiten, kahlen Dünen unter ihrem weiten, kahlen Himmel; die hochstehenden Grashalme, die sich im ewigen Wind bogen; die kümmerlichen Palmen, die sich um eine Pfütze aus brackigem Wasser ans Leben klammerten; die welke, stinkende Pflanze, deren Namen für den jungen Mann inzwischen eine schreckliche, bittere Ironie bedeutete – die Rose des Propheten.

»Du hattest recht«, sagte Hasid sanft. »Das hat nichts mit der Ausbildung von Pferden zu tun. Qannadi hat nach dir verlangt. Wirst du zu ihm kommen?«

Achmed wandte sich vom Fenster ab.

»Ja«, antwortete er. »Ich werde kommen.«

9

Der Gott Quar stand in der weihrauchversüßten Dunkelheit seines Tempels in der Stadt Kich, seine Hand ruhte auf dem goldenen Widderkopf seines Altars. Es war offensichtlich, daß der Gott wartete, und er tat es mit einem offensichtlichen Mangel an Geduld. Gelegentlich hämmerte er mit den Fingern nervös auf den Widderkopf. Mehr als einmal hob seine Hand einen Klöppel, um einen kleinen Gong zu schlagen, der auf dem Altar stand, doch jedesmal zog er sie nach einem Augenblick des Zögerns wieder zurück.

Auf einer Trage auf dem kalten Marmorfußboden, Quar gegenüber, murrte und stöhnte der Imam des Gotts, wälzte sich in fiebrigem Schlaf. Seine selbstzugefügte Wunde war nicht sauber verheilt, das Fleisch um sie herum war geschwollen und heiß, wenn man es berührte. Yamina hatte versucht den Priester zu behandeln, wie es alle Hofärzte getan hatten, doch Feisal hatte jegliche Hilfe verweigert.

»Das ist eine Sache ... zwischen meinem Gott ... und mir!« hatte er gekeucht und Yaminas Hand mit schmerzhafter Heftigkeit gepackt, die andere Hand gegen den Verband gepreßt, der feucht von Blut und Eiter war. »Ich habe ... etwas getan ... das ihm mißfällt. Das ... ist meine Strafe!«

Yamina hatte Feisals Hand an ihre Lippen gepreßt, hatte gefleht, hatte ihn mit jedem Kosenamen bedacht, der ihr eingefallen war. Sanft, aber entschieden hatte er ihr befohlen zu gehen. Sie hatte ihm traurig gehorcht, hatte insgeheim vorgehabt, sich wieder einzuschleichen, sobald er schlief, um ihn ohne sein Wissen mit ihrer Magie zu heilen.

Für Feisal war Yamina so durchsichtig wie das Wasser im *Hauz* des Palasts. Da er spürte, wie seine Kraft schwand, und erkannte, daß er bald das Bewußtsein verlieren würde, befahl der Imam seinem Diener, niemanden den Eintritt zu erlauben, wobei er den Mann die allerfürchterlichsten Eide leisten ließ, um sich seines Gehorsams zu versichern. Der

Diener sollte die Innentore des Tempels schließen und versiegeln. Nicht einmal dem Emir selbst war der Zutritt gestattet. Das letzte Geräusch, das Feisal hörte, bevor er in fiebrige, wahnwitzige Träume versank, war das hohle Dröhnen der sich schließenden riesigen Tore, das krachende Herabfallen des eisernen Riegels.

Wie er immer wieder ins Delirium glitt, spürte der Imam vage, daß der Gott seinen Tempel betrat. Zuerst traute er seinen Sinnen nicht, fürchtete, es sei ein Fiebertraum. Gegen den Schmerz und das Feuer ankämpfend, die seinen Leib verzehrten, klammerte er sich am Bewußtsein fest und erkannte nun, daß Quar wahrhaftig bei ihm war. Seine Seele strahlte vor Freude, als der Priester versuchte sich zu erheben, um Quar zu huldigen. Doch sein Fleisch war schwächer als sein Geist, und er sank stöhnend zurück.

»Sagt mir ... was habe ich getan ... um mir Euren Zorn zuzuziehen, o Heiligster«, murmelte Feisal matt und griff mit einer zitternden Hand nach seinem Gott.

Quar antwortete nicht, sah nicht einmal in die Richtung seines leidenden Priesters. Er schritt neben dem Altar auf und ab und spähte mit wachsender Gereiztheit in die Dunkelheit hinaus. Feisal vermochte seine Frage nicht zu wiederholen. Er konnte seinen Gott nur mit bewundernden Augen anstarren. Selbst der Schmerz und die Qual, die er durchlitt, schienen ihm gesegnet – eine Flamme, die Körper und Seele von jedweden Sünden reinigte, die er begangen hatte. Wenn er in dem Feuer sterben sollte, so sollte es so sein. Dann würde er mit einem von Ansteckung gereinigten Geist vor seinen Gott treten.

Plötzlich ertönte der Gong, dreimal. Quar drehte sich begierig danach um. Der Gong schwieg, dann ertönte er erneut dreimal. Eine Rauchwolke nahm menschliche Gestalt um den Gong an, verdichtete sich zu einem zehn Fuß großen Ifrit.

Der Ifrit trug rote Pluderhosen aus Seide, dazu eine rote Schärpe um seinen gewaltigen Bauch; er vollzog den *Salaam* und preßte dabei die riesigen Hände gegen seine Stirn. Feisal sah stumm zu, ohne zu staunen.

»Nun, wo ist er?« wollte Quar wissen.

»Ich bitte um Verzeihung, *Effendi*«, sagte der Ifrit mit einer Stimme, die an fernes Donnergrollen erinnerte, »aber ich habe ihn nicht gefunden.«

»Was?« Der Zorn des Gotts wühlte die Dunkelheit auf. »Er kann nicht weit gekommen sein. Er ist ein Fremder in diesem Land. Bah! Du hast ihn verloren, Kaug!«

»Jawohl, *Effendi*, ich habe ihn verloren«, erwiderte Kaug ungerührt. »Wenn ich meine Geschichte erzählen darf?«

Der Gott kehrte dem Ifrit den Rücken zu und machte eine gereizte Geste.

»Wie Ihr schon vermutetet, mein Heiliger Meister, war der sogenannte Verrückte einer der *Kafiren*, die mit dem Schiff über die Hurn-See gekommen und in der Nähe der Stadt Bastine an Land gegangen sind. Sofort nach ihrem Eintreffen stießen die Priester und Zauberer des Promenthas ...«

» ... auf eine Gruppe meiner eifrigen Anhänger und wurden niedergemetzelt«, unterbrach der Gott ungeduldig. »Das weiß ich doch alles! Was ...«

»Verzeihung, *Effendi*«, unterbrach der Ifrit, »aber es scheint, daß man uns in die Irre geführt hat. Es waren nicht Eure Anhänger, die die *Kafiren* ermordet haben.«

Der Gott schwieg einige lange Augenblicke, dann sagte er zweifelnd: »Fahre fort.«

»Bedenke, Majestät des Firmaments – wenn die Ungläubigen in Eurem Namen getötet worden wären, hättet Ihr einen Anspruch auf ihre Seelen gehabt.«

»Sie wurden von Schutzengeln bewacht ...«

»Ich habe schon gegen die Engel des Promenthas gekämpft, *Effendi*, wie Ihr sehr gut wißt«, versetzte der Ifrit.

»Ja, und diesmal hast du auch gegen sie gekämpft, hast verloren und es mir nicht gesagt«, versetzte Quar kalt.

»Diesmal habe ich *nicht* gegen sie gekämpft. Ich habe sie nie zu Gesicht bekommen. Ich wurde nicht gerufen, um gegen die Engel zu kämpfen.«

Quar drehte sich halb um, musterte Kaug mit verengten Augen. »Du sagst die Wahrheit.«

»Gewiß, *Effendi*.«

»Dann war es der Tod, der uns in die Quere kam.«

»Nein, *Effendi*. Die Engel des Promenthas haben ihre Schützlinge kampflos fortgeschleppt. Dem Bericht des Tods zufolge wurden die *Kafiren* im Namen eines Gotts des Bösen umgebracht – eines Gotts, der zu schwach ist, um sie zu beanspruchen.«

Quar zog den Atem ein; die Haut, mit der er sein ätherisches Sein schmückte, erbleichte.

»Zhakrin!«

»Ja, *Effendi*. Er ist entkommen!«

»Wie ist das möglich? Er und Evren wurden doch im Tempel von Khandar festgehalten, meine mächtigsten Priester haben sie bewacht. Niemand wußte, daß die Götter dort gefangengehalten wurden ...«

»Irgend jemand wußte es doch, *Effendi*. Jedenfalls sind jetzt weder Zhakrin noch Evren dort. Einer deiner mächtigen Priester stand in Wirklichkeit im Dienste Zhakrins. Auf irgendeine uns unbekannte Weise ist es ihm gelungen, die Götter zu befreien und fortzubringen.«

»Was wissen wir über ihn? Wo ist er hingegangen?«

»Ich glaube, daß es derselbe Mann ist, der die Anhänger des Promenthas ermordete. Er gab sich als Sklavenhändler aus, doch in Wirklichkeit ist er ein Schwarzer Paladin, ein hingebungsvoller Anhänger des Zhakrin. Er ist zuerst in Ravenchai erschienen, wo er eine Reihe Eingeborener gefangennahm und sie zum Verkauf nach Kich brachte. Unter seinem Befehl steht ein Trupp von *Gumen*, und die haben auch die Priester und Zauberer des Promenthas getötet. Doch einer blieb am Leben. Ein junger Mann von außerordentlicher Schönheit, der mit einer Frau verwechselt wurde. Da er glaubte, für eine solche Beute einen hohen Preis erzielen zu können, brachte der Sklavenhändler sie nach Kich. Der junge Mann wurde in seiner Verkleidung auf den Block gestellt, als Khardan und seine Nomaden in die Stadt einfielen. Khardan setzte es sich in den Kopf, die schöne ›Frau‹ zu retten.«

»Setzte es sich in den Kopf! Ha!« fauchte Quar. »Ich erkenne darin die lenkende Hand des Promenthas. Er hat sich mit Akhran verbündet, um gegen mich zu kämpfen!«

»Zweifellos, Allerheiligster.« Kaug verneigte sich. »Der junge Mann wurde in das Lager der Nomaden gebracht. Dort wurde er von dem erzürnten Mann, der die schöne ›Frau‹ als Konkubine nehmen wollte, beinahe hingerichtet. Khardan hat dem jungen Mann das Leben gerettet, indem er ihn für verrückt erklärte. Meryem glaubt, daß es dieser junge ›Verrückte‹ war, der ihre Pläne, Khardan nach Kich zu bringen, zunichte machte.«

»Dann stecken die beiden also zusammen.«

»Vermutlich, *Effendi*.«

»Vermutlich!« Quar hämmerte gegen die Mauern des Tempels. In seiner fiebrigen Einbildungskraft meinte Feisal zu sehen, wie die Marmorblöcke in der Hitze zu schmelzen begannen. »Ich bin göttlich! Ich bin allwissend, allsehend! Kein Sterblicher kann sich vor meinem Auge und dem meiner Diener verbergen!«

»Kein Sterblicher, Heiliger Meister.« Kaug sprach leiser. »Ein anderer Gott. Eine dunkle Wolke verbirgt ihn vor meinem Auge und Eurer Zauberin.«

»Eine dunkle Wolke. Langsam, unausweichlich, wächst die Macht meiner Feinde.« Quar verstummte nachdenklich. Der riesige Leib des Ifrit waberte in der Luft, vielleicht waren auch nur Feisals schwindende Sinne dafür verantwortlich, daß der Unsterbliche wie eine Luftspiegelung erschien. »Ich wage nicht, noch länger zu warten.«

Der Gott widmete seine Aufmerksamkeit seinem sterbenden Priester. Er glitt über den schwarzen Marmorboden, seine Seidenpantoffeln machten kein Geräusch, seine seidenen Gewänder leuchteten kalt und grellweiß in der Dunkelheit, als er sich neben Feisals Lager aufstellte.

Unfähig sich zu bewegen, blickte der Imam mit einer Verehrung ins Antlitz des Gotts empor, die allen Schmerz und jedes Fieber aus seinem Leib vertrieb. Der Imam sah, wie seine Seele aufstand, die zerbrechliche Hülle ihres Fleischs zurückließ und mit den Händen nach dem Gott griff wie ein Kind nach der Mutter. Zufrieden, glückselig spürte Feisal, wie ihm das Leben schwand. Der Name des Gotts war ihm auf den Lippen, er wollte ihn mit seinem letzten Atemzug aushauchen.

»Nein!« sagte Quar plötzlich, und die Seele des Imams, die nun zwischen zwei Ebenen hing, wich verwirrt zurück. Der Gott kniete neben Feisal nieder und riß den blutbefleckten Verband ab, um seine Hand auf die Wunde zu legen. Mit der anderen Hand berührte er die heiße Stirn des Priesters. »Du sollst leben, mein treuer Imam. Du wirst dich von deinem Lager des Schmerzes und des Leids erheben und wissen, daß ich es war, der dich errettete. Du wirst dich meines Gesichts erinnern, meiner Stimme und der Berührung meiner Hand auf deinem sterblichen Fleisch. Und die Lehre, die du aus der Qual, welche du durchgemacht hast, ziehen wirst, ist folgende: Du hast das menschliche Leben zu hoch erachtet. Wie du gesehen hast, handelt es sich dabei um ein Gut, das uns ebenso leicht genommen werden kann wie man einen blinden Mann berauben kann. Nur die Seelen der Menschen muß man davor bewahren, in der Finsternis umherzuirren. Wer nicht an mich glaubt, muß sterben, damit die Macht ihrer falschen Götter mit ihnen stirbt.«

Feisal tat einen tiefen Atemzug. Seine Augen schlossen sich in friedvollem Schlaf. Seine Seele kehrte zögernd in den zerbrechlichen Leib zurück.

»Wenn du erwachst«, fuhr Quar fort, »wirst du den Emir aufsuchen und ihm sagen, daß es Zeit ist ...«

»Zeit?« murmelte Feisal.

»Für den *Dschihad*!« flüsterte Quar und beugte sich dicht über seinen Priester, glättete ihm das schwarze Haar mit der Hand. »Bekehrung oder Tod!«

Das zweite Buch
Zhakrin

1

»Im Namen von Zhakrin, dem Gott der Dunkelheit und allem, das Böse ist, ich befehle dir, erwache!«

Mathew hörte die Stimme, als käme sie von weither. Es war früh am Morgen in seinem Heimatland. Die Sonne schien hell, fröhliches Vogelgezwitscher begrüßte den neuen Tag. Eine mit Düften schwer beladene Frühlingsbrise wehte steif und kalt gegen sein Fenster. Seine Mutter stand am Absatz der hohen Steintreppe, rief ihren Sohn, zu kommen, und sein Fasten zu unterbrechen ...

»Erwache!«

Er war in einem Klassenzimmer nach dem Mittagessen. Der hölzerne Tisch, in den zahllose Namen und Gesichter eingraviert waren, fühlte sich unter seinen trägen Händen kühl und glatt an. Der alte Erzmagus hatte schon eine Ewigkeit vor sich hin geredet. Seine Stimme war wie das Summen von Fliegen. Mathew schloß die Augen, nur für einen Augenblick, solange der Lehrer ihm den Rücken zukehrte ...

»Erwache!«

Ein schmerzvolles Prickeln breitete sich in Mathews Körper aus. Er versuchte seine Gliedmaßen zu bewegen. Doch wurde es dadurch nur noch schlimmer, stachen ihm kleine Nadeln der Qual durch den Körper. Er stöhnte.

»Wehre dich nicht, Blumenblüte. Bleibe etwa eine Stunde still liegen, dann geht das Gefühl vorbei.«

Etwas Kaltes strich über seine Stirn. Die kalte Berührung und die noch kältere Stimme brachte grauenerregende Erinnerungen zurück. Er zwang sich, die Augen zu öffnen, und Mathew blickte zu einer schlanken Hand hinauf, in ein schwarzmaskiertes Gesicht, in zwei grausame und hohle Augen.

»Still liegenbleiben, Blumenblüte. Das Herz klopft schnell, das träge Blut strömt und brennt dir durch den Leib, die Lungen saugen Luft an. Schmerzhaft? Ja. Aber du hast ja auch lange geschlafen, Blumenblüte. Sehr, sehr lange.«

Schlanke Finger strichen über seine Wange.

»Hast du noch meinen Fisch, Blumenblüte? Ja, natürlich hast du ihn. Die Stadtwachen durchsuchen schließlich nicht die Leiber der Toten, nicht wahr, meine Blumenblüte?«

Mathew spürte die Kristallkugel, die in den Falten des Frauengewands verborgen war, das er trug. Die Kugel war mit Wasser gefüllt, in dem zwei Fische schwammen – der eine golden, der andere schwarz.

Das Geräusch von Stiefeln, die den Sand mahlten, ertönte in Mathews Ohr. Eine respektvolle Stimme sprach: »Du hast nach mir geschickt, *Effendi*?« Hand und Augen verschwanden aus Mathews Sicht.

Die Sicht des jungen Hexers war verschwommen. Die Sonne schien, doch er konnte sie nur wie durch einen weißen Schleier erkennen. Hier, wo er lag, war es heiß und stikkig, die Luft abgestanden. Er versuchte, einen tiefen Atemzug zu nehmen. Doch seine schlaffen Muskeln verweigerten den Befehl seines Geists.

Das prickelnde Gefühl in Händen und Beinen wurde stärker, trieb ihn fast in den Wahnsinn. Hinzu kam die Empfindung zu ersticken, die Unfähigkeit, Luft zu holen. Seine Qual war zwar groß, doch wagte Mathew es nicht, auch nur ein Wimmern von sich zu geben. Diesen grausamen Augen war der Tod noch vorzuziehen.

»Blumenblüte kommt zu sich. Was ist mit den beiden anderen?« fragte die kalte Stimme.

»Die andere Frau ist bei Bewußtsein, *Effendi*. Aber der bärtige Teufel will nicht aufwachen.«

»Vielleicht irgendein Zauber, was meinst du, Kiber?«

»Das glaube ich, *Effendi*. Du hast selbst die Möglichkeit erwähnt, daß er verzaubert war, als wir ihn gefangennahmen, wenn ich mich richtig erinnere?«

»Das tust du. Schauen wir ihn uns an.«

Die gestiefelten Füße bewegten sich irgendwo zu Mathews Rechter.

Bärtiger Teufel. Die andere Frau. Khardan! Zohra! Mathews Leib zuckte und wand sich im Schmerz. Die Erinnerung erwachte aufs neue …

Die Flucht bei der Schlacht am Tel; Khardan, bewußtlos, durch irgendeinen Zauber gebunden. Zohra und ich, wie wir ihn in Meryems rosenfarbigen, seidenen *Chador* kleideten. Der Schleier hat sein Gesicht verdeckt. Die Soldaten haben uns angehalten!

»Laßt die alten Vetteln ziehen!«

Wir entkamen und kauerten im Schlamm vor der Oase nieder, verborgen im hohen Gras. Khardan verwundet, verzaubert; Zohra erschöpft, auf meiner Schulter schlafend.

»Ich werde Wache halten.«

Doch müde Augen schlossen sich. Der Schlaf kam – gefolgt von einem Wachalbtraum.

»Eine schwarzhaarige Schönheit, jung und kräftig«, hatte die kalte Stimme gesprochen. »Und was ist das? Der bärtige Teufel, der die Blumenblüte gestohlen und mir all diesen Ärger verursacht hat! Wahrlich, heute nacht sieht der Gott mit Wohlwollen auf uns herab, Kiber!«

»Jawohl, Effendi!«

»Und hier ist meine Blumenblüte mit dem flammenfarbenen Haar. Schau nur, Kiber, sie erwacht vom Klang meiner Stimme. Keine Angst, Blumenblüte. Schrei nicht. Kneble sie, Kiber. Bedecke ihren Mund. So ist es richtig.«

Ich sah auf, gefesselt und hilflos, um ein schwarzes Juwel zu erblicken, das im Licht des brennenden Lagers funkelte.

»Im Namen von Zhakrin, dem Gott der Dunkelheit und allem, das Böse ist, ich befehle euch allen – schlaft …«

Und so waren sie eingeschlafen. Und jetzt waren sie erwacht. Erwacht – zu was? Mathew hörte wieder die Stimmen, sie kamen aus kurzer Entfernung.

»Siehst du, Kiber? Dieser Silberschild, der um seinen Hals hängt. Siehst du, wie er glüht, selbst bei Tageslicht?«

»Jawohl, *Effendi*.«

»Ich frage mich, welchem Zweck er dienen mag, Kiber.«

»Bestimmt soll er ihn vor Verwundungen in der Schlacht schützen, *Effendi*. Ich habe solche schon gesehen, sie werden den Soldaten von ihren Ehefrauen gegeben.«

»Ja, aber weshalb sollte er ihm auch noch das Bewußtsein rauben? Langsam beginne ich zu begreifen, was geschehen sein muß, Kiber. Diese Frauen haben befürchtet, daß ihr Mann zu Schaden kommen könnte. Sie haben ihm diesen Schild gegeben, der ihn nicht nur vor jedem Hieb schützen, sondern auch noch bewirken würde, daß er in der Schlacht das Bewußtsein verlor. Danach haben sie ihn fortgezerrt, in Frauenkleider gehüllt, und sind vom Feld geflohen.«

»Dann muß eine von ihnen eine mächtige Zauberin sein, *Effendi*.«

»Eine oder beide, obwohl unsere Blumenblüte keine magischen Talente gezeigt hat, seit sie sich in unserer Gesellschaft befindet. Diese Nomaden sind heftige und stolze Kämpfer. Ich möchte wetten, daß der Kerl hier nicht einmal davon wußte, daß seine Frauen ihn vor dem Tod retteten, und ich glaube auch nicht, daß es ihm behagen wird, von dieser Tatsache zu erfahren, sobald er wieder wach ist.«

»Warum ihn dann aus seinem Zauber holen, *Effendi?*« Mathew hatte den Eindruck, daß Kiber nervös klang. »Soll er doch so lange bewußtlos bleiben, bis wir Galos erreicht haben.«

»Nein, wir haben zuviel damit zu tun, die Schiffe zu beladen, um ihn auch noch hinaufzuhieven. Außerdem, Kiber«, die kalte Stimme klang glatt und sehnig wie eine Schlange, die sich durch den Sand schob, »möchte ich, daß er alles, was noch auf ihn zukommen wird, sieht, hört, schmeckt, fühlt. Ich will, daß das Gift einsickert, Tropfen um Tropfen, in den Brunnen seines Geists. Wenn seine Seele zur Tränke kommt, wird sie schwarz anlaufen und sterben.«

Kiber schien nicht so zuversichtlich zu sein. »Er wird Schwierigkeiten machen, *Effendi*.«

»Gut. Es wäre mir sehr zuwider zu denken, daß ich seinen Charakter falsch eingeschätzt habe. Entferne das Schwert aus seinen Händen. Und jetzt brechen wir diesen Zauber ...«

»Laß es eine der Frauen tun, *Effendi*. Es ist nie klug, sich in die Hexerei einzumischen.«

»Ausgezeichneter Rat, Kiber. Ich werde mich daran halten. Wenn Blumenblüte wieder sprechen und gehen kann, werden wir sie in dieser Angelegenheit verhören. Und jetzt entlade die *Djemel* und reihe die Lasten am Ufer auf. Wir müssen sofort bereit sein, die Schiffe zu beladen, sobald sie eingetroffen sind, denn sie werden nicht lange warten können. Wir wollen hier nicht in der Nachmittagshitze gefangengesetzt werden.«

»Jawohl, *Effendi*.«

Mathew hörte, wie sich Kiber entfernte und seinen Männern Befehle zurief. Der Hexer schloß die Augen und konnte einmal mehr die bunten Uniformen der *Gume* sehen, die Pferde, die sie ritten. Er konnte die Sklaven schauen, mit Ketten an den Füßen, wie sie über das Flachland schlurften. Er sah die Sänfte mit dem weißen Vorhang ...

Weißer Vorhang! Mathew riß die Augen auf, blickte um sich. Inzwischen konnte er deutlicher sehen. Schmerzerfüllt biß er die Zähne aufeinander, konzentrierte jede Faser auf die Anstrengung, schaffte es, die linke Hand weit genug zu bewegen, um die Falte im Tuch beiseite zu ziehen und in seine Umgebung hinauszuspähen.

Der Anblick entsetzte ihn. Fassungslos starrte er hinaus. Er hatte schon die Wüste um den Tel mit ihren wogenden Sanddünen, die sich bis zu den fernen Bergen erstreckten, als kahl und abweisend empfunden. Gewiß, um die Oase gab es Leben. Jedenfalls hielten die Nomaden es für Leben. Die hohen Palmen, ihre Blätter mit den braunen Spitzen, die so aussahen, als seien sie angesengt, und die im immerwährenden Wind schnippten. Die verwobenen Tamarisken, mit dem spärlichen grünen Laub, jedes Blatt davon eine Kostbarkeit. Die wogenden braunen Grashalme, die am Rande des Wassers wuchsen. Die verschiedenen Kakteenarten, die aus der Verbrennungsblume mit ihren verschlungenen Armen wuchsen, die wegen ihrer heilenden Kräfte so bezeichnet wurde – bis zu jener häßlichen Pflanze, die unter der unpassenden, romantischen Bezeichnung Rose des Propheten bekannt war. Da er aus einer Welt uralter Wälder und wilder Bergblumen stammte, hatte Mathew dieses Wüstenleben überhaupt nicht als Leben betrachtet. Doch jetzt endlich begriff er, daß es doch Leben gewesen war.

Denn nun blickte er auf den Tod hinaus.

Das Land war tot, und der Tod, den es gestorben war, war qualvoll gewesen. Die flache und kahle Erde war so weiß wie Gebein. Riesige Risse zogen sich über ihre Oberfläche, klaffende Münder, die nach dem Regen dürsteten, der niemals fallen würde. Unweit von der Stelle, wo er selbst lag, konnte Mathew einen Haufen schwarzer, zerborstener Felsen erkennen, daneben ein Teich voll Wasser. Doch das war keine Oase. An diesem Teich wuchs nichts. Dampf stieg von seiner Oberfläche auf, das Wasser blubberte, schlug Blasen und kochte.

Die Sonne hatte sich an den Osthimmel geschoben. Mathew konnte die Spitze eines roten Feuerballs über dem Horizont sehen. Und doch schwoll die Hitze bereits an, strahlte sie vom ausgetrockneten Boden empor. Mathew hatte einen sandigen Geschmack im Mund und litt unter schrecklichem Durst. Er fuhr sich mit der Zunge über die Lippen. Salz. Jetzt wußte er, weshalb das Land von diesem fremdartigen, gleißenden Weiß war. Es war mit Salz bedeckt.

Seine Kraft versagte. Mathews Hand fiel schlaff an seiner Seite herab, der Vorhang versperrte ihm wieder die Sicht. Kein Wunder, daß sie vor dem Nachmittag fort sein mußten. Nichts in dieser Wüste konnte in der Mittagssonne überleben. Und doch hatte der Mann von Schiffen gesprochen. Mathew schüttelte den Kopf. Er mußte halluzinieren, mußte sich Dinge einbilden. Vielleicht hatte er auch Kamele gemeint, dachte der junge Hexer matt. Nannte man die nicht auch manchmal Wüstenschiffe?

Doch wohin sollten sie gehen? Mathew hatte in dieser trostlosen Welt nichts zu entdecken vermocht. Und sein Durst wurde immer unerträglicher. Als seine vertrockneten Lippen das Wort formten und er versuchte, seiner trockenen Kehle einen Laut zu entlocken, warf Kiber den Vorhang der Sänfte beiseite. In der Hand hielt er einen Wasserschlauch.

»Trink!« befahl er und blickte Mathew finster an. Vielleicht erinnerte er sich noch an jene Tage in der Sklavenkarawane, als er den jungen Hexer dabei erwischt hatte, wie er sich weigerte zu essen.

Mathew hatte nicht vor, das Wasser zu verweigern. Mit gewaltigster Anstrengung hob er die Arme, packte den Hals der *Girba* und trank durstig. Viel zu bald entriß Kiber ihm den Wasserschlauch und verschwand. Mathew hörte, wie die Stiefel des *Gums* auf dem salzbedeckten Boden knirschten.

Mathew lehnte sich auf der Sänfte zurück. Das Wasser kräftigte ihn; er schien zu spüren, wie sein Körper neue Kraft gewann. Er sehnte sich danach sich aufzusetzen und die Vorhänge aufzuziehen. Doch dann würde er Gefahr laufen, die Aufmerksamkeit des Manns mit den grausamen Augen auf sich zu ziehen.

Mathew schob die Hand in die Falten seiner Frauenkleidung und berührte die Kristallkugel mit den Fischen. Sie fühlte sich kalt und glatt auf seiner heißen Haut an. Plötzlich überkam ihn ein verzweifeltes Verlangen, die Fische zu untersuchen, nachzusehen, ob es ihnen gutging. Nur die Furcht hielt ihn zurück. Der Sklavenhändler konnte plötzlich nach ihm sehen wollen, und Mathew mochte nicht den Eindruck erwecken, der magischen Kugel allzu große Aufmerksamkeit zu zollen. Er fragte sich, was der Mann mit der seltsamen Bemerkung gemeint hatte: ›Die Stadtwachen durchsuchen schließlich nicht die Leiber der Toten.‹

Das Gefühl zu ersticken wurde stärker, ebenso der beinahe überwältigende Drang, sich zu bewegen. Schließlich setzte Mathew sich auf und mußte sofort mit einem Schwindelanfall kämpfen. Sterne explodierten vor seinen Augen. Matt stützte er sich auf den Arm, ließ den Kopf hängen und wartete, bis er wieder sehen konnte und das schreckliche Schwindelgefühl wich. Dann schob er den Vorhang vorsichtig einen Spalt auf und spähte hinaus, um seine Umgebung näher zu betrachten. Er stellte fest, daß die Sänfte ungefähr vier Fuß über dem Salzboden auf Stelzen stand.

Vor Mathew erstreckte sich ein riesiges Gewässer, von einer tiefblauen Farbe, wie er sie noch nie gesehen hatte. Eine kühle Brise wehte ihm flüsternd ins Gesicht, und dankbar sog er die Luft ein.

Der Sklavenhändler stand am Rand des Wassers und blickte hinaus. Er hatte die Arme über den Kopf gehoben und rief mit lauter Stimme: »Ich bin es, Auda ibn Jad! Im Namen von Zhakrin, ich befehle euch. Schickt mir mein Schiff!«

Er hatte also tatsächlich Schiffe gemeint! Aber welches Meer sollte das sein? Es sah nicht aus wie die Hurn-See. Keine Wogen brachen sich hier am Ufer. Es war auch nicht von der grünlichen Farbe des Ozeans, den er überquert hatte. Das Wasser spülte sanft um die Füße des Sklavenhändlers Auda ibn Jad (es war das erste Mal, daß Mathew den Namen des Manns zu hören bekommen hatte). Als er angespannt in derselben Richtung wie ibn Jad aufs Meer hinausspähte, meinte Mathew, am Horizont einen Schatten zu erkennen – eine dunkle Wolke an einem ansonsten wolkenlosen Himmel.

Der Sklavenhändler drehte sich abrupt um und erblickte Mathew, wie er zwischen den Vorhängen hervorsah.

»Ah, Blumenblüte! Du genießt die frische Luft.«

Mathew antwortete nicht. Er brachte kein Wort hervor.

»Komm, Blumenblüte. Steh auf. Ich brauche dich.«

Ibn Jad ging zu Mathew hinüber, streckte die schlanke Hand aus und ergriff den jungen Hexer am rechten Arm. Die Berührung war kalt und gefühllos, und Mathew begann trotz der heißen Sonne zu zittern.

Er stand auf und glaubte in Ohnmacht zu fallen. Seine Knie gaben nach; wieder explodierten Sonnen vor seinen Augen. Als er ins Taumeln geriet, ergriff er mit einer Hand eine Stütze des Sänftendachs und hielt sich daran fest. Auda stützte ihn dabei. Der Sklavenhändler gewährte Mathew einige Augenblicke, um sich zu erholen, dann zerrte er den benommenen Hexer über den Sand zu einer weiteren Sänfte. Mathew wußte, wer darin lag. Der Sklavenhändler schob die Vorhänge der Sänfte beiseite und drängte Mathew vorwärts.

»Dieses Amulett, das der bärtige Teufel um den Hals trägt – hast du das gemacht? Bist du die Zauberin, die den Zauber über ihn gelegt hat?«

Jahrelang planen wir unseren Lebensweg, und irgendwann verändert ein einziges Wort aus heiterem Himmel den Lauf unseres Schicksals.

»Ja«, sagte Mathew leise.

Er hätte nicht sagen können, was ihn zu dieser Lüge getrieben hatte. Er wollte in den Augen dieses Manns nur nicht völlig schutz- und hilflos erscheinen.

»Ich habe … das Amulett gemacht«, sagte Mathew heiser.

»Eine hervorragende Arbeit, Blumenblüte. Wie bricht man den Zauber?«

»Indem man ihm das Amulett vom Hals nimmt. Dann wird er sofort aus der Verzauberung erwachen.« Das war zwar nur geraten, aber Mathew war sich ziemlich sicher, daß es tatsächlich so sein mußte. Es gab keinen Grund, weshalb Meryem einen anderen Zauber hätte weben sollen.

»Brich ihn«, befahl ibn Jad.

»Jawohl, *Effendi*«, murmelte Mathew.

Der junge Hexer beugte sich über Khardan und streckte eine zitternde Hand aus, um das Seidenband zu ergreifen, von dem der sanftglühende Silberschild herabhing. Dabei bemerkte Mathew, in welch ungewöhnliche Rüstung Khardan gekleidet war. Sie bestand aus Metall, war schwarz und schimmernd. Im Brustharnisch war ein merkwürdiges Zeichen eingelassen – eine Schlange, deren sich windender Leib in mehrere Stücke geschnitten war. Es war ein grausiges Bild, und Mathew merkte, wie er es bewegungslos anblickte.

»Weiter!« drängte ibn Jad, wie er über ihm aufragte. »Weshalb zögerst du?«

Mathew zuckte zusammen und riß den Blick von der bizarren Rüstung, um ihn auf den Silberschild zu richten. Er legte die Hand unter den Talisman und schloß zaghaft die Finger darum, als fürchtete er, einen heißen Gegenstand anzufassen. Mathew packte den Schild und verpaßte dem Band einen scharfen Ruck. Es zerriß, und das Amulett glitt in Mathews Hand. Das metallische Glühen verblaßte fast sofort, Khardan bewegte stöhnend den Kopf.

»Gib mir das.«

Wortlos gab Mathew das Amulett weiter.

Der Mann musterte es sorgfältig. »Ein prächtiges Stück.« Er blickte von dem Amulett erst auf Mathew, dann zu Khardan hinüber. »Du mußt ihn wirklich sehr gern haben.«

»Das tue ich«, sagte Mathew leise mit gesenktem Blick.

»Schade«, meinte Auda ibn Jad kühl.

Mathew sah beunruhigt auf, doch im selben Augenblick lenkte ihn eine Bewegung ab, die er nur im Augenwinkel wahrnahm.

Zohra kam gerade mit unsicherem Schritt, aber doch mit beherrschtem Gang auf die Gruppe zu. Mathew erblickte das Feuer in den dunklen Augen und versuchte ihr etwas zuzurufen, mit ihr zu sprechen, sie zu warnen, doch die Worte erstickten in seiner ausgetrockneten Kehle. Der Sklavenhändler bemerkte seinen starren Blick und drehte sich um.

Der Seewind blies kräftiger. Nun spülten kleine Wellen ans Ufer. Hinter Zohra sah Mathew, wie die Wolke am Horizont immer größer wurde.

Der Wind wehte Zohra den Schleier vom Gesicht. Sie

packte ihn und bedeckte damit Nase und Mund. Vor Auda ibn Jad blieb sie stehen, richtete sich matt zu voller Größe auf und musterte ihn mit blitzenden dunklen Augen.

»Ich bin Zohra, Prinzessin der Hrana. Ich weiß nicht, wo ich bin oder warum du mich hierher gebracht hast, du Hund von einem *Kafir*! Aber ich bestehe darauf, daß du mich zurückbringst!«

2

Ein zorniger Ruf Kibers, der einen seiner eigenen Männer mit der Kamelgerte bearbeitete, erregte Audas Aufmerksamkeit, und so ging er nicht sofort auf Zohra ein. Kiber war damit beschäftigt, das Entladen mehrer *Djemel*, Lastkamele, zu beaufsichtigen. Von ihrem Führer angeleitet, stellten die *Gume* und die Sklaven die Holzkisten, Rattankörbe und andere Gegenstände am Wasser in den Sand. Kiber war zornig geworden, weil einer seiner *Gume* mehrere große, geschnitzte Elfenbeinkrüge mit versiegelten Deckeln achtlos behandelt hatte. Den Sklaven, bemerkte Mathew, war es nicht gestattet, diese Krüge zu berühren. Mehrere handverlesene *Gume* hoben die Krüge von den *Djemel* auf den Sand; sie taten es mit äußerster Vorsicht und Sorgfalt. Als einer der *Gume* beinahe sein Ende des Krugs fallenließ, war Kiber wie der Blitz über ihm, und ibn Jad blickte finster drein.

Mathew fragte sich, was die Krüge wohl enthalten mochten – vielleicht irgendeinen seltenen Duftstoff. Auf jeden Fall waren sie schwer. Es bedurfte jeweils zwei kräftigster *Gumen*, um einen Krug an seinem Elfenbeingriff zu heben.

Die Männer mit den Krügen kamen nahe an der Stelle vorbei, wo Mathew neben Khardans Sänfte im heißen Licht der Sonne stand. Der junge Hexer hätte die Krüge gern genauer untersucht, denn er meinte, in ihrem äußeren Schnitzwerk magische Zeichen zu erkennen. Ihm fiel auf, daß der Deckel mit dem geschnitzten Leib einer durchtrennten Schlange verziert war – mit dem gleichen Emblem, das auf Khardans schwarzer Rüstung prangte. Doch Mathew mußte sich jetzt Zohra zuwenden.

Die Frau ist ebenso verwirrt und durcheinander wie ich, dachte Mathew. Nein, sogar noch mehr, denn er kannte den Sklavenhändler wenigstens und wußte, weshalb Auda ibn Jad ihn wollte – offensichtlich wegen der Fische, obwohl das auch noch nicht alle Fragen beantwortete. Zohra war aus einem verzauberten Schlaf an einem fremden Ort erwacht; noch immer torkelte sie ein wenig. Der Hexer merkte, daß es sie eine große Anstrengung kostete, aufrecht stehenzubleiben. Anscheinend hatte sie keinerlei Vorstellung, wo sie sich befand. (Das enttäuschte Mathew. Er hatte darauf gehofft, daß sie diesen Ort wiedererkennen würde.) Und doch musterte sie Auda ibn Jad mit demselben verächtlichen Blick, wie sie ihn dem armen Usti, ihrem Dschinn, gönnte, wenn er einen ihrer Befehle nicht richtig ausgeführt hatte.

Audas Aufmerksamkeit blieb auf das Entladen der Elfenbeinkrüge gerichtet. Mathew sah, wie Zohras dunkle Augen über dem Schleier zornig aufflackerten. Er wußte, daß er sie aufhalten sollte. Im Geist sah er schon, wie das Sklavenmädchen, ibn Jads Messer zwischen den Rippen, in den Sand stürzte. Doch die unerträgliche Hitze raubte Mathew die Kraft. Er konnte sich nur an einem der Pfähle festhalten, die die Sänfte, auf der Khardan lag, stützten, und versuchen, Zohra mit einer Geste zum Schweigen zu bringen. Zohra erblickte ihn, dann sah sie Khardan, der stöhnte und benommen den Kopf schüttelte.

»Ich habe dir eine Frage gestellt, Schwein!« sagte Zohra und stampfte auf den rissigen Boden auf, wobei ihr Schmuck klimperte.

Hund von einem *Kafir*! Schwein! Mathew zuckte zusammen.

»Ich bin eine Prinzessin meines Volks. Du wirst mich auch

wie eine solche behandeln«, fuhr Zohra fort und hielt dabei den Schleier fest über das Gesicht gelegt, während der sich verstärkende Wind die seidenen Falten ihres *Chador* um ihre Beine peitschte. »Du wirst mir mitteilen, wo ich mich befinde, und danach wirst du mich zu meinem Volk zurückbringen.«

Als er sich davon überzeugt hatte, daß die neun Elfenbeinkrüge sicher am Ufer verstaut worden waren und von vier *Gumen* bewacht wurden, richtete Auda ibn Jad seine Aufmerksamkeit wieder auf die Frau vor ihm. Die schläfrigen Augen zeigten ein belustigtes Glitzern. Matt ließ sich Mathew auf den heißen Boden sinken, kauerte sich in einem kleinen Schattenfleck zusammen, der von Khardans Sänfte geworfen wurde. Doch sofort regte sich in ihm eine neue Furcht, als der junge Hexer nämlich sah, wie Khardan die Augen öffnete, um seine Umgebung in verwirrtem Staunen zu mustern.

In der Nähe lag ein Wasserschlauch. Mathew nahm ihn auf und reichte ihn Khardan zum Trinken, wobei er versuchte, ihn zu warnen, still zu sein. Der Kalif schob den Schlauch beiseite. Mit vor Schmerz zusammengebissenen Zähnen stemmte Khardan sich auf einen Ellenbogen und starrte Auda ibn Jad eindringlich an.

»Du stehst, Prinzessin, am Ufer der Kurdinischen See ...«

»An den Wassern von Tara-kan?« unterbrach Zohra ihn verächtlich. »Hältst du mich zum Narren?«

»Nein, teure Dame.« Audas Stimme verriet Respekt.

Er spielte mit ihr, amüsierte sich, weil er keine andere Unterhaltung hatte. Die Sklaven und die *Gume* hatten das Entladen der Kamele abgeschlossen. Keuchend sanken die Sklaven zu Boden und versuchten verzweifelt, wenigstens ein wenig Schatten zu finden, indem sie neben den knienden Kamelen kauerten. Die *Gume* standen in diszipliniertem Schweigen da, nippten Wasser und bewachten Gepäck und Sklaven. Sie schienen unempfindlich gegen die Hitze zu sein, wenngleich Mathew riesige Schwitzflecken erkennen konnte, die ihre schwarzen Uniformen verdunkelten. Und wie er sie anblickte, bemerkte er auch, daß mehr als einer von ihnen den Blick auf die See gerichtet hatte, um beim Anblick des auf dem Wasser wachsenden Schattens erleichtert und befriedigt zu nicken.

»Jedermann weiß, daß es die Wasser des Tara-kan nicht gibt«, sagte Zohra und verwarf mit Endgültigkeit in der Stimme das riesige Meer, das sich vor ihr erstreckte. Sie sprach mit einer solchen Ruhe und Entschlossenheit, daß es schon schien, als müsse sich das Meer selbst seines Irrtums bewußt werden und sich sofort aus ihrer Gegenwart entfernen.

»Ich versichere dir, teure Dame, daß dies die Wasser der Kurdinischen See sind. Wir haben sie erreicht, indem wir von Tel in der Pagrah-Wüste gen Norden zur Stadt Idrith reisten, dann weiter nach Osten über die südlichste Grenze der Großen Steppe.«

Zohra musterte Auda mitleidig. »Du bist verrückt. Eine solche Reise würde Monate dauern!«

»Das hat sie auch getan, teure Dame«, erwiderte ibn Jad leise. »Schau dir die Sonne an.«

Zohra hob den Blick zur Sonne. Khardan tat es ihr nach. Mathew beobachtete den Kalifen aufmerksam. Der junge Hexer selbst machte sich gar nicht erst die Mühe, die Stellung der Sonne am Himmel zu überprüfen. In diesem fremden Teil der Welt war er nur mit Mühe dazu in der Lage, den Übergang von Tag zu Nacht zu bestimmen, ganz sicher aber nicht das Verstreichen von Wochen zu Monaten. Es schien ihm, als seien sie erst letzte Nacht von der Schlacht am Tel geflohen. War das wirklich schon Monate her? Waren sie wirklich weit von ihrem Heimatland entfernt?

Unsere Heimat! Mathew schüttelte düster den Kopf. Was denke ich da? Meine Heimat ... um wieviel weiter noch entfernt ... weiter als die lodernde Sonne ...

Er sah, wie sich Khardans Augen weiteten, das Gesicht des Manns unter dem dichten schwarzen Bart erbleichte, die

Lippen sich öffneten und die Zunge versuchte sie zu benetzen. Der Kalif blickte an der dunklen Rüstung herab, die er gerade trug, bemerkte sie zum ersten Mal. Er fuhr mit der Hand darüber, und Mathew sah, wie die Finger zitterten. Wortlos reichte der junge Hexer ihm wieder den Wasserschlauch. Diesmal nahm Khardan ihn an, trank eine kleine Menge daraus, die Stirn gefurcht, die dunklen Augen auf Auda ibn Jad mit einem Ausdruck gerichtet, den Mathew nicht zu ergründen wußte.

Auch Zohras kühles Auftreten war erschüttert. Über ihren Schleier schoß sie Mathew einen schnellen, furchtsamen Blick zu.

Mathew wandte schnell den Blick ab. Sie hatte sich in diese Lage gestürzt, jetzt mußte sie auch damit klarkommen. Er konnte nichts sagen oder tun, was ihr helfen würde, und er wagte es nicht, die Aufmerksamkeit des Sklavenhändlers auf sich selbst zu lenken. Wie es schien, sagte Auda ibn Jad die Wahrheit. Sie hatten eine lange Reise unternommen, anscheinend unter irgendeinem Zauber, der den Tod vorgaukelte, sie aber sehr wohl am Leben ließ.

Die Stadtwachen durchsuchen schließlich nicht die Leiber der Toten.

Jetzt begann diese Feststellung einen Sinn zu ergeben. Mathews Hand stahl sich heimlich zu der Kugel mit den Fischen. Ibn Jad hatte sie ihm ursprünglich überreicht, um sie an den Wachen der Stadt Kich vorbeizuschmuggeln. Jetzt hatte Mathew anscheinend dazu gedient, das gleiche mit den Wachen von Idrith zu tun. Das war auch der Grund, weshalb ibn Jad Mathew gefangengenommen hatte, anstatt ihn zu töten und sich die Fische zurückzuholen. Mathew erinnerte sich an jenen grauenhaften Augenblick, da er im hohen Gras nahe der Oase erwacht war. Als er den Sklavenhändler über sich stehen sah, hatte er geglaubt, daß der Mann ihn ermorden wollte. Statt dessen hatte ibn Jad ihn in einen tiefen Schlaf versetzt.

Aber weshalb Khardan mitnehmen? Weshalb Zohra? Weshalb sie hierher bringen? Wozu die Schiffe? Wohin wollte man sie bringen? Wenn er sie schon so weit mitgenommen hatte, hatte ibn Jad sicherlich nicht vor, sie jetzt noch umzubringen.

Mathew beobachtete Audas glattes, ausdrucksloses Gesicht, die Augen, die nicht zuckten; er schaute auf das Wasser des Meers, das mit jedem Augenblick stürmischer wurde; er schaute den Schatten, der das Wasser bedeckte, und begriff, daß es die Finsternis eines rasch herannahenden Sturms war – eines seltsamen Sturms, der nur auf einem kleinen Teil des Ozeans zu wüten schien. Mathew fragte sich verzweifelt, ob der Tod, wenn er jetzt käme, nicht geradezu ein Segen wäre.

»Mir gefällt dieser Ort nicht«, antwortete Zohra kühl. »Ich gehe.«

Mathew hob den Blick, sah sie erstaunt an.

Sie raffte ihre windgepeitschte Kleidung mit einer Hand, hielt sich mit der anderen den Schleier vor den Mund und kehrte Auda ibn Jad den Rücken zu, als sie in westlicher Richtung über die rissige, gemarterte Erde weiterschritt.

Achselzuckend lief ibn Jad zum Ufer und blieb dort stehen, um eindringlich nach Osten zu dem Sturm hinüberzuschauen. Die *Gume* beobachteten Zohra, stießen einander in die Rippen, viele von ihnen zeigten auf die Sonne und lachten. Kiber sagte etwas zu Auda ibn Jad, der daraufhin Zohra aus dem Augenwinkel musterte und wieder mit den Schultern zuckte.

Mathew sah ihr entsetzt nach. Als Wüstenbewohnerin wußte sie besser als er, daß sie dort draußen nicht länger als ein paar Stunden überleben würde, bevor die gnadenlose Hitze ihre Haut zum Platzen und ihr Blut zum Kochen bringen würde. Der Sturmwind vom Meer riß den seidenen Schleier vom Kopf, so daß ihr langes schwarzes Haar ihr ins Gesicht strömte und sie fast blendete. Immer noch von der Wirkung des Zaubers geschwächt, torkelte Zohra über den rissigen, unebenen Boden, glitt aus und stürzte. Sie hielt einen Augenblick inne, um nach Luft zu ringen, dann stand sie taumelnd wieder auf und ging humpelnd weiter.

Sie hat sich den Knöchel verstaucht. Sie kommt keine hundert Ellen weit! begriff Mathew. Nur halb vernommene Worte, von den *Gumen* gesprochen, deuteten an, daß sie Wetten darauf abschlossen, wie weit sie kommen würde, bevor sie zusammenbrach. Was für eine törichte, sinnlose Geste! fauchte es in Mathew. Warum hatte sie sich nicht einfach ein Messer ins Herz getrieben? War ihr der Stolz so wichtig? Wichtiger als ihr Leben?

Und diese Leute hielten *ihn* für verrückt!

Mathew kämpfte sich auf die Beine, warf ibn Jad einen vorsichtigen Blick zu. Als er sah, daß er offenbar in die Beobachtung des Schiffs vertieft war, schritt der junge Hexer hinter Zohra her. Sie verlor schnell an Kraft. Ihr Hinken verstärkte sich, jede Bewegung mußte ihr Qualen bereiten. Mathew erreichte die Frau und packte sie am Arm.

Sie drehte sich um, erblickte, wer sie da festhielt, und riß sich sofort los.

»Laß mich!« befahl sie.

Beim Anblick ihres schmerzverzerrten Gesichts und der ausgetrockneten Lippen, die bereits rissig geworden waren, spürte Mathew, wie ihm die Tränen in die Kehle stiegen. Er war sich nicht sicher, ob es Tränen des Mitleids, der Bewunderung oder des empörten Zorns waren. Sein Instinkt wollte, daß er sie in die Arme nahm und tröstete, sie wissen ließ, daß sie in ihrer Furcht und Verzweiflung nicht allein war.

»Zohra! Bleib stehen! Hör mir zu!« Mathew packte sie erneut, und diesmal hielt er sie sehr fest. Unfähig, sich zu befreien, blickte sie ihn voller Wut an. »Du verschlimmerst die Sache nur noch! Weißt du, was für ein Tod dich dort draußen erwartet?«

Die dunklen Augen blickten ihn starr an.

Sie weiß es, dachte Mathew. »Zohra«, versuchte er es wieder, »was immer vor uns liegen mag, kann unmöglich so schlimm sein wie das! Verlaß mich nicht! Verlaß Khardan nicht! Wir müssen das gemeinsam durchstehen. Das ist unsere einzige Chance!«

Ihre Augen zuckten, ihr Blick fuhr von Mathew zu Khardan hinüber, ein leises Lächeln verzerrte die brüchigen Lippen. Mathew, dem dieses Lächeln nicht gefiel, blickte sich schnell um.

Auda ibn Jad kehrte ihnen den Rücken zu, blickte auf die See hinaus. Unbewaffnet, nur mit seinen nackten Händen ausgerüstet, war Khardan aus seiner Sänfte gestiegen und rannte über den Sand auf den Sklavenhändler zu.

Hilflos sah Mathew zu, und das Herz stockte ihm, er wartete, daß die *Gume* sich auf den Kalifen stürzen, Kiber sein schimmerndes Schwert ziehen und Khardan niederhauen würde. Statt dessen rührte sich niemand. Niemand rief ibn Jad auch nur eine Warnung zu.

Mit ausgestreckten Händen stürzte sich Khardan auf den Sklavenhändler.

Das Ende kam so schnell, daß Mathew nicht so recht begriff, was da eigentlich vor sich ging. Er sah, wie Auda ibn Jad ein winziges Stück beiseite trat, Khardan auf seinen Rükken sprang und dem Sklavenhändler die Arme um die Kehle legte. Audas Hände packten Khardans Arme und er beugte sich in derselben, fließenden Bewegung vor, riß den Kalifen mit sich. Unsanft fiel Khardan über die Schulter des Sklavenhändlers. Der Kalif stürzte durch die Luft und schlug in das seichte Wasser am Ufer. Dort blieb er liegen, benommen und verwirrt, und starrte zum Himmel empor.

»Ist hier denn jeder verrückt geworden? Seid ihr Nomaden eigentlich alle darauf aus, euch so schnell wie möglich in die Arme des Todes zu werfen?« wollte Mathew verbittert wissen.

»Wir sind keine Feiglinge!« zischte Zohra und kämpfte matt darum, sich seinem Griff zu entwinden. »Nicht wie du! Ich werde lieber sterben, bevor mich jemand gefangenhält, gleichgültig aus welchem Grund!«

»Manchmal braucht es mehr Mut, um weiterzuleben!« erwiderte Mathew mit belegter, erstickter Stimme.

Zohra blickte ihn an, starrte auf seine Frauenkleider und antwortete nichts.

Auda ibn Jad rief Befehle. *Gume* kamen über den Sand auf sie zugerannt. Sie packten Zohra und Mathew und zerrten sie zurück zu dem Sklavenhändler. Weitere *Gume* hoben unter Kibers Aufsicht Khardan aus dem Meer. Mathew wurde neben der Fracht, die auf die nahenden Schiffe geladen werden sollte, in den Sand gestoßen. Zohra stürzte neben ihm zu Boden, Kiber ließ Khardan schwer atmend zu ihren Füßen sinken. Mathew beugte sich über den Kalifen, vorgeblich, um nachzusehen, wie es ihm ging, in Wirklichkeit aber, um sein Gesicht zu verbergen, als er sah, wie Zohra ihn mit ungewöhnlich nachdenklichem Blick musterte.

Er wandte den Kopf, wollte ihrem Blick ausweichen, fürchtete, daß sie, sollte sie in ihn hineinblicken können, dort die kranke Angst schauen würde, die ihn beschämte und seine Worte zu Hohn machten.

3

Schmerzerfüllt und zerschunden, war Khardan für den Augenblick bereit, wieder zu Atem zu kommen und die Lage zu überdenken. Sein Angriff auf Auda ibn Jad war nicht so voreilig und unüberlegt gewesen, wie es Mathew erschienen war. Der Kalif wußte, daß der Sturz eines Anführers auch die beste Armee unweigerlich in Verwirrung und Auflösung versetzen mußte. Es bestand durchaus die Möglichkeit, daß dieser Sklavenhändler allein durch Angst regierte und daß seine Gefolgsleute sich dem Mann, der die Schwertklinge von ihrer Kehle riß, dankbar erwiesen.

Dieser Mann werde ich wohl kaum sein – jedenfalls nicht im Augenblick, dachte Khardan, während er ibn Jad mit Respekt betrachtete. Der Sklavenhändler hatte ihn so leicht über die Schulter geworfen wie ein Vater, der mit seinen Kindern spielte! Als er das lange Krummschwert betrachtete, das ibn Jad an seiner Seite trug, gelangte der Kalif zu dem Schluß, daß der Mann damit zweifellos ebenso geschickt umzugehen wußte. Und je länger Khardan Kiber und seine *Gume* beobachtete, um so offensichtlicher wurde es für ihn, daß sie ibn Jad mit unerschütterlicher, unverbrüchlicher Treue dienten – mit jener Art von Treue, wie sie die Furcht niemals herrufen konnte.

Was ich jetzt brauche, sind Antworten, dachte Khardan. Natürlich mußten die von dem rothaarigen Jüngling kommen, dessen Leben er gerettet hatte. Der Kalif hatte in dem Sklavenhändler den Mann in der weißen Sänfte wiedererkannt, der Khardan in der Stadt Kich mit so viel Bösartigkeit angeblickt hatte. Mehr als einmal war Khardan in der Nacht schwitzend und zitternd erwacht und hatte sich an die schreckliche Verheißung der Rache in diesen kalten, flachen Augen erinnert – den Augen einer Schlange.

Khardan konnte ibn Jads Zorn verstehen – schließlich hatte der Kalif ihm eine seiner Sklavinnen gestohlen. Aber Khardan hatte damals, als diese tödlichen Augen seine Seele zum ersten Mal durchbohrten, gleich gewußt, daß noch mehr dahinter stand. Es war, als hätte der Kalif in dieser Welt das einzige an sich gebracht, das ibn Jad einen Grund zum Leben bot.

Wie hieß der junge Mann überhaupt? Khardan versuchte, sich durch den Schleier des Schmerzes und der Verwirrung zu erinnern. Mathew. Irgend etwas in der Art. Er hatte gehört, wie Zohra es aussprach. Wie er an seine Frau dachte, die ihm ebensowenig eine Frau war wie der junge Mann, blickte Khardan zu ihr hinüber. Zohra kehrte Mathew den Rücken zu, und anders als der junge Mann, der ihn mit sorgenvoller Miene musterte, schien sie sich nicht im geringsten für Khardans Wohlergehen zu interessieren. Er konnte ihr Gesicht nicht erkennen; das vom Wind verwehte schwarze Haar bedeckte es wie ein Schleier. Sie rieb sich ihren wunden Fußknöchel mit der Hand, blickte aufs Meer hinaus und schien in Gedanken versunken zu sein.

Khardan fragte sich, was sie über den jungen Mann wissen mochte. Es war zu spät, sich danach zu erkundigen. Verbittert bereute er es, diesen Mann nie nach seiner Vergangenheit gefragt zu haben, darüber, wo er hergekommen war, weshalb er sein Geschlecht in Frauenkleidern vor der Welt verborgen hielt. Khardan fiel auf, daß er mit dem Jüngling während der ganzen Zeit im Nomadenlager kaum zwanzig Worte gewechselt hatte.

Wer kann es mir verübeln? überlegte Khardan grimmig, wie er zu dem jungen Mann mit dem Flammenhaar und dem Gesicht emporblickte, das so glatt und zart war, wie das einer Frau. Mathew kniete neben Khardan nieder und fingerte unbeholfen an der Befestigung des Harnischs, der die Brust des Kalifen beengte.

Ein Mann, der sich als Frau verkleidet! Ein Mann, der sich in den Harem eines anderen bringen läßt! Schlimm genug, daß ich mit einer solchen Schande leben mußte – aber dann auch noch Interesse an ihm zeigen!

Ich hatte viel zu viele eigene Sorgen – Scheich Zeid, Meryem ... Khardans Herz machte einen Satz. Meryem! Sie war in Gefahr gewesen! Die Schlacht ... er erinnerte sich, wie er noch einmal ihr Gesicht gesehen hatte, kurz bevor er das Bewußtsein verlor. Was war mit ihr geschehen? Was war mit ihnen allen geschehen – mit seinem Volk? Weshalb war er hier? Von Idrith an die Kurdinische See ... Antworten! Er brauchte Antworten!

Er streckte die Hand aus und ergriff den Arm des jungen Manns. »Was geht hier vor?« fragte er leise.

Erschrocken musterte Mathew Khardan, dann schüttelte er den Kopf und wandte das Gesicht ab. Er versuchte, einen Knoten in einem der Lederriemen zu lösen, der die Seiten des Brustpanzers festhielt. Khardans Hand schloß sich um seine. »Wie heißt du?«

»Mathew«, ertönte leise die Antwort. Der junge Mann hielt die Augen gesenkt.

»Mat-hew«, wiederholte Khardan mit merkwürdiger Betonung. »Mat-hew, es ist offensichtlich, daß wir deinetwegen hier sind. Weshalb will dieser Mann dich haben?«

Mathew senkte den Kopf. Flammendrote Haarlocken glitten unter dem Frauenschleier hervor und bedeckten sein Gesicht. Doch Khardan sah, wie die hellen Wangen erröteten, die geschwungenen Lippen zitterten, und er konnte sich denken, welche Antwort dem Jüngling zu peinlich war, um sie auszusprechen.

»Aha, er weiß also nicht, daß du ein ...« Khardan hielt inne.

Die Wangenröte vertiefte sich. Mathew schüttelte den Kopf. Khardan spürte, wie die Hände des jungen Manns bebten; trotz der schrecklichen Hitze waren die Finger eiskalt.

Khardan gab die Hand des Jünglings frei und blickte sich vorsichtig um. Auda ibn Jad und Kiber standen zusammen am Ufer und berieten sich mit leiser Stimme, wobei sie gelegentlich einen Blick auf die See hinauswarfen. Auch die *Gume* hatten ihre Aufmerksamkeit auf das Meer gerichtet. Die Sklaven saßen zusammengekauert neben den Kamelen, die Köpfe gesenkt, sie interessierten sich für nichts.

»Das stimmt nicht, Mat-hew«, sagte Khardan schleppend und richtete seinen Blick wieder auf den Jüngling. »Er will dich nicht fürs Bett. Wenn ich dich nicht entführt hätte, hätte er dich in Kich verkauft. Es gibt einen anderen Grund, weshalb er dich will. Nenne ihn mir.«

Mathew hob den Kopf und sah Khardan an. Die Augen des jungen Manns waren geweitet; es lag so viel Flehen und Entsetzen darin, daß es Khardan verblüffte.

»Frage mich nicht!« Die Worte wurden als Keuchen hervorgestoßen.

Khardans Lippen spannten sich vor Zorn und Enttäuschung. Die Furcht des Jungen war ansteckend. Khardan spürte, wie sie sich eisig durch sein eigenes Blut zog. Eine solche Furcht hatte er noch nie erlebt, und dabei hatte er doch dem Tod schon ins Antlitz geblickt, seit er siebzehn gewesen war. Diese Furcht war wie die Angst eines Kindes vor der Dunkelheit – irrational, unlogisch und äußerst wirklich.

Mathew gab es auf, den Knoten lösen zu wollen. Seine Hände zitterten zu heftig. Er wollte sich wieder abwenden, sich neben Zohra setzen, die vor Khardans Füßen auf dem heißen Boden kauerte. Der Kalif ergriff ihn aufs neue.

Langsam, zögernd blickte Mathew zu ihm zurück. Das Gesicht war von Entsetzen verzerrt, die Augen flehten Khardan an, ihn freizulassen. Khardan verkniff sich die Worte, die er hatte sagen wollen. Er versuchte sich aufzusetzen, doch das schwere Metall der Rüstung stach ihm in den Rücken.

»Was ist dann am Tel passiert?« fragte Khardan mit gerunzelter Stirn. »Das wirst du mir doch wohl sagen können! Wie sind wir diesem Sklavenhändler in die Hände gefallen?«

Bei dieser Frage wandte Zohra den Kopf, wie er es auch erhofft hatte. Sie sah ihren Mann an, wechselte einen schnellen, grimmigen Blick mit Mathew, um dann wieder stumm aufs Meer hinauszublicken.

»Die Kräfte des Emirs haben das Lager überfallen. Alle wurden gefangengenommen, Frauen und Kinder ...« antwortete Mathew leise.

»Das weiß ich«, antwortete Khardan unwirsch. »Das habe ich schließlich gesehen. Ich meinte danach.«

»Wir ... Zohra und ich ... sind entkommen, indem wir uns in einem Zelt versteckten.« Mathew hielt die Augen auf die Schlange auf Khardans Rüstung gerichtet. »Du ... bist in der Schlacht gefallen. Wir ... haben dich auf dem Schlachtfeld gefunden. Die Männer des Emirs machten Gefangene, mußt du wissen, und wir befürchteten, daß sie dich ergreifen würden, deshalb haben wir dich vom Schlachtfeld getragen ...«

» ... als Frau verkleidet.«

Eine kalte Stimme unterbrach das Gespräch. Während er gebannt Mathews Bericht lauschte, hatte Khardan nicht gehört, wie der Mann sich näherte. Als er sich zur Seite drehte, blickte er in das schwarz maskierte Gesicht von Auda ibn Jad hinauf.

Der Mann sprach Unsinn! Unter Schmerzen setzte sich Khardan in der heißen, schweren Rüstung auf. Ibn Jad mißachtend, sah der Kalif Mathew an, damit er seine Geschichte fortsetzte, um überrascht festzustellen, daß der Jüngling totenbleich geworden war und sich auf die Unterlippe biß. Khardan ließ den Blick zu Zohra hinüberschweifen. Sie hielt ihm den Rücken zugekehrt.

»Ist das wahr?« wollte Khardan zornig wissen.

»Ja, es ist wahr!« Zohra wirbelte zu ihm herum. »Wie, glaubst du, wärst du wohl sonst entkommen? Ist der Emir vielleicht ein solch gütiger Mann, daß er gesagt hätte: ›Ach, armer Bursche, er ist verwundet. Schafft ihn fort und behandelt ihn.‹? Pah! Wahrscheinlicher wäre eine Schwertklinge durch die Kehle gewesen, dann hätten die Schakale sich an deinem Gehirn laben können, aber daran wären sie wahrscheinlich verhungert!«

Ein Lächeln zuckte in Auda ibn Jads Mundwinkel.

»Ihr habt ... mich beschämt!« Khardans Gesicht brannte in wütendem Rot. Schweiß bedeckte seine Stirn. Seine Hände verkrampften sich, und er rang nach Luft. »Ich bin ... entehrt!«

»Etwas anderes ist uns doch nicht eingefallen!« Mathew verstummte abrupt. Als er hochblickte, sah er, wie die Reptilienaugen ibn Jads ihn interessiert musterten. Der Jüngling legte eine beruhigende, bebende Hand auf Khardans Arm. »Niemand hat uns gesehen, da bin ich mir sicher. Es gab überall soviel Rauch und Verwirrung. Wir haben uns im hohen Gras nahe der Oase versteckt ...«

»Die junge Frau sagt die Wahrheit, Nomade«, warf ibn Jad ein. »Dort habe ich dich vorgefunden, in der Oase, in rosa Seide gekleidet. Du glaubst mir nicht?« Der Sklavenhändler kauerte vor Mathew nieder, streckte die schlanke Hand aus und packte den Jüngling am Kinn. »Schau in dieses Gesicht, Nomade. Kann eine solche Schönheit lügen? Schau in die grünen Augen. Siehst du nicht die Liebe, die sie für dich hegen? Blumenblüte hat es aus Liebe getan, Nomade.« Ibn Jad ließ Mathew grob fahren; auf dem geröteten Gesicht des Jünglings waren die Fingerabdrücke des Manns zu sehen. »Nun zu dieser dort.« Der Sklavenhändler drehte sich um, blickte Zohra bewundernd an, die ihn gezielt mißachtete. »Diese hier, würde ich sagen, tat es aus Bosheit.« Auda ibn Jad erhob sich wieder. »Nicht daß es dort einen Unterschied macht, wo du hingehst, Nomade«, fügte er beiläufig hinzu.

»Wo gehen wir denn hin?« fragte Zohra verachtungsvoll, als würde sie einen Sklaven danach fragen, was es zum Abendessen geben würde.

»Über dieses ... die Wasser des Meers, dessen Existenz du nicht anerkennen willst, Prinzessin«, erwiderte Auda ibn Jad mit einem Lächeln und einer Geste seiner Hand. »Wir begeben uns zu der Inselfestung Galos, wo der letzte Rest jener lebt, die Zhakrin, den Gott der Nacht, verehren.«

»Ich habe nie von diesem Gott gehört«, verkündete Zohra und verwarf Zhakrin, wie sie den Ozean verworfen hatte.

»Das liegt daran, daß er von seinem himmlischen Thron gestoßen wurde. Manche glauben, er sei tot – ein teurer Irrtum. Zhakrin lebt, und wir versammeln uns nun in seinem Palast, um uns auf seine Rückkehr vorzubereiten.«

»Wir?« Zohras Lippen verzerrten sich verächtlich.

Auda ibn Jads Stimme wurde kühl, ehrfurchtsvoll. »Die Schwarzen Paladine, die Heiligen Ritter des Bösen.«

4

Schwarze Paladine, Zhakrin ... Die Worte sagten Zohra nichts. Nichts von alledem sagte Zohra etwas, nur daß sie hier war, wo sie nicht sein wollte, daß dieser Mann sie gefangenhielt und daß Mathew ihren Fluchtversuch vereitelt hatte. Zohra glaubte nicht an ibn Jads wirre Geschichten über eine Reise nach Idrith und über ein Meer, das es gar nicht gab. Der Tel war in der Nähe. Das mußte so sein. Er belog sie nur, um sie an einem Fluchtversuch zu hindern, und Mathew hatte diese Lüge geglaubt. Ebenso Khardan, wie es schien. Was die seltsame Stellung der Sonne am Himmel anbetraf – es war noch Frühling gewesen, als sie in der Oase die Augen geschlossen hatte, um den Schlaf der Erschöpfung zu schlafen –, so gab es dafür auch eine Erklärung. Sie wußte, daß es sie gab, wenn sie nur von diesem Mann mit den beunruhigenden Augen fortkäme, um die Wahrheit zu entdecken.

Was sie brauchten, war die Tat, den Kampf, sie mußten irgend etwas tun, anstatt hier nur herum zu sitzen wie ... wie alte Frauen! Zohra musterte die beiden Männer in ihrer Gesellschaft, und ihre Lippen verzerrten sich höhnisch. Khardan hatte wenigstens versucht zu kämpfen. In diesem Augenblick war sie stolz auf ihn gewesen. Doch nun hatten der Zorn und der verletzte Stolz des Manns seinen Verstand benebelt. Er starrte seine Hände an, seine Fäuste ballten und entkrampften sich, sein Atem ging in kurzen, abgehackten Zügen. Was den jungen Hexer betraf – Zohra musterte ihn im Zorn.

»Der hat bereits gezeigt, wieviel er wert ist!« murmelte die Frau halblaut. »Das könnte ich in Ziegenkot aufwiegen!«

Mit ihrem verstauchten Knöchel war sie selbst beinahe hilflos. Sie glitt mit der Hand an ihre Brust. Der Dolch, den sie zu Beginn des Überfalls ergriffen hatte, war an ihrem Busen verborgen. Wie es gegen ihr Fleisch drückte, fühlte sich das Metall warm und beruhigend an. Sie würde sich nie an Bord eines Schiffs bringen lassen, falls dieser Mann das tatsächlich vorhaben sollte. Sie würde sich niemals in den Palast eines toten Gotts entführen lassen.

Mathews Stimme, die mit dem Paladin sprach, unterbrach ihren Gedankengang.

»So hast du das also getan?« Der junge Mann starrte ehrfurchtsvoll zu Auda ibn Jad auf; die Furcht ließ seine Stimme schrill klingen. Zohra wandte angewidert den Blick von ihm ab. »So hast du den verzauberten Schlaf über uns verhängt. Du bist gar kein Hexer ...«

»Nein, Blumenblüte.« Ibn Jad furchte die Stirn bei diesem Gedanken. »Ich bin ein wahrer Ritter, und meine Macht stammt von Zhakrin, nicht von Sul. Vor langer Zeit erfuhr ich die Macht Zhakrins. Ich nahm ihn als meinen Gott an und verschrieb ihm mein Leben, meine Seele. Ich habe, wie es alle Mitglieder meines Ordens getan haben, unermüdlich daran gearbeitet, die Rückkehr unseres Gotts in die Welt zu bewirken.«

»Ein Priester!« höhnte Zohra. Sie sah die grausamen Augen nicht, wie sie sie anblickten und sich gefährlich verengten.

»Nein!« warf Mathew hastig ein. »Kein Priester. Vielmehr ein Priester, der ein Krieger ist. Einer, der ...« Der junge Mann hielt inne, dann sagte er mit schwerer Stimme:

» ... im Namen des Gotts töten kann.«

»Ja«, bestätigte der Schwarze Paladin kühl. »Ich habe schon viele Seelen auf den Altar Zhakrins gelegt.« Seine Stiefelspitze kratzte beiläufig den salzigen Boden um den Fuß eines der nahebeistehenden Elfenbeinkrüge ab. »Wir töten ohne Gnade, aber nie ohne Grund. Den Gott erzürnt sinnloses Morden, da die Lebenden in seinem Dienst wertvoller sind als die Toten.«

»Deshalb hast du uns am Leben gelassen«, meinte Mathew leise. »Um deinem Gott zu dienen. Aber ... wie?«

»Hast du dir das noch nicht gedacht, Blumenblüte?« Auda

ibn Jad blickte ihn fragend an. »Nicht? Dann ziehe ich es vor, dich in Unwissenheit zu belassen. Die Furcht vor dem Unbekannten wirkt viel lähmender.«

Der Sturm wurde immer heftiger. Wasser, das zuvor noch ruhig gewesen war, krachte nun ans Ufer. Die salzige Gischt hatte jedermanns Kleidung durchnäßt. Die Sonne war hinter den Sturmwolken verschwunden und warf einen finsteren Schatten auf sie.

Kiber stieß einen drängenden Ruf aus. Der Schwarze Paladin blickte zum Meer hinüber. »Ah! Das Schiff ist in Sicht. Nur noch wenige Augenblicke, bis es anlegt. Ihr werdet mich gewiß entschuldigen.« Ibn Jad verneigte sich. »Es gibt Angelegenheiten, um die ich mich kümmern muß.«

Er machte kehrt und schritt zu Kiber hinüber. Die beiden berieten sich kurz, dann eilte Kiber zu seinen *Gumen*, gestikulierte und rief Befehle. Die Soldaten setzten sich sofort in Bewegung, einige liefen zu den Kamelen hinüber, andere bauten sich am Gepäck auf, wiederum andere rissen die Sklaven auf die Beine.

Neugierig geworden, blickte Zohra aufs Meer hinaus.

Sie hatte Geschichten von den *Dhaus* gehört, jenen Gefährten, die aus Holz bestanden, auf dem Wasser trieben und Flügel besaßen, um vor dem Wind zu fahren. Doch noch nie hatte sie eine gesehen. Tatsächlich hatte sie noch nie ein solch großes Gewässer geschaut, das sie mit Ehrfurcht erfüllte – oder das es getan hätte, wenn ein solches Gefühl nicht das Eingeständnis von Schwäche bedeutet hätte. Als sie das nahende Schiff zweifelnd musterte, war Zohra zunächst enttäuscht.

Der *Meddah*, der Geschichtenerzähler, hatte gesagt, daß diese Gefährte wie Seevögel mit weißen Schwingen seien, die anmutig über das Wasser zogen. Diese *Dhau* jedoch glich eher einem riesigen Insekt. Zu beiden Seiten ragten Ruder hervor, krabbelten über die Wellen wie Füße, trieben das Insekt in den Schlund des Winds hinein. Zerfetzte schwarze Flügel flatterten wild.

Zohra verstand nichts von Schiffen oder Segeln, fand es

aber unmöglich zu begreifen, wie dieses Gefährt über Wasser blieb. Immer wieder rechnete sie damit, daß es versinken würde. Das Gefährt stürzte sich in die hohen Wogen und trat wieder hervor, sein Kiel glitt eine steile Senkung hinab, die so glatt war wie polierter Stahl. Es verschwand darin, und nun schien es, als müsse es auf alle Zeiten im aufgewühlten Wasser verschwunden sein. Doch plötzlich kam es wieder in Sicht, sprang aus dem wäßrigen Abgrund hervor wie ein vielbeiniger Käfer, der wild krabbelte, um wieder Halt zu finden.

Zohras Enttäuschung wich dem Unbehagen. Das Unbehagen verfinsterte und vertiefte sich, je näher das Schiff herankam.

»Mat-hew«, sagte sie leise und trat zu dem jungen Hexer hinüber, dessen Blick genau wie ihrer auf das Schiff geheftet war. »Bist du in diesen *Dhaus* gesegelt?«

»Ja.« Seine Stimme war angespannt.

»Du bist über ein Meer gefahren?« Sie hatte ihm die Geschichte früher nicht geglaubt. Sie war sich auch nicht sicher, daß sie ihm jetzt glaubte, mußte sich aber davon überzeugen.

Er nickte. Seine auf das Schiff blickenden Augen waren geweitet.

»Es sieht so zerbrechlich aus. Wie kann es ein derartiges Gehämmer überstehen?«

»Das dürfte es auch nicht.« Er hustete, seine Kehle war ausgetrocknet. »Es«, er zögerte, fuhr sich mit der Zunge über die Lippen, »ist kein ... gewöhnliches Schiff, Zohra. Ebensowenig wie das ein gewöhnlicher Sturm ist. Sie sind übernatürlich.«

Er benutzte den Begriff aus seiner eigenen Sprache, und sie blickte ihn verständnislos an.

Mathew rang nach Worten. »Magisch, verzaubert.«

Da hob Khardan den Kopf, der kalte, beißende Wind von Mathews Worten fegte seine Zornesnebel davon. Der Kalif blickte zu dem Schiff hinaus, das inzwischen so nahe herangekommen war, daß sie Gestalten ausmachen konnten, die über das schräg liegende Deck gingen. Ein Lichtblitz schoß aus den kochenden schwarzen Wolken herab und traf den Mast. Flammen tänzelten die Masten entlang, die Takelage begann zu brennen, die Segel verwandelten sich in Flammenschichten, deren grelles Licht vom wassernassen Deck widergespiegelt wurde und im Auf und Ab der Ruder flakkerte. Das Gefährt hatte sich in ein Feuerschiff verwandelt.

Zohra hielt die Luft an, als sie Auda ibn Jad einen Blick zuschoß, irgendeinen Schrei, eine wütende Reaktion erwartend. Der Mann ging zwar am Strand auf und ab und schien beunruhigt, doch die Blicke, die er dem Schiff zuwarf, kündeten nur von Ungeduld, nicht von Entsetzen.

Mathews Hand schloß sich über ihrer. Sie blickte wieder auf das Meer hinaus und schmiegte sich an den jungen Mann. Die Flammen schienen das Schiff nicht zu verzehren! Lichterloh brennend, schoß das Gefährt über die Wogen, von hämmernden Winden der Küste entgegengetrieben. Donner umgrollte es, ein schwarzes Banner entfaltete sich krachend an der Mastspitze. Flammen umrahmten das Bild einer durchtrennten Schlange.

»Und auf das Ding wollen sie uns bringen!« Zohras Stimme klang leise und hohl.

»Zohra«, fing Mathew hilflos an, die Hände auf ihre Schultern gelegt, »es wird schon gut werden …«

»Nein!« Mit einem wilden Schrei riß sie sich von ihm los. Sie sprang auf die Beine und rannte davon, fort von dem Meer, fort von dem lodernden Schiff. Ihre Flucht überraschte alle. Der Schwarze Paladin starrte, wütend über die Langsamkeit des anlegenden Schiffs, aufs Meer hinaus, und alle, die keinen dringenderen Aufgaben nachgingen, taten es ihm gleich. Ein Flattern von Seide im Augenwinkel fesselte Kibers Aufmerksamkeit. Er stieß einen Schrei aus, und die *Gume*, die die Gefangenen und die Fracht bewachten, machten sich sofort an die Verfolgung.

Die Furcht konnte zwar Kraft verleihen, zehrte aber auch, und wenn die Panik nachließ, war der Körper schließlich noch geschwächter. Es schien Zohra, als würde das Feuer des Schiffs durch ihr Bein zucken; ihre Knöchel konnten ihr Gewicht nicht mehr tragen, und sie knickte um. Fort von dem Wasser und den kühlenden Winden des Sturms spürte Zohra, wie ihre Kehle austrocknete. Das Gleißen der Sonne auf dem Kristallsand sengte ihr die Augen und stach ihr ins Hirn. Hinter sich konnte sie keuchendes Atmen vernehmen, das Hämmern von Schritten.

Zohra taumelte blindlings, stolperte und fiel. Ihre Hand schloß sich um den Griff des verborgenen Dolchs, und als grobe Hände nach ihr griffen, stieß sie mit dem Messer nach ihnen. Da sie durch ihr wirres Haar nichts erkennen konnte, hackte sie wild um sich. Ein Grunzen und ein verbitterter Fluch verrieten ihr, daß sie jemanden verletzt hatte, und so kämpfte sie um so heftiger weiter.

Eine kalte Stimme bellte einen Befehl.

Hände schlossen sich um ihre Handgelenke, Knochen barsten, Schmerz brannte durch ihren Arm. Würgend, erstikkend ließ sie den Dolch fallen.

Die *Gume,* von denen einer aus einer Stichwunde an der Brust blutete, packten sie fest an den Armen und schleiften sie über den Sand zurück. Das Schiff hatte ein Stück vor dem Ufer Anker geworfen und stand nun wie ein grausig brennender Leuchtturm im Wasser. Der Anblick kleiner Boote, die sich schwarz vor den Flammen abzeichneten, langsam auf das Land zukriechend, weckte Zohras Entsetzen aufs neue.

Sie wehrte sich gegen ihre Gegner, warf ihr ganzes Köpergewicht dagegen.

Heftig schwitzend zerrten die *Gume* sie vor den Schwarzen Paladin. Zohra schüttelte sich das Haar aus den Augen, ihre von der Sonne geblendeten Augen konnten wieder genug erkennen, um ihn auszumachen. Er musterte sie kühl, nachdenklich, fragte sich vielleicht, ob sie die Mühe überhaupt wert war.

Als er seine Entscheidung getroffen hatte, hob ibn Jad die Hand und schlug zu.

5

»Fesselt ihn an Händen und Armen!«

Auda ibn Jad rieb sich die Knöchel, als er von der bewußtlos zu seinen Füßen liegenden Zohra zu Khardan hinüberblickte, der mit den *Gumen* kämpfte. »Wenn er weiterhin darauf besteht Schwierigkeiten zu machen, schlagt ihn auch bewußtlos.«

»Khardan!« dröhnte Mathew. »Beruhige dich! Wir können nichts tun! Es hat keinen Sinn zu kämpfen! Wir können nur versuchen zu überleben!«

Khardan wurden die Hände hinter den Rücken gerissen, um dort mit Bändern aus geflochtenem Hanf fest verzurrt zu werden, mit denen man sonst die Lasten auf den Rücken der Kamele befestigte. Mit zitterndem Leib stand der Kalif da, wie ein Pferd, das man zuschanden geritten hatte, und senkte den Kopf. Als er sich endlich beruhigt hatte, verließ Mathew den Kalifen, um sich um Zohra zu kümmern, die am Boden lag, das lange schwarze Haar glitzernd von der salzigen Gischt der Wogen.

Mathew warf einen prüfenden, vorsichtigen Blick auf die *Gume*, doch machten sie keine Anstalten ihn zu behindern. Aber die flachen, grausamen Augen richteten ihren Blick auf ihn, und Mathew stockte, ein Vogel, der von dem hypnotisierenden Blick der Kobra gefangen und festgehalten wurde.

Kiber sagte etwas, ibn Jads Blick richtete sich auf seinen Hauptmann, und mit einem zitternden Seufzen kroch Mathew wieder vor.

»Diese beiden bedeuten nur Ärger«, grollte der Anführer der *Gume*. »Warum lassen wir sie nicht als Bezahlung zurück, zusammen mit den Sklaven.«

»Zhakrin würde es uns nicht danken, solch prachtvolle, gesunde Körper und die dazugehörigen Seelen zu vergeuden. Diese Frau ...« ibn Jad beugte sich vor, um eine Strähne von Zohras schwarzem Haar zu streicheln, » ... ist großartig. Mir gefällt ihr Kampfgeist. Sie wird dem Gott viele starke Anhänger gebären. Vielleicht werde ich sie selbst nehmen. Was den bärtigen Teufel betrifft«, ibn Jad richtete sich auf und blickte zu Khardan hinüber, »so weißt du, was ihn erwartet. Wird das in den Augen Zhakrins nicht etwas Ärger wert sein?«

Aber ibn Jads Ton war streng. Kiber zuckte zusammen, als hätte sich der Tadel des Ritters in sein Fleisch geschnitten. Das »Jawohl, *Effendi*« der Stimme des *Gums* klang eingeschüchtert.

»Kümmere dich um die Landungsboote«, befahl ibn Jad. »Beschäftige deine Männer mit dem Verstauen der Ladung. Schicke die Seeleute zu mir. Ich werde mich mit ihnen befassen.«

Kiber verneigte sich und eilte davon. Mathew hatte den Eindruck, daß Kibers sonnengegerbtes Gesicht bei der Erwähnung der Seeleute ungewöhnlich bleich, angespannt und verkrampft geworden war.

Zohra stöhnte, und Mathew richtete seine Aufmerksamkeit wieder auf sie.

»Du solltest sie besser wecken und so schnell wie möglich an Bord bringen, Blumenblüte«, sagte der Schwarze Paladin achtlos. »Die Seeleute werden zu mir kommen, um ihre Bezahlung abzuholen, und ihr seid hier beide in Gefahr.«

Bezahlung? Mathew sah, wie sich die Reptilienaugen des Schwarzen Paladins den Sklaven zuwandten, die sich zusammenkauerten, von den *Gumen* an Händen und Füßen festgekettet, sobald sie ihre Arbeiten beendet hatten. Herzzerreißend dürr und ausgemergelt, mit Knochen, die unter ihrer narbenübersäten Haut hervorragten, starrten die Sklaven mit flackernden Augen entsetzt auf das brennende Schiff, offensichtlich in der Furcht, daß man sie zwingen würde, an Bord zu gehen.

Mathew hatte eine plötzliche, gräßliche Vorahnung, daß die Befürchtungen der armen Teufel grundlos waren – oder in die falsche Richtung zielten. Hastig half er Zohra beim Aufstehen. Er legte ihren Arm über seine Schulter, schob seinen eigenen um ihre Hüfte und machte sich daran, sie über den Sand zu schleppen, der Stelle entgegen, wo die *Gume* Khardan argwöhnisch bewachten. Benommen, aber bei Bewußtsein, hielt sich Zohra an Mathew fest. Die rechte Seite ihres Gesichts war zerschunden und geschwollen. Blut troff von ihrer gespaltenen Lippe. Sie mußte gräßliche Kopfschmerzen haben, und jedesmal, wenn ihr verletzter Fuß den Boden berührte, stöhnte sie auf. Doch sie beklagte sich nicht.

Mathew sah auf die nahenden Boote, und sein Blick schweifte neugierig auf die Mannschaft, die ein Flammenschiff über sturmdurchtostes Gewässer segelte und nun an Land kam, um den Lohn für ihre Dienste einzufordern.

Es schien nichts Ungewöhnliches an ihnen zu sein: Männer, die ihre Ruder mit diszipliniertem Können führten. Im seichten Wasser sprangen sie von Bord und zerrten die Boote ans Ufer, wo sie sie Kibers Kommando übergaben. Auf seinen Befehl begannen die *Gume* sofort damit, die Fracht an Bord zu bringen, wobei Kiber persönlich die Beladung der großen Elfenbeinkrüge überwachte. Obwohl alle ihre Arbeit gewissenhaft ausführten, bemerkte Mathew, daß jeder *Gum* – Kiber eingeschlossen – den Blick furchtsam auf die Seeleute gerichtet hielt.

Es waren alles junge, muskulöse Männer mit blondem Haar und hellhäutigen, ebenmäßigen Gesichtszügen. Als sie ans Ufer getreten waren, hielten sie inne und musterten die *Gume* mit langen, harten Blicken, wobei ihre blauen Augen gespenstisch das orangefarbene Glühen des hinter ihnen im Wasser lodernden Feuers spiegelten. Kiber warf ihnen einen hastigen, gehetzten Blick zu. Dann richteten sich seine Augen auf Auda ibn Jad, schließlich wieder zurück zu seinen Männern, die sich nicht schnell genug bewegten, um ihn zufriedenzustellen. Als Kiber die *Gume* anschrie, klang seine Stimme schrill vor Furcht.

»Im Namen Zhakrins, des Gotts der Dunkelheit und allem, das Böse ist, ich entbiete euch meinen Gruß«, rief Auda ibn Jad.

Zögernd wandten die Seeleute ihre Blicke von den *Gumen* ab. Wie ein einziger Mann blickten sie gemeinsam zu dem Schwarzen Paladin, der etwas entfernt von ihnen am Ufer stand und sie ansah. Mathew stockte der Atem, und seine Arme wurden schlaff, fast hätte er Zohra fahrenlassen. Das Erstaunen ließ ihn verharren.

Jeder der Seeleute war völlig identisch mit allen anderen. Dieselbe Nase, derselbe Mund, dieselben Ohren, dieselben Augen. Sie waren von derselben Körpergröße, demselben Gewicht. Sie bewegten und schritten auf dieselbe Weise, trugen dieselben enganliegenden Kniebundhosen und hatten alle nackte Oberkörper, die vom Wasser glänzten.

Zohra sackte matt in Mathews Arm zusammen. Sie blickte nicht auf, und irgend etwas warnte Mathew, dafür zu sorgen, daß sie es auch nicht tat. Er riß sich den Schleier vom Haar und warf ihn über ihren Kopf. Die Blicke der Seeleute schweiften über sie wie ein eisiger Wind. Mathew wußte, daß er sich bewegen sollte, ein paar Schritte tun – alles, was sie wieder in den Schutz von Kiber und seinen *Gumen* führen würde. Aber Mathews Körper war gelähmt von einer Furcht, die aus den Tiefen seines Geists stammte, wo die Alpträume lauerten.

»Wir sind deinem Ruf gefolgt und haben unser Schiff hierhergefahren, um deinem Begehr zu entsprechen«, sagte einer der Seeleute – vielleicht waren es auch alle; die fünfzig Münder bewegten sich gemeinsam, doch Mathew konnte nur eine Stimme hören. »Wo ist unser Lohn?«

»Dort«, sagte Auda ibn Jad und deutete auf die Sklaven.

Die Seeleute folgten seinem Blick, dann nickten sie zufrieden und begannen sich zu verwandeln. Die Kieferladen schossen vor, die Lippen teilten sich und wurden zurückgezogen, schimmernde Zähne verlängten sich zu Fängen. Die Augen brannten, spiegelten nicht mehr das Feuer ihres

Schiffs wider, sondern offenbarten nur noch unstillbare Gier. Stimmen verwandelten sich in Knurren, Fingernägel in reißende Krallen. Mit einem Adlerschrei stürzten sich die Seeleute vor, der Wind, den sie im Vorbeischießen erzeugten, traf Mathew mit einem eisigen, übelriechenden Stoß, als hätte jemand die Tore eines entweihten und entwürdigten Grabs geöffnet.

Er brauchte nicht erst die Spuren zu sehen, die diese Wesen im Sand hinterließen, um zu wissen, um welche Ungeheuer es sich dabei handelte. Er wußte, was er sehen würde – keinen menschlichen Fußabdruck, sondern die gespaltenen Hufe eines Esels.

»Ghule«! hauchte er und zitterte vor Entsetzen.

Die Sklaven sahen den Tod auf sich zukommen. Ihre Schreie waren herzzerreißend und erbärmlich anzuhören. Zohra wollte den Kopf heben, doch Mathew, der sie eng an sich gepreßt hielt, bedeckte ihre Augen mit der Hand und begann zu laufen, zerrte sie stolpernd mit sich.

»Nicht hinsehen!« keuchte er und wiederholte die Worte immer wieder, während er versuchte zu überhören, was hinter ihm geschah. Das Scheppern von Ketten: Die Sklaven versuchten verzweifelt zu fliehen. Er vernahm ihr Wimmern, als sie begriffen, daß es hoffnungslos war, dann den ersten schrecklichen Schrei und schließlich das gräßliche reißende Geräusch von Zähnen und Krallen, die sich in lebendiges Fleisch schlugen und es vertilgten.

Zohra wurde zu einem toten Gewicht in Mathews Armen. Von ihrem Schmerz überwältigt, hatte sie das Bewußtsein verloren. Zitternd und unfähig, einen weiteren Schritt zu tun, ließ er sie auf den Boden sinken. Kiber kam selbst herbeigerannt, um die Frau aufzuheben und zu den wartenden Booten zu tragen. Der *Gum* hielt den Blick von dem grausigen Gemetzel abgewandt, trieb seine Männer mit Schreien und Flüchen zur Arbeit an.

»*Hazrat* Akhran sei uns gnädig!« Es war zwar Khardans Stimme, doch Mathew erkannte sie kaum. Das Gesicht des Kalifen war bewegt, sein Bart hob sich blau vor der bleichen

Haut ab. Die Augen hatten weiße Ringe und blickten starr, purpurne Schatten befleckten die Haut. Schweiß strömte von seinem Gesicht, seine Lippen zitterten.

»Nicht zusehen!« flehte Mathew ihn an und versuchte, dem Mann die Sicht auf das gräßliche Blutbad zu versperren.

Khardan stürzte vor. Gefesselt oder nicht – er hatte offensichtlich vor, den untergangsgeweihten Sklaven zu helfen.

Mathew packte ihn an den Schultern. Wild um sich schlagend, versuchte Khardan sich zu befreien, doch der Jüngling hielt ihn mit der Kraft der Verzweiflung fest.

»Ghule!« rief Mathew heiser. »Sie fressen Menschenfleisch. Es wird bald vorbei sein. Du kannst nichts dagegen tun!« Hinter sich konnte er die Schreie der Sterbenden hören.

»Ich ertrage es nicht!« keuchte Khardan.

»Ich weiß!« Mathew grub seine Fingernägel in das Fleisch des Manns. »Aber du kannst nichts dagegen tun! Ibn Jad hält die Ghule zwar in Schach, aber nur mit Mühe. Wenn du dich einmischst, kommen wir alle um!«

Khardan riß sich endlich aus Mathews Griff, stolperte und ging in die Knie. Er stand nicht wieder auf, sondern blieb zitternd auf dem Boden liegen. Er atmete in abgehackten, schmerzhaften Schluchzern.

Plötzlich verstummten die Schreie. Mathew schloß die Augen, erschlaffte vor Erleichterung. Schritte malmten den Sand in seiner Nähe, und er hob hastig den Blick. Auda ibn Jad stand neben ihm, starrte auf Khardan hinab. Der Kalif seufzte bebend. Er fuhr sich mit der Hand über den Mund, dann hob er den Kopf. Sein Gesicht war bleich, die Lippen von Übelkeit grün getönt. Dunkle, blutunterlaufene Augen, die von dem Grauen überschattet waren, das sie geschaut hatten, blickten zu dem Schwarzen Paladin empor.

»Was für ein Ungeheuer bist du nur?« fragte Khardan heiser.

»Eines, wie auch du es werden wirst«, antwortete Auda ibn Jad.

6

Hätte Mathew während der Reise über die Kurdinische See auf dem von Dämonen getriebenen Fahrzeug nicht für andere sorgen müssen, er wäre wahrscheinlich dem Wahnsinn anheimgefallen. Kaum hatten sie den Fuß auf das Deck des Schiffs gesetzt, als die Ghule auch schon von ihrem Schmaus zurückkehrten. Sie hatten einmal mehr das Aussehen stattlicher junger Männer angenommen, ihre Leiber waren mit Blut gesättigt. Schweigend nahmen sie ihre Plätze auf den Ruderbänken unter Deck, auf dem Oberdeck und in der Takelage ein. Ein Wort Auda ibn Jads, und die schwarzen Segel blähten sich. Der Anker wurde gelichtet, die Ghule legten sich in die Riemen, der Sturmwind heulte, Blitze knisterten, und das Schiff krallte sich durch das schäumende Wasser, der Insel Galos entgegen.

Seit ibn Jads seltsamer Verkündung am Ufer hatte Khardan kein einziges Wort mehr gesprochen. Kampflos hatte er es zugelassen, daß man ihn an Bord des Schiffs schleppte. Die *Gume* fesselten den Nomaden an einen Mast und ließen ihn dort zurück. Khardan sackte in seine Fesseln ein und starrte mit stumpfen, glanzlosen Augen um sich.

In der Hoffnung, daß der Anblick Zohras den Kalifen aus der Benommenheit reißen könnte, brachte Mathew die schlaffe, leblose Gestalt auf das Deck nahe der Stelle, wo ihr Ehemann an den Mast gefesselt stand. Vom Regen und dem über das Deck wogenden Meereswasser bis auf die Haut durchnäßt, tat der junge Hexer, was er konnte, um Zohra warm und trocken zu halten, indem er sie mit einer Plane bedeckte und sie in den Schutz der hohen Elfenbeinkrüge legte. Doch Khardan würdigte die bewußtlose Frau nicht einmal eines Blicks.

Nachdem er für Zohra getan hatte, was er konnte, setzte Mathew sich selbst zwischen zwei geschnitzten Holztruhen, um nicht mit dem Schlingern des Schiffs ständig umherzurutschen. Der junge Mann war durchnäßt, niedergeschlagen und völlig verängstigt, während er den benommenen Khardan mit bitterem Zorn musterte.

Das kann er mir doch nicht antun! dachte Mathew. Er ist der Krieger. Eigentlich sollte er uns beschützen. Ich brauche ihn jetzt. Das kann er mir doch nicht antun!

Was ist überhaupt mit ihm los? fragte Mathew vorwurfsvoll. Sicher, es war ein scheußlicher Anblick, aber er kennt doch Schlachtgetümmel. Bestimmt hat er Dinge gesehen, die ebenso grausig waren. Ich weiß jedenfalls, daß ich das getan habe ...

Die Erinnerung an John, wie er auf dem Sand kniete, an Kibers blitzendes Schwert im Sonnenlicht, an das warme Blut, das auf Mathews Gewänder spritzte, an den Kopf mit den leblosen Augen, der über den Sand rollte. Tränen raubten Mathew die Sicht. Er ließ den Kopf hängen, ballte die Hände zu Fäusten.

»Ich habe Angst! Ich brauche dich! Du bist doch angeblich stark! Ich nicht! Wenn ich schon mit diesem ... diesem Grauen fertig werde, wieso kannst du es dann nicht auch?«

Wäre Mathew älter gewesen und hätte er nüchtern nachdenken können, so hätte er seine verzweifelte Frage selbst beantwortet. Denn er hatte eben *nicht* mitangesehen, wie die Ghule die hilflosen Sklaven angriffen und verschlangen. Khardan aber hatte es getan, und wenn es für Mathew auch keinen großen Unterschied zu machen schien, ob man einem Menschen ein Schwert in die Eingeweide stieß oder Fangzähne in seine Kehle versenkte, so reagierten Kopf und Herz des Kriegers anders darauf. Das eine war ein ehrenvolles Ende. Das andere war ein grauenerregender Tod durch Geschöpfe des Bösen, Geschöpfe der Magie.

Magie. Wenn Mathew darüber nachgedacht hätte, hätte er erkannt, daß Magie den Schlüssel darstellte – einen Schlüssel zu der Truhe von Khardans tiefsitzendsten Ängsten.

Für den Nomaden war die Magie eine Gabe der Frauen –

ein Werkzeug, das man verwendete, um zahnende Säuglinge und Pferde im Sandsturm zu beruhigen, um das Zelt gegen Wind und Regen zu schützen, die Kranken und Verwundeten zu heilen. Magie war die Magie der Unsterblichen, also die Magie des Gotts – die erderschütternde, windtosende Magie von Akhrans Ifrits. Das wundersame Kommen und Gehen von Akhrans Dschinnen. Das war die Magie, die Khardan verstand, so wie er das Aufgehen der Sonne verstand, das Fallen des Regens, das Wandern der Dünen.

Doch die schreckliche böse Magie, deren Zeuge Khardan geworden war, überstieg sein Fassungsvermögen. Ihr Grauen schlug sich in den Verstand wie kalter Stahl, zerschmetterte die Vernunft, zerstob den Mut wie Blut. Für Khardan waren Ghule des *Meddahs* Wesen, die von Sul beherrscht waren und jede beliebige menschliche Form annehmen konnten, aber eine besondere Vorliebe dafür hatten, sich in junge, schöne Frauen zu verwandeln. Einsam und verirrt durch die Wüste streifend, pflegten sie nichtsahnende Reisende dazu zu verlocken, ihnen zu helfen, um danach ihre Erretter zu ermorden und zu verschlingen.

Für Mathew dagegen waren Ghule Dämonen, wie man sie in Lehrbüchern studieren konnte. Er kannte die verschiedenen Möglichkeiten, sie zu beherrschen, er wußte, daß diese Untoten für jeden Dienst, den sie den Lebenden erwiesen, ihren Lohn verlangten: warmes, liebliches Menschenfleisch. Die Magie der Ghule, der Sturm, das Meer, der Zauber, der ihn zwei Monate lang am Schlafen gehalten hatte – all dies war Mathew vertraut und verständlich.

Doch er war nicht dazu in der Lage, all dies vernünftig zu überdenken. Khardans Verfassung verschlechterte sich zusehends, und der junge Mann mußte irgendeine Möglichkeit finden, um ihn wieder aufzustacheln. Wäre er kräftiger gewesen, hätte Mathew dem Kalifen einen Schlag ans Kinn verpaßt. Der Hexer dachte darüber nach. Er stellte sich vor, wie er Khardan schlug, doch dann verwarf er die Idee wieder mit reumütigem Kopfschütteln. Sein Hieb hätte allenfalls die Kraft eines Mädchens, das einem übereifrigen Bewerber eine Ohrfeige gab. Also schlug er mit der einzigen Waffe zu, die ihm zur Verfügung stand.

»Es sieht so aus, als hätten wir dich lieber in Frauenkleidung lassen sollen!« rief Mathew bitter, laut genug, um Khardan durch das Trommeln des Regens und das Heulen des Winds und die Finsternis zu erreichen, die ihn umhüllte.

Die Spitze traf. »Was hast du gesagt?« Khardan wandte den Kopf, trübe Augen starrten Mathew an.

»Deine Frau hat mehr Mut als wir beide zusammen«, fuhr Mathew fort und streckte eine sanfte Hand aus, um etwas Wasser von Zohras geschundenem Gesicht zu streichen. »Sie hat gegen sie gekämpft. Sie mußten sie niederschlagen.«

»Was gab es da zu bekämpfen? fragte Khardan mit hohler Stimme, während sein Blick zu den Ghulen hinüberschweifte, die ihr verzaubertes Schiff durch den Sturm fuhren. »Dämonen? Du hast selbst gesagt, daß wir nichts gegen sie ausrichten konnten!«

»Das ist wahr, aber es gibt andere Möglichkeiten, eine Schlacht zu führen.«

»Wie denn? Indem man sich verkleidet und davonläuft? Das ist kein Kämpfen!«

»Es ist ein Überlebenskampf!« schrie Mathew zornig und sprang auf. Sein nasses, rotes Haar strömte ihm wie Blut auf die Schultern. Die durchtränkte Kleidung preßte sich an seinen schlanken Leib, die schweren Falten des Tuchs bewahrten sein Geheimnis, verbargen die flache Brust und die schmalen Oberschenkel, die man niemals mit denen einer Frau hätte verwechseln können. Sein Gesicht war bleich, seine grünen Augen glitzerten im Gleißen der Flamme und des Blitzes.

»Überleben durch Feigheit?«

»So wie ich?« fragte Mathew grimmig.

»So wie du!« Khardan sah ihn böse an. »Weshalb hast du mich gerettet? Du hättest mich sterben lassen sollen! Es sei denn ...« Er warf Zohra einen vernichtenden Blick zu, » ... sie wollte mich noch mehr demütigen!«

»Ich! Ich! Ich! An etwas anderes denkst du wohl überhaupt nicht!« Mathew merkte, daß er die Beherrschung verlor. Er sah schon, wie mehrere *Gume*, die sich an der Vertäuung festhielten, in ihre Richtung blickten, doch er war zu sehr von seinem Zorn überwältigt, um noch ruhig weiter sprechen zu können. »Wir haben nicht dich gerettet! Wir haben dein Volk gerettet. Zohra hat eine magische Vision von der Zukunft ...«

»Magie!« schrie Khardan voll Wut und Verachtung.

»Jawohl, Magie!« schrie Mathew zurück. Khardan würde niemals zuhören, wenn er Zohras Vision schilderte, schon gar nicht aber würde er sie ernstnehmen. Zornig und empört, verängstigt und allein in seiner Furcht, sackte Mathew wieder auf dem glatten, nassen Deck zusammen und stellte sich darauf ein, sich vom Leid umschlingen zu lassen.

»Akhran, rette uns!« schrie Khardan den Himmel an. »Pukah! Dein Herr ist in Not! Komm zu mir, Pukah!«

Mathew machte sich nicht einmal die Mühe, den Kopf zu heben. Er setzte nicht viel Vertrauen in diesen Gott der Nomaden, der ihm mehr wie ein machtbesessenes Kind denn wie ein liebevoller Vater erschien. Was die Dschinnen betraf, so war er dazu gezwungen, daran zu glauben, daß sie *tatsächlich* unsterbliche Wesen waren, die von dem Gott geschickt wurden, doch darüber hinaus hatte er keinen großen Nutzen in ihnen zu erkennen vermocht. Sie lösten sich in Luft auf, verwandelten sich in Rauch, glitten in Lampen und wieder heraus, servierten Tee und süße Kuchen, wenn Gäste eintrafen ...

Erwartete Khardan wirklich, daß sein Gott ihn rettete? Und wie auch? Sollte er jene furchterregenden Wesen schikken, die man Ifrits nannte, um sie vom Deck des Schiffs zu pflücken und sicher und gesund zum Tel zurückzubringen?

Erwartete er ernsthaft, daß Pukah mit seinen weißen Pluderhosen, dem Turban und dem spitzbübischen Lächeln Auda ibn Jad überlistete, damit er sie freiließ?

»Es gibt niemanden, der dir helfen kann!« murmelte Mathew verbittert. »Dein Gott hört nicht zu!«

Und was ist mit dir? ertönte die Stimme in Mathews Innerem. Dieser Mann betet wenigstens, hat wenigstens noch Glauben.

Ich glaube auch, sagte Mathew zu sich, wie er den Kopf müde gegen einen Korb lehnte und zusammenzuckte, als die See sich über dem Schiff brach und ihn mit eisigem Wasser überschwemmte. Er schloß die Augen, kämpfte gegen die Übelkeit an, die seinen Kopf schwindeln machte. Promenthas ist fern von diesem Land. Hier herrschen die Mächte der Finsternis ...

Mathew erstarrte, wagte nicht sich zu rühren. Die Idee kam ihm mit einer solch lebhaften Klarheit, daß sie auf dem Deck förmlich stoffliche Gestalt anzunehmen schien. So mächtig war der Eindruck in seinem Geist, daß der junge Hexer die Augen öffnete und sich furchtsam auf dem Schiff umblickte, überzeugt, daß jedermann ihn anstarren und seine Gedanken lesen mußte.

Auda ibn Jad ging auf dem Vorderdeck auf und ab, die Hände hinter dem Rücken verschränkt, den Blick starr in den Sturm gerichtet. Sein Körper war steif, die Hände so fest zu Fäusten geballt, daß sie an den Knöcheln weiß schimmerten. Mathew atmete erleichtert auf. Der Schwarze Paladin mußte sämtliche Kräfte aufbieten, um die Herrschaft über die Ghule aufrechtzuerhalten. Er würde keine Energie für seine Gefangenen vergeuden. Weshalb sollte er auch?

Wir werden wohl kaum fliehen, dachte Mathew grimmig. Schnell ließ er den Blick über die *Gume* schweifen. Kiber klammerte sich fest, grün um Mund und Nase. Zahlreiche weitere *Gume* waren ebenfalls seekrank und lagen stöhnend auf dem Deck. Jene, die der Übelkeit entgangen waren, musterten mißtrauisch die Ghule, wichen stets zurück, wann immer einer der Seeleute allzu nahe herankam. Die

Ghule, deren Hunger gesättigt war, waren damit beschäftigt, dem Sturm davonzusegeln.

Krank und verzweifelt sackte Khardan gegen seine Fesseln. Der Kopf des Kalifen hing schlaff herab. Er hatte aufgehört, seinen Gott anzurufen. Die bewußtlose Zohra war wahrscheinlich das glücklichste Wesen auf dem Schiff.

Zwischen dem Durcheinander aus Körben und Truhen und den hohen Elfenbeinkrügen zusammengekauert, krümmte Mathew sich zusammen, als hätte ihn die Übelkeit gepackt. Unglücklicherweise wurde aus Schauspiel Wirklichkeit. Übelkeit überwältigte ihn. Erst schoß die Hitze durch seinen Körper, dann die Kälte. Schweiß troff von seinem Gesicht. Keuchend schloß Mathew die Augen und wartete grimmig darauf, daß der Anfall vergehen mochte.

Endlich merkte er, wie die Übelkeit verging. Er griff in die Falten seines Kaftans, holte eine kleine Tasche hervor, die er hastig an der Schärpe um seine Hüfte befestigt hatte. Er warf einen schnellen, verstohlenen Blick über die Schulter. Mit zitternden Fingern riß er die Tasche auf und schüttelte sorgfältig den Inhalt in seinen Schoß.

Als er mit Zohra der Zauberin Meryem begegnet war – wie sie gerade mit dem verzauberten Khardan vor der Schlacht floh –, hatte Mathew ihr sämtliche magische Gerätschaften abgenommen, derer er habhaft werden konnte. Umringt von Soldaten, Raub und Feuer, hatte er sich nicht die Mühe gemacht, ihnen mehr als einen flüchtigen Blick zu schenken, bevor er sie in eine Tasche steckte, die er in den Falten seiner Kleidung verbarg.

Mathew hatte keinen Zweifel daran, daß es Gegenstände waren, die zur Schwarzen Magie dienten. Er hatte erraten, daß Meryem sich der dunklen Seite Suls verschrieben hatte, seit sie ihre Fertigkeiten auf dem Gebiet der geheimen Künste zu einem Mordversuch nutzte. Wie er nun die verschiedenen Gegenstände musterte, unwillens, sie auch nur zu berühren, überkamen ihn Abscheu und Ekel – Gefühle, die tiefer saßen als seine Übelkeit; Gefühle, wie sie alle Hexer mit Gewissen in der Gegenwart böser Dinge empfanden.

Mathews erster Impuls sagte ihm, er solle die Gegenstände ins Meer werfen. Das war es, was er hätte tun sollen, was er gelernt hatte zu tun.

Das war es aber auch, was er sich nicht erlauben konnte.

Fieberhaft untersuchte er jeden Gegenstand.

Es waren nicht viele. Meryem hatte auf ihre Schönheit, ihren Charme und die Naivität der Nomaden vertraut, auf sie hereinzufallen. Sie hatte einen kleinen Stab mit sich getragen, ungefähr sechs Zoll lang, der so entworfen war, daß man ihn leicht in einer Tasche oder im Busen eines Kleids verstecken konnte. Mathew musterte ihn eindringlich und versuchte aus dem Material, aus dem er beschaffen war, auf seinen Gebrauch zu schließen. Der Griff des Stabs bestand aus versteinertem Holz. An der Spitze eingelassen war ein Stück schwarzer Onyx in der Form eines Würfels mit abgeschliffenen Ecken. Es war ein bemerkenswertes Stück Handwerkskunst und ganz offensichtlich die machtvollste der geheimen Kostbarkeiten, die Mathew vor sich hatte. Seine Fingerspitzen prickelten, als er ihn berührte, und ein betäubendes Gefühl breitete sich in seinem Arm aus. Der Stab entglitt seinem gefühllosen Griff.

So geht das nicht! sagte Mathew zornig bei sich. Ich kann diese natürliche Abneigung überwinden, wie es jeder disziplinierte Hexer vermag. Schließlich ist das etwas Gedankliches, nichts Körperliches. Schließlich habe ich selbst mitangesehen, wie der Erzmagus den Gebrauch von Gegenständen vorführte, die noch viel finsterer und übler waren!

Entschlossen nahm er den Stab vom Deck und hielt ihn in der Hand. Sofort breitete sich das kalte Gefühl von seiner Handfläche zum Ellenbogen aus, dann in die Schulter hinauf. Sein Arm begann zu schmerzen und zu pochen. Mathew biß sich auf die Lippe, bekämpfte den Schmerz, hielt am Stab fest. Vor seinem geistigen Auge schaute er Khardans Gesicht und sah den verachtungsvollen Blick in den Augen des Manns. Ich werde mich vor ihm beweisen!

Langsam ließ die Kälte nach. Das Gefühl kehrte in seine Hand zurück, und Mathew stellte fest, daß er den Stab so fest gehalten hatte, daß sich die scharfen Kanten des Würfels in sein Fleisch schnitten. Vorsichtig ließ er ihn wieder in die Tasche gleiten.

Wenn er jetzt nur noch wüßte, was er bewirkte ...

Im Geiste ging er alle möglichen Zauber durch, mit denen man Stäbe versetzen konnte. Er dachte auch über die natürlichen Eigenschaften des schwarzen Onyx selbst nach. Während er eilig die anderen Gegenstände durchwühlte, versuchte Mathew zu einer Antwort zu gelangen. Doch sein Geist war benebelt von Übelkeit und Entsetzen. Jedesmal, wenn er Schritte auf dem Deck vernahm, zuckte er zusammen und warf einen furchtsamen Blick über die Schulter, überzeugt, daß man ihm auf die Schliche gekommen sei.

»Schwarzer Onyx«, murmelte er bei sich und lehnte sich gegen eine Holztruhe zurück, als ihn ein weiterer Anflug von Übelkeit überkam. Er schloß die Augen, sah sich im Klassenzimmer um – die hölzernen Pulte mit ihren hohen Schemeln, die dem Kopieren dienten; der Geruch von Kreidestaub; das Klappern der Schiefertafeln; die monotone Stimme eines alten Hexers, der den Text rezitierte.

Schwarzer Onyx. Schwarz für Selbstschutz, die Kraft disziplinierten Denkens. Onyx, Eigentümer einer Kraft, die zur Beherrschung und zum Befehlen benutzt werden kann, häufig angewandt in der unmittelbaren Verbindung zu jenen, die auf Suls Seinsebene leben. Versteinertes Holz – das, was einst lebendig war, jetzt aber tot ist, des Lebens verlustig, seine Form verhöhnend. Oft als Grundlage für Zauberstäbe verwendet, weil das Holz die Fähigkeit hat, das Leben des Benutzers aufzusaugen und es in den Stein zu überführen.

Hinzu kam die seltsame Gestaltung der Onyxspitze des Stabs – keine Kugel, die auf Harmonie mit der Natur hingewiesen hätte, nicht einmal ein vollkommener Würfel, der für Ordnung gestanden hätte. Ein Würfel mit abgerundeten Ecken – Ordnung, die zu Chaos wurde?

Was bedeutete das alles also? Mathew schüttelte matt den Kopf. Er wußte es nicht zu erraten. Er konnte nicht mehr denken. Die Kehle war ihm zugeschnürt, er würgte, doch es war nichts mehr in seinem Magen, das er hätte entleeren können. Unter dem Zauber des Schwarzen Paladins hatte sein Körper offenbar keine Nahrung gebraucht. Mathew wußte, daß er schwächer wurde, zugleich fürchtete er die Entdeckung, und so begann er damit, die verbliebenen magischen Gegenstände einen nach dem anderen zurück in die Tasche zu stecken. Sie schienen ihm ohnehin wertlos zu sein. Ein paar Heilungsschriftrollen, eine Rolle von minderem Schutz vor spitzen Gegenständen (soviel zum Thema Zohra und ihr Dolch; Meryem hatte sich dagegen geschützt), ein Amulett in der Form eines Phallus, das die Manneskraft beeinflußte (zum Gebrauch für oder gegen Khardan?), und schließlich ein Ring.

Mathew hielt inne, um den Ring zu studieren. Er bestand aus Silber, war keine besonders schöne Arbeit. Der eingefaßte Stein war ein Rauchkristall und hatte offensichtlich eher funktionalen als ornamentalen Charakter. Dies war der einzige Gegenstand, bei dem der junge Hexer kein Gefühl des Unbehagens oder der Unruhe empfand, wenn er ihn festhielt. Er vermutete, daß es auch der einzige Gegenstand war, dessen Zauber nicht schaden sollte. Rauchkristall – Schutz vor Schaden: *Indem er uns die Dunkelheit zeigt, fühlen wir uns vom Licht angezogen.*

Der würde ihm nicht helfen. Wenn er mit seinem Plan fortfuhr, könnte er ihm sogar hinderlich werden. Er wandte sich an Zohra, die neben ihm lag. Man hatte ihr ihren Schmuck nicht abgenommen. Er hob die schlaffe Linke und schob den Ring auf ihren Finger. Neben dem anderen, schöneren Schmuck sah er einfach und armselig aus. Mathew hoffte, daß sie ihn nicht bemerken würde, jedenfalls nicht bevor er eine Gelegenheit gehabt hatte, ihr ein paar erklärende Worte zuzuflüstern.

Der junge Hexer schloß die Tasche und schob sie ins Leibchen seines Umhangs, neben die Kugel mit den Fischen. Dann überließ er sich fieberhaften Überlegungen.

Dieser Plan ist völliger Wahnsinn. Er wird in einer Katastrophe enden. Was ich vorhabe, setzt nicht nur mein Leben aufs Spiel, sondern meine unsterbliche Seele! Das erwartet niemand von mir. Zohra nicht. Khardan ganz bestimmt nicht. Nicht einmal ich selbst.

Ich bin hilflos, genau wie ich es war, als ich in dieses vermaledeite Land kam und ibn Jad meine Kameraden abschlachtete und mich gefangennahm.

Ich stehe mit verbunden Augen am Rand einer Klippe. Wenn ich vollkommen still und bewegungslos verharre, wird mir vielleicht nichts zustoßen! Tue ich nur einen Schritt, stürze ich in die Tiefe, denn ich kann nicht sehen, wohin ich gehe! Ich bin hilflos! Hilflos!

Doch das stimmte nicht ganz, und Mathews Seele wand sich in Unbehagen. Vor Monaten, als er an jenem Ufer gestrandet war, wo heute die Knochen seiner Freunde im blutgetränkten Sand begraben lagen, war er *tatsächlich* hilflos gewesen. Er hatte über keinerlei Magie verfügt – nicht über die einzige Waffe, mit der er sich hätte wehren können.

Mathew legte die Hand auf die in seiner Kleidung verborgene Tasche. Jetzt hatte er die Macht zu handeln. Er hatte die Macht, einen Schritt zu tun, der ihn und sie alle sicher zum Fuß der Klippe führen würde.

Er hatte die Macht.

Wenn er doch nur auch noch den Mut dazu fände.

Hier endet das dritte Buch der Saga um die
Rose des Propheten.
Im nächsten Band (20214)

Das Buch Akhran

versucht der wandernde Nomadengott gegen seine dunklen Brüder vorzugehen. Khardan und Zohra sollen Quar und seinen Schergen das Handwerk legen, doch da taucht eine schwarze Zauberin auf.